강안남자 1부 2

강안남자 1부 2

초판1쇄 인쇄 | 2018년 3월 26일
초판1쇄 발행 | 2018년 4월 9일

지은이 | 이원호
펴낸이 | 박연
펴낸곳 | 한결미디어

등록일자 | 2006년 7월 24일
등록번호 | 제25100-2006-152호
주소 | 서울시 마포구 모래내로 83 한올빌딩 6층
전화번호 | 02 · 704 · 3331
팩스번호 | 02 · 704 · 3330

ISBN 979-11-5916-081-3 979-11-5916-079-0(set) 04810

강안남자
強顔男子

1부

2

이원호 장편소설

한결미디어
HANGYEOL MEDIA

목차

1. 꿈을 위하여

오준병은 헛기침을 했다. 믿기지 않는다는 표정을 감추려고 시선을 옆으로 돌렸지만 입술이 조금 튀어나왔다. 11억 7천에다 3억 5천이면 15억이 넘는 거금이다. 만일 사실이라면 생활비, 자동차 운운했던 자신의 꼴이 우습게 된다.

"그런 돈이 있으면서 왜 카페에 취직하려고 했습니까?"

"규칙적인 생활이 필요했기 때문이죠. 아침에 눈을 뜨면 해야 할 일, 가야 할 곳이 있다면 기분이 나아질 것이라고 생각했어요."

거침없이 말하는 성희를 보면서 준병의 가슴도 차차 가라앉았다.

"그런데 그런 거금은 어떻게 생긴 건가요?"

"아버지가 돌아가시기 전에 물려주신 땅을 판 거죠. 그건 시숙님도 모르는 일이에요."

"아, 그래요."

"그런데 내일 계약을 할 텐데 부사장님이 입회해 주시겠어요? 그리고 내부 공사도 알아봐 주시고요?"

"그거야."

3억 5천 견적이 나온 내부 공사쯤이야 일도 아니다. 머리를 끄덕인 준병이 그때서야 생각이 났다는 듯 성희에게 물었다.

"참, 저녁을 드셔야죠? 뭘 드시겠어요?"

바닷가재 요리를 시켜 먹는 동안 준병은 별로 입을 열지 않았다. 가끔 고기 맛을 묻거나 입맛에 맞는 포도주 이야기를 띄엄띄엄 했을 뿐 가라앉은 분위기였다. 하지만 성희는 모른 척했다.

"땅값이 그렇게 오를 줄 몰랐어요."

포도주 잔을 든 성희가 웃음 띤 얼굴로 준병을 보았다.

"아버지가 평당 3만 원에 사두신 땅인데 근처가 아파트 단지가 되면서 평당 120이 되었으니 40배가 뛴 것이죠."

"어디죠?"

"요즘 매스컴에서 떠드는 분당 천궁리 근처예요."

"땅이 몇 평이나 되었습니까?"

"1,500평이 조금 못되었어요."

그렇다면 18억이다. 그쯤 계산이야 얼른 되는 준병이 포도주를 한 모금 삼켰다.

"조금만 더 기다렸으면 평당 150만 원도 받을 수가 있었을 텐데, 어디쯤이죠?"

"천궁리 북쪽 주유소 사거리 근처예요."

"아아."

눈을 크게 떴던 준병이 곧 어깨를 늘어뜨리면서 소리 죽여 숨을 뱉었다. 명색이 건설회사 부사장인지라 요즘 대규모 아파트가 들어서는 천

궁지역을 훤히 꿰고 있는 준병이다. 천궁리 북쪽의 주유소 근처 땅값은 그 정도가 적정가이다. 준병은 성희의 말이 진짜라고 느끼는 만큼 사기가 떨어졌다.

"저, 내일 여관 건물 매입하는데 입회해 주실 거죠? 왠지 불안해서 그래요."

포크를 내려놓은 성희가 얼굴을 똑바로 들고 묻자 준병은 정신이 났다.

"그야 어려운 일이 아니지만…."

"사실 시숙님은 불편해요. 죽은 그이하고 자꾸 연관이 되는 것도 그렇고."

"그런가?"

"그리고 내부 공사 좀 알아봐 주세요. 도대체 기준가가 얼마인지 대금 지급은 어떻게 하는지도 알 수가 없어서 그래요."

"여관 건물을 사서 임대로 내놓겠다는 생각은 누가 한 거죠?"

"제 친구하고 같이 부동산에 들렀다가 우연히 그곳에서 듣고 제가 결정했어요."

"이런."

"임대료가 한 달에 천만 원은 나온다고 해서요. 방이 35개짜리 모텔급이거든요."

"위치는 어떤가요?"

준병이 마음을 정한 듯이 상체를 펴고 성희를 보았다.

"좋습니다. 제가 내일 같이 가 드리죠. 그래서 그 여관인지 모텔인지 계약부터 다시 검토해봅시다."

"그이는 까다로운 성격이어서 누굴 칭찬하는 말을 들은 적이 없어요."

민유진이 또렷한 눈으로 조철봉을 보았다. 진홍빛 루주를 바른 도톰한 입술이 조금 벌어져서 흰 이가 드러나 있다. 크다. 가슴도 크고 신장은 1미터 70 가깝게 될 것이다. 어깨까지 늘어진 파마머리는 드문드문 갈색으로 염색해 서양인이라고 해도 믿을 만했다.

"그런데 댁을 칭찬하더군요, 머리 좋은 사람이라고."

"사기꾼을 그렇게 표현할 수도 있지요."

바른 얼굴로 조철봉이 말했을 때 유진은 피식 웃었지만 가타부타하지 않았다. 저녁 9시 반이 되어가고 있어서 한정식집 사랑방이 가장 분주한 시간이다. 1인분에 3만 원씩 하는 차림상은 한정식의 원조 격인 전주의 5천 원짜리 백반상보다 못했지만 서울 사람들은 상을 받고 황송한 표정까지 짓는다. 반주로 시킨 소주잔을 든 조철봉이 지긋한 시선으로 유진을 보았다.

오후에 철봉이 저녁 식사나 같이 하자는 제의를 했을 때 유진은 주저하지 않고 승낙한 것이다. 그리고 이렇게 만난 지 한 시간이 다 되어 가는데도 불러낸 용건을 묻지 않는다.

"자주 제주도에 가십니까? 아니면."

"그 사람 사업이 바빠서 제가 가끔 가는 편이죠."

한 모금 소주를 삼킨 유진이 안주를 깨작거리다가 문득 시선을 들었다.

"조 과장님도 혼자 사신다면서요? 현주 언니한테서 들었어요."

조철봉은 고현주의 팽팽한 알몸을 눈앞에 떠올렸다. 현주는 유달리 가슴이 민감해서 혀로 굴려주면 자지러졌다. 조철봉의 묘한 시선이 그대로 가슴에 닿았으므로 유진이 몸을 조금 비틀었다.

"예, 혼자 삽니다."

마른 목소리로 말한 조철봉이 소주를 한입에 털어 넣었다.

"가끔 외롭지요, 밤에는 말입니다."

이런 말투를 이은영에게 썼다면 당장에 파투가 나겠지만 유진에게는 맞아 떨어졌다. 유진이 붉어진 눈을 가늘게 뜨고 웃었다.

"그래서 어떻게 해결하세요?"

됐다, 속으로 환호성이 일어났지만 조철봉은 시치미를 뚝 떼었다. 바보 천치나 이럴 때 웃는 법이다.

"그래서 이렇게 유진 씨하고 저녁을 같이 먹고 있는 것 아닙니까?"

"그래서 해결이 돼요?"

"적어도 기대감은 품게 되거든요."

조철봉이 눈을 크게 뜨고 유진을 보았다.

"여자, 특히 유진 씨 같은 여자를 보고 충동이 일어나지 않는 놈은 고자거나 금방 가족상을 당한 놈일 겁니다. 나는 이렇게 같이 있는 것만으로도 행복합니다."

"말씀 잘하시네."

유진이 붉고 윤기가 나는 입술을 벌리고 웃자 조철봉은 한 걸음 더 나갔다.

"나는 솔직히 유진 씨를 생각하면서 여러 번 손장난을 했습니다."

"손장난이라뇨?"

눈을 둥그렇게 뜬 유진이 물었을 때 조철봉은 옆에 있던 소주병을 주먹으로 움켜쥐었다. 그러자 주먹 밖으로 병의 윗부분만 나왔다. 들고 있던 젓가락을 움켜쥐고 내보이려다 아차 하고는 곧 소주병으로 바꾼 것이다. 유진이 조철봉이 쥐고 있던 소주병을 3초쯤 바라보더니 시선을 돌렸다. 알아차린 듯 유진의 두 볼이 달아올라 있었다.

"혼자 살자니 어쩔 수 없이 가끔 그렇게 해결할 때도 있지요."

이제 느긋해진 조철봉의 목소리에는 감정까지 들어갔다. 뜨거운 분위기가 조성된 것이다. 이대로 이어가기만 하면 오늘 밤 공사는 떼어 놓은 당상이다.

민유진이 접촉했던 대부분의 사내들은 점잖았다. 쓸데없이 치근대지 않았다는 표현이 정확할 것이다. 남편이 야쿠자라는 소문이 퍼져 있었기 때문이다. 온전한 정신을 가진 사내라면 야쿠자의 현지처를 건드려서 복수를 당하고 싶지 않을 것이다. 더구나 유진의 성품도 과연 야쿠자의 현지처답게 드세었으므로 마땅한 사내가 나타날 확률은 낮았다.

그래서 유진은 가끔 나이트에서 나이는 물론이고 신분도 국적도 모르는 사내와 하룻밤 정사를 치르는 것으로 욕구를 풀었지만 그것이 성에 찰 리 없다. 행사 전에 꼭 장화를 신겨야 하고 무조건 찌르기부터 하려는 애송이들이 대부분이었으니까. 유진이 술기운으로 붉어진 얼굴을 펴고 활짝 웃었다. 조철봉이 끌고 가는 분위기가 마음에 든 것이다.

"철봉 씨는 재미있어."

남편까지 직접 만난 조철봉이 이렇게 적극적으로 나오는 것도 유진을 들뜨게 했다. 유진 또한 박만기에게 주눅이 들어 있었던 것이다.

"자, 우리 나가서 한잔 더 할까요?"

이미 식사는 끝난 터라 유진이 묻자 조철봉은 머리를 끄덕였다.

"그럽시다. 하지만 조용한 곳에서 한잔하는 것이 낫겠는데."

자리에서 일어선 조철봉이 웃음 띤 얼굴로 유진을 보았다.

"내가 안내하지요."

식당을 나온 그들이 30분쯤 후에 도착한 곳은 선릉역 근처의 깨끗해 보이는 모텔 앞이었다.

"들어갑시다."

택시에서 내렸을 때 조철봉이 유진의 팔을 잡더니 턱으로 모텔을 가리켰다.

"취해서 술기운을 빌려 들어가기는 싫어. 술 생각이 나면 방에서 마십시다."

조철봉이 팔을 끌자 유진이 상체를 흔들어 손을 떼어 내었다.

"놔, 내가 갈 테니까."

어깨를 편 유진이 앞장섰으므로 조철봉은 입술을 부풀리고 웃었다. 모텔 카운터의 여종업원은 훈련이 잘 되어서 한눈에 그들이 쉬었다가 갈 손님인 것을 알아채고 시간요금을 받았다. 숙박부를 내밀지도 않았으며 요금을 받고 키를 주는 동안에 시선을 들지도 않았다. 방으로 들어선 유진이 가방을 의자 위로 내던지더니 침대 위에 털썩 앉았다.

"사는 게 지겨워."

유진의 얼굴에는 어느덧 술기운이 가셨고 대신 그늘이 드리워졌다.

"숨이 막혀."

재킷의 단추를 위에서부터 풀면서 유진이 말하자 조철봉은 다가가 섰다.

"내 바지를 벗겨봐. 사는 것이 얼마나 좋은가를 맛보게 해줄 테니까."

"자신 있어?"

유진이 조철봉의 혁대를 잡아 풀면서 물었지만 아직 생기는 보이지 않았다. 바지가 흘러 내렸을 때 팬티 밑에서 솟아오른 남성이 유진의 코끝에 닿았다.

"그래, 이 순간만은 잊을 수 있겠지."

조철봉의 남성을 팬티째 쥔 유진이 눈을 세워 뜨고 말했다.

"이 지겨운 현지처 인생을."

유진의 스커트와 브래지어, 팬티를 차례로 벗기면서 조철봉의 가슴도 차츰 가라앉았다. 그것은 유진이 갑자기 신세타령을 시작했기 때문이다. 섹스는 기대감으로 충만되어 있을 때가 가장 빛난다. 행위 자체는 그 다음이다. 그것을 유진도 알고 자신도 아는 터라 몸을 섞기로 마음을 먹은 순간부터 시들기 시작했다. 시체처럼 누운 유진의 알몸을 천천히 애무하면서 조철봉은 오늘 밤의 행위가 길어질 것 같다고 생각했다.

"그만."

엉덩이를 추켜올리면서 유진이 신음처럼 말했지만 조철봉은 가슴에서 입을 떼지 않았다. 그만하라는 말은 애무를 그치고 본격적인 공격을 시작하라는 뜻인 것이다. 이미 유진의 몸을 샅샅이 혀와 손끝으로 훑은 후여서 어느 곳이 민감한 부분인지도 알았다. 가슴과 무릎, 그리고 드문 경우였지만 발등이다.

"아아, 빨리."

유진이 몸을 비틀더니 다급하게 말했다. 두 손으로 조철봉의 머리칼을 움켜쥐고는 끌어올리려는 시늉을 하는 것이 곧 절정에 이를 태세였다. 조철봉은 머리를 흔들어 보이고는 손가락으로 유진의 샘을 더 자극했다. 애무는 강하고 깊은 것이 오히려 성감을 약화시킬 수도 있다. 특히 샘에 대한 애무는 달아오를수록 더 느리고 가볍게 접촉하는 것이 효과적이다.

목마르게 기다리는 상황에서의 육체는 더욱 신경이 예민해져서 솜털 하나의 스침까지 느낄 수 있는 것이다. 서너 번 더 샘에 가볍게 손가락이 닿았을 때 마침내 유진은 폭발했다. 실컷 돈을 썼지만 지갑에는 아직 엄청난 돈이 남아 있는 기분이었다. 유진은 온몸을 굳히며 환희의 탄성을 마음껏 내질렀는데 조철봉의 목을 감은 팔은 풀지 않았다. 지갑을 잊지 않은 것이다.

"조금 있다가."

숨이 턱에 닿아 있으면서도 유진이 이제는 늦추라고 한다. 더 오래 느끼겠다는 것이다.

"조금만 있다가 해줘."

아직도 힘껏 뻗은 유진의 두 다리는 떨고 있는 데다 발가락은 뼈가 보일 만큼 잔뜩 바깥쪽으로 굽어져 있다. 그러나 조철봉은 곧 유진의 몸 안으로 들어섰다. 놀란 듯 유진이 외침 같은 탄성을 질렀을 때 조철봉은 천천히 허리를 움직였다. 정신을 못 차리는 유진의 요구대로 했다가는 타이밍 맞추기가 복잡해진다. 곧 유진이 순응하고 힘을 풀더니 두 다리를 굽혀 조철봉의 몸을 더 깊게 받아들였다. 조철봉은 침대 옆 탁자에서 반짝이는 전광 시계를 보았다. 12시 10분이다. 벌써 35분이 지난 것이다. 몸을 뗀 조철봉이 샤워를 하고 나왔을 때는 12시 58분이었다.

"마실 것 줄까?"

냉장고를 열며 조철봉이 물었지만 시체처럼 누운 유진은 대답하지 않았다. 물병을 들고 창가의 의자에 앉은 조철봉이 유진을 보았다.

"멋진 섹스였어."

한 모금 물을 삼킨 조철봉이 말했다. 유진이 만족했다는 것은 느낌으로 안다. 그러나 이쪽은 아니다. 그저 배를 채운 포만감뿐으로 입맛에 맞지 않는 음식을 먹은 것 같은 기분이다.

"당신 같은 여자는 처음이야."

조철봉이 다시 정색하고 말했다. 비록 유진이 눈을 감고 있다고 해도 말과 표정은 함께 움직이도록 수련해온 조철봉이다. 그때 유진이 눈을 뜨더니 머리를 돌려 조철봉을 보았다.

"나 너무 서툴렀지?"

"서툴다니? 아주 근사했는데."

"아냐, 내가 알아."

아직도 눈과 볼이 상기된 유진이 윤기가 흐려진 입술을 비틀고 웃었다.

"정말 난 이런 섹스는 처음이야. 날 이렇게 끌어 올려준 남자는 없었어."

"그렇다면 영광인데."

조철봉이 비슷한 입 모양을 만들며 따라 웃었다.

"하지만 당신 정말 멋있었어. 특히 사이즈가 딱 맞는 느낌이었어."

이런 표현이 가장 보편적이면서 무난한 칭찬이라는 것을 조철봉은 안다. 이제까지 한 명도 이 말에 거부감을 보이지 않았으니까.

여관을 둘러보고 앞마당으로 내려왔을 때 오준병이 윤성희를 보았다.

"가격은 적당해. 11억 7천이면 됐어."

어느새 자연스럽게 말을 놓은 준병은 신중한 표정을 지어 보였다.

"그리고 내부 공사는 내가 알아보지. 3억 5천에서 더 깎을 수도 있을 거야."

"그럼 지금 계약하죠 뭐."

다가선 성희에게서 옅은 향내가 맡아졌으므로 준병은 숨을 다시 길게 마셨다.

"얼른 계약하고 교외로 드라이브나 가요."

"그러지."

부동산 사무실로 주인을 불러내 계약금을 치른 것은 30분쯤 후였다. 준병은 성희 옆에 앉아 꼼꼼하게 서류를 챙겨 주었는데 그는 자신의 회사 일도 이렇게 하지 않는다.

"오늘 고마웠으니까 제가 점심 살게요."

부동산 사무실을 나와 준병이 운전하는 벤츠에 올라타면서 성희가 말했다. 낮 12시가 되어가고 있었는데 준병은 한 시간 반 동안이나 일을 도와준 것이다.

"그럼 모텔 사장님한테 점심을 얻어먹어 볼까?"

준병의 분위기도 밝아졌다. 그러나 성희를 대하는 태도는 처음과 전혀 다르다. 표정도 신중해졌으며 이글거리는 눈빛까지 삭이려고 시선을 자꾸 내리는 것이다.

"조금 멀리가도 돼?"

이렇게 조심스럽게 묻는 것도 준병에게 새로운 일이었다. 이제까지 벤츠 옆자리에 탄 여자는 갖다 놓은 도시락 취급을 했었다.

성희에게 용돈과 차, 아파트까지 주겠다고 제의했을 때를 떠올리면 눈이 뜨끔거렸지만 이제는 슬슬 반발심이 일어나는 중이다. 기준을 잘못 잡았다면 올리면 된다. 그 수준에 맞춰 다시 제의하면 되는 것이다.

"뭐, 필요한 것 있으면 말해."

문득 준병이 이렇게 말한 것도 그런 맥락이었다. 20억 재산쯤이야 발끝으로 눌러버릴 수 있다는 자신감이 다시 들어찬 것이다. 차의 속력을 올리면서 준병이 얼굴을 펴고 웃었다.

"괜히 잘난 체하지 말고 말이야."

"없어요, 다만."

성희가 힐끗 준병에게 시선을 주더니 말을 이었다.

"믿음직한 보호자가 필요할 뿐이에요."

"알았어."

준병이 크게 머리를 끄덕였다. 요즘이 어떤 세상인가. 술집에 나가는 와이프가 벌어온 돈으로 술집 아가씨 팁을 주는 남편이 있는 세상 아닌가. 성희의 주위에는 똥파리들이 꼬일 것이 당연하니 든든한 보호자가 필요하다.

"언제든지 이야기만 해."

준병에게 성희는 새로운 자극이 되었으며 생의 활력소였다. 준 만큼 받는다는 의식도 있었지만 여자는 뜯어가기만 하는 존재라는 선입견이 있었던 준병이다. 이만한 신체조건에다 모텔까지 소유한 여자라면 준병의 분수를 넘었으면 넘었지 부족하지 않은 것이다.

그들이 점심상을 받은 곳은 서해안 고속도로를 타고 내려오다 꺾어진 서산시의 한 횟집이었다. 오후 2시 가까운 시간이어서 준병이 서두르며 주문을 하자 성희가 얼굴을 펴고 웃었다.

"서두르지 마세요. 시간 많아요."

"배고프지 않아?"

"모텔 계약을 해서 그런지 배고픈지를 모르겠어요."

"그럴듯하네."

"우리 오늘 바닷가에서 쉬었다 가요."

불쑥 성희가 말했으므로 준병은 숨을 멈췄다가 소리 죽여 뱉었다. 아직 어떤 수단으로 성희를 호텔방으로 끌고 갈 것인가를 생각지도 못 한 터에 제의가 온 것이다. 준병이 헛기침을 했다.

"글쎄, 그럴까? 회사에 전화 좀 하고."

대천시 바닷가에 위치한 호텔방에 들어섰을 때 준병은 손목시계를 보았다. 오후 6시 10분이었다.

"바다는 보이는군. 음식을 제대로 하는 집이 있어야 할 텐데…."

엉덩이로 문을 밀어 닫으면서 준병이 말했으나 성희는 베란다로 나가는 중이었다. 스위트룸이어서 응접실도 넓은 데다 베란다가 바다 쪽으로 있어 시야가 탁 트였다. 베란다의 난간을 쥐고 선 성희가 바다를 향해 탄성을 뱉었다.

"아아, 물 많다."

"물이 많다구?"

성희의 뒷모습만 노려보던 준병이 풀썩 웃더니 뒤에 붙어 섰다.

"성희는 정말 알 수 없는 여자야. 겪을수록 신비감이 더해."

이것은 진심이다. 물론 환경에 따라 영향을 받은 것도 있었지만 성희가 풍기는 분위기도 변화가 무쌍했다. 가냘프게 보였다가 강한 생명력을 뿜어내기도 하고 이지적인 것 같으면서도 갑자기 어린애처럼 천진해진다.

준병은 뒤에서 성희의 허리를 감아 안았다. 그러자 성희의 엉덩이에 딱 붙은 자신의 남성이 갑자기 성을 냈으므로 얼굴에도 열기가 후끈 올랐다.

"좋구만."

분위기에 어울리는 수백만 가지의 단어가 있음에도 겨우 그렇게밖에 표현 못 하는 자신에 대해서 준병은 처음으로 열등감을 느꼈다. 호텔방까지 끌고 온 여자는 이미 까놓은 껌이나 같은 것이다. 뱉기 전에 얼마 동안 씹느냐도 내 맘이다.

그러니 대사는 전혀 신경쓰지 않았었다. 그때 성희가 목구멍을 울리며 짧은 웃음소리를 냈다.

"지금 제 엉덩이에 닿은 딱딱한 물체는 뭐죠?"

"어."

준병이 엉겁결에 엉덩이를 뒤로 뺐다가 순간적인 반발심으로 다시 세게 하반신을 붙였다. 성희의 허리를 안은 손에도 더 힘이 들어갔다.

"주머니에 든 라이터야."

염병할 놈 같으니. 이를 악문 준병은 이번에도 자신의 대사에 부끄러움을 느꼈다. 더 멋진 비유가 있었을 텐데, 그때 성희가 손을 뒤로 돌리더니 준병의 라이터를, 아니 남성을 움켜쥐었다.

“라이터가 꽤 크네요.”

“어.”

더 이상 참을 수가 없게 된 준병이 손을 올려 성희의 가슴을 움켜쥐었다.

“성희, 안으로 들어가자.”

“옷 구겨져요.”

성희가 상체를 흔들더니 준병의 라이터를 힘주어 쥐었다.

“어.”

아랫배에 짜릿한 통증이 왔으므로 놀란 준병이 엉덩이를 뒤로 뺐고 가슴에서 손도 풀렸다.

“시간은 많아요, 오빠.”

성희가 처음으로 준병을 오빠라고 불렀지만 자연스러웠다. 몸을 돌린 성희가 베란다의 난간에 등을 붙이더니 아직도 허리를 조금 굽힌 채 엉거주춤 서 있는 준병의 목을 두 팔로 감았다.

“난 싸구려 여자가 아녜요, 오빠.”

“알고 있어.”

“섹스 파트너는 얼마든지 구할 수가 있어요. 그건 오빠도 마찬가지겠지만.”

성희가 얼굴을 가깝게 붙여왔으므로 준병은 눈을 크게 떴다. 주객이 전도되었다는 느낌을 받기도 전에 성희의 입술이 준병의 입술에 닿았다. 곧 말랑한 혀가 입안으로 들어왔다. 준병은 신음했다. 그러나 저도 모르게 어미의 젖을 만난 아이처럼 성희의 혀를 빨다가 곧 허전함을 느꼈다. 성희가 혀를 뺀 것이다.

"이봐, 침대로."

다급해진 준병이 헛소리처럼 말하자 성희는 두 손으로 가슴을 밀었다.

"섹스한 지가 오래되었어요. 그래서 감각이 무디어진 것 같아."

"내가 단련시켜줄 테니까."

"아직 저녁도 먹지 않았어요."

성희가 이미 발기된 준병의 남성을 바지 위로 부드럽게 쓸었다.

"천천히 해요, 오빠."

바지 위의 손길에 더욱 색욕이 솟아올랐지만 성희의 말은 딴판이었으니 준병의 머릿속은 터져나가기 직전이었다.

"좋아, 그럼 저녁이나 먹자."

마침내 이를 악문 준병이 마음을 고쳐먹은 듯 길게 심호흡을 했다. 그러나 준병은 이런 꼴을 처음 당하는 터라 그 짧은 순간에도 생각이 열 번도 더 바뀌었다. 울화통이 터져 다 때려치우고 싶은 마음이 드는가 하면 욕망이 더욱 간절해지기도 했다. 성희가 몸을 틀어 방으로 들어갔으므로 준병은 어깨를 늘어뜨렸다.

비 맞은 수탉 꼴이 된 준병을 끌고 바닷가의 횟집에 들어선 성희의 표정은 밝았다.

"오늘은 제가 살 테니까 오빠는 지갑 꺼내지 마세요."

성희는 수족관에서 생선을 고르고 술을 시켰는데 값을 물어보지 않았다.

"오빠한테 궁금한 점이 있는데 대답해 주실래요?"

주문을 한 성희가 불쑥 물었으므로 준병은 늘어졌던 눈시울을 들었다.

"뭔데?"

"대개 여자는 한두 번 만나고 나서 끝나지요, 그렇죠?"

"아니, 그건."

"솔직하게 말해도 화 안 낼게요."

식탁 위에 두 팔을 올려놓고 손으로 턱을 괸 성희가 웃음 띤 얼굴로 준병을 보았다.

"오빠는 금방 싫증을 내는 스타일이 틀림없어요, 그렇죠?"

"사실이야."

휘몰리는 기분이 든 준병은 반발심에 목소리가 굵어졌다. 준병이 눈을 치켜뜨고 성희를 보았다.

"난 정을 준 적이 거의 없어."

"그건 상처받는 것이 두려웠기 때문인가요?"

"거창하군."

쓴웃음을 짓던 준병이 시선을 돌렸다. 오래전에 친구 하나가 그것은 정서불안이라고 진단해준 적이 있었다. 아마도 맞는 표현이 될 것이다. 물론 그 친구도 떨어져 나갔지만 준병에게 여자는 성의 도구이자 자신의 우월성을 가장 쉽게 내세울 수 있는 대상이었다. 고급차를 타고 빼기는 것보다 여자를 매수하는 것이 더 직접적이며 강한 쾌감을 주는 것이다.

"오빠 눈에서는 외로움이 느껴져요."

마침 술부터 나왔으므로 잔에 술을 채우면서 성희가 낮게 말했다. 내려 깐 긴 속눈썹 때문에 얼굴에 그림자를 드리운 것처럼 보였다.

"그래서 물었어요."

"나한테서?"

혼잣소리처럼 물었던 준병이 술잔을 들었다. 이런 표현은 처음 듣는 것이다.

"아마 오빠는 그래서 여자를 자꾸 바꾸는 것 같아요. 외롭지 않으려고."

알쏭달쏭해졌지만 그래도 싫지는 않은 표현이라 준병은 잠자코 술을 삼켰다. 성희가 자리에서 일어섰다.

"저, 잠깐 화장실에."

방을 나온 성희는 화장실 옆 비상구로 나와 바다를 향해 섰다. 주머니에서 휴대전화를 꺼내어 다이얼을 누르자 곧 조철봉의 목소리가 울렸다. 성희가 전화기를 귀에 붙였다.

"오빠, 나 이제 어떻게 해?"

성희의 목소리가 수화구를 울린 순간 조철봉은 쥐고 있던 숟가락을 내려놓았다. 회사 근처의 순댓국밥집 안이어서 주위는 저녁 손님들로 소란스러웠다.

"어떻게 된 거야?"

벽 쪽으로 머리를 돌리고 조철봉이 물었다. 오늘 성희가 계획대로 준병과 함께 여관 건물을 계약했다는 것은 확인이 되었다. 그러나 다음 순서는 성희의 재량에 맡겼기 때문에 지금 무엇을 하고 있는지 모른다.

"나, 지금 대천에 와 있는데 호텔방을 잡아 놓았어."

성희의 목소리가 다급한 것처럼 느껴졌다.

"저녁 먹다가 잠깐 식당 밖으로 나와 전화하는 거야, 나 어떡하지?"

그때서야 내막을 짐작한 조철봉이 가늘게 숨을 뱉었다.

"어떡하긴? 여기서 내빼면 죽도 밥도 안 된다는 걸 몰라?"

주위를 둘러본 조철봉이 또박또박 말했다.

"그대로 밀고 나가. 이것은 사업이란 말이야, 알았어?"

"…."

"사업을 하려면 그쯤은 각오해야 돼. 마음 단단히 먹으란 말이야, 알아들어?"

"알았어."

기운 없는 목소리로 대답한 성희가 전화를 끊었으므로 조철봉은 어깨를 늘어뜨렸다. 순대국밥을 내려다보았지만 이미 입맛이 싹 달아났다. 소주를 시킨 조철봉은 손목시계를 보았다. 저녁 7시 반이 되어가고 있었다.

조철봉이 사당동 사거리 위쪽의 주택가에 도착했을 때는 저녁 8시 반이었다. 일차선 도로가에 빈틈없이 들어찬 차량들 사이를 빠져나가 주택가 복판에 만들어진 손바닥만 한 어린이 놀이터로 다가간 조철봉은 주위를 둘러보았다.

어둠에 덮인 놀이터는 텅 비어 있었다. 녹슨 쇠기둥에다 바닥에 흩어진 과자봉지 따위로 황량하고 을씨년스러웠다. 급하게 소주를 마시고 나온 터라 트림을 한 조철봉이 그네 뒤쪽의 나무벤치에 앉았을 때 옆에서 인기척이 났다. 어둠 속에서 다가온 여자는 전처 서경윤이었다.

"어? 왜 혼자 오는 거야?"

경윤의 뒤쪽으로 시선을 준 채 조철봉이 물었다.

"영일이는 왜 안 데려와? 조영일이 말이야"

"너, 미쳤어?"

조철봉의 앞에 선 경윤이 허리에 두 손을 짚더니 눈을 부릅떴다.

"아예 법원에서 접근금지 명령서를 받아 놓아야 되겠어?"

"이종학이 사업이 잘 안 된다면서?"

담배에 불을 붙여 문 조철봉이 지그시 경윤을 보았다.

"내가 듣기로는 그 잘난 집도 압류를 당했다던데, 곧 거리로 쫓겨나는 것 아냐?"

"개자식"

경윤이 이를 악물고 한 걸음 나서더니 이 사이로 말했다.

"너 때문이라도 우린 잘 살 거야, 두고 봐."

"곧 부도가 나면 이종학이 연장도 제대로 서지 못할 텐데 큰일 났다."

그 순간 경윤이 조철봉의 뺨을 후려쳤다. 손바닥이 정통으로 뺨에 맞는 바람에 철썩 소리가 크게 났고 조철봉은 머리를 흔들었다.

"그때는 내가 조영일이를 데려갈 테니까."

벤치에서 일어선 조철봉이 이제는 웃음기가 싹 가신 얼굴로 경윤을 보았다.

"내가 그 말 하려고 온 거다. 쪽박은 너희들 둘이서만 차도록 해."

"그렇게는 안 될걸."

"내기를 할까? 이종학의 회사가 한 달 안에 부도가 나는 것으로, 한 달에서 하루만 더 지나고 부도가 나도 내가 진 것으로 하자."

조철봉이 빙긋 웃었다.

경윤이 치마에 바람을 일으키며 사라졌을 때 조철봉은 다시 벤치에 앉았다. 눅눅한 초여름의 밤바람이 불어와 흩어진 과자봉지를 날려 보내더니 얻어맞은 뺨의 열기를 식혀주었다. 다시 트림을 한 조철봉은 눈을 가늘게 뜨고 앞쪽의 골목길을 바라보았다. 가슴 한쪽이 서늘해지면서 어깨가 스르르 늘어졌고 텅 빈 머릿속에는 아무 생각도 떠오르지 않았다.

주택가 어느 쪽에서 아이의 웃음소리가 들렸다. 자지러지게 웃고 있었으므로 도대체 왜 저렇게 웃을까, 하고 조철봉은 생각하기 시작했다. 간지럼을 태우지 않는 이상 저렇게 웃을 수는 없을 것이다. 영일이의 웃음소리는 어떨까? 그러고 보니 한 번도 웃음소리를 들어본 적이 없다.

웃음소리가 계속되고 있었으므로 조철봉은 두 손으로 귀를 막았다. 영일이를 데려간다고 한 것은 그냥 한 말이다. 데려가서 키울 생각도 하지 않았지만 자신도 없다. 그저 서경윤의 가슴에 못질을 해대고 싶어서 뱉은 말이다. 귀에서 손을 뗀 조철봉이 조심스럽게 머리를 들었을 때 웃음소리는 그쳐 있었다.

"개자식이로군."

조철봉은 혼잣소리로 뱉은 자신의 말이 눅눅하게 가라앉은 것을 느끼고는 헛기침을 했다.

"지랄병이 있는 놈인가 보다."

팔목을 들어 시계를 내려다본 조철봉은 자리에서 일어섰다. 9시 반이었다. 지금쯤 저녁을 마친 성희와 준병이 호텔방에 돌아왔을지도 모른다.

"오빠, 이젠 됐어요."

숨 가쁜 목소리로 성희가 말했을 때 준병은 기다렸다는 듯이 상체를 일으켰다. 준병의 애무는 건성이었지만 그것도 성희한테는 성의를 보인 셈이었다. 다른 여자는 대충 주무른 다음에 시작해버렸던 것이다. 준병이 자세를 취하자 성희가 눈을 떴다.

"오빠, 살살 해줘요."

방에 들어왔을 때의 태도와는 전혀 다른 분위기였으므로 준병은 감동했다. 특히 준병 같은 성품은 여자가 고분고분하고 나긋나긋한 것을 좋아하는 것이다. 당연하다는 듯 준병은 거칠게 성희의 몸으로 들어왔다. 성희가 비명 같은 신음을 뱉더니 준병의 목을 두 팔로 감았다.

방안의 열기는 더 뜨겁고 질퍽해졌다. 오입질에 이골이 난 준병은 섹스를 하면서도 제법 냉정하게 상대를 분석하는 버릇이 있다. 그래서 처음 애무를 할 때부터 성희의 반응을 살폈는데 성감이 예민해 만족했다.

이제까지의 경험상 과장된 몸짓도 하지 않는 것 같다. 거기에다 본격적인 섹스에 돌입한 순간 준병은 온몸에 전류가 흐르는 것 같은 충격을 받았다. 성희의 샘이 살아 움직이는 것처럼 느껴진 것이다. 얼마 되지 않아서 성희가 절정에 이르려고 했으므로 준병의 가슴은 희열로 가득 찼다. 그의 인내는 이미 한계점에 닿아 있었기 때문이다. 성희가 폭발했을 때 준병은 마음 놓고 같이 따르면서 행복했다.

이제야 궁합이 맞는 상대를 만난 것이다. 헐떡이며 성희의 몸 위에 엎드려 있으면서 준병은 떨어지고 싶지가 않았다. 이런 느낌은 처음이었다.

"나 죽는 줄 알았어, 오빠."

온몸이 땀투성이가 된 성희가 겨우 말했을 때 준병은 대답 대신 감은 팔에 힘을 주었다. 이런 치사는 여러 번 들었지만 지금처럼 뿌듯하게 들린 적은 없었기 때문이다.

"이제야 내가 여자를 만났어."

겨우 그렇게 말한 준병이 성희의 귓불을 입술로 물었다. 이제야 내가 임자를 만났다고 하려다가 얼른 말을 바꿨다.

다음 날 새벽, 준병이 또 덮쳐왔을 때 성희는 매정하게 몸을 틀었다.

"싫어요, 이제 그만."

달아올랐던 병준이 의아한 듯 눈을 크게 떴다가 곧 화를 냈다.

"야, 돌아누워."

"나 죽을 것 같아."

어깨를 흔들어 손을 뿌리친 성희가 울상을 짓고 준병을 보았다.

"오빠, 오늘은 그만, 응?"

"이번 한 번만."

"오빠는 내 사정을 몰라."

성희가 상반신을 일으키더니 침대 밑에 떨어진 속옷을 주워들었으므로 준병은 일어나 앉았다. 허리를 굽히고 팬티를 끼어 입는 성희의 알몸은 군살 하나 붙지 않았다. 해는 떠오르지 않았지만 방안은 환해서 성희의 배꼽 옆에 찍힌 점까지도 또렷하게 보인다. 준병은 저도 모르게 고인 침을 삼켰다.

"어디 가려는 거야?"

"그냥 입고 있으려고."

"너, 내가 싫어?"

"그렇게 자주 하면 난 못 일어나."

팬티만 걸친 성희가 창문 앞에 놓인 의자에 앉았고 준병은 다시 목이 꽉 막히는 기분이 들었다. 그러나 가슴은 묘한 안도감으로 뿌듯해졌다. 준병 같은 오입쟁이에게 제일 듣기 끔찍한 말은 정력이 약하다는 소리일 것이다. 반대로 제일 듣고 싶은 말은 '세다'는 표현이 되겠는데 성희가 바로 그렇게 말해준 것이다. 탁자 위의 담배를 집어든 준병이 이제는 은근한 시선으로 성희를 보았다.

준병에게 싫은 종류의 상대가 있다. 제법 색을 밝힌답시고 달라붙어 자꾸 요구하며 아양을 떠는 부류인데 그때는 생각이 났다가도 시들어져 버리는 것이다. 이런 타입은 그것이 상대를 더 자극시키고 점수를 따는 줄로 아는 모양이지만 천만의 말씀이다. 그것은 돈도 여자도 궁한 자들에게나 어울릴 행태다. 이쪽 같이 귀하신 분에게는 피곤하고 귀찮기만 할 뿐이다. 따라서 성희의 자세는 아주 바람직했다. 비록 새벽의 열기가 시들기는 했지만 자만심을 채워주었고, 신비감이 남아 있도록 해준 것이다.

"오빠, 나 돌아가야 돼."

성희가 봉긋 솟아오른 가슴을 손끝으로 쓸어 올리면서 말했을 때 준병은 길게 심호흡을 했다. 다시 아랫도리에서 열기가 뻗쳐올랐던 것이다.

"그래, 씻고 나가자."

"미안해, 오빠. 아직도 얼얼해서 그래."

"알았어."

이를 악문 준병이 호기 있게 일어서더니 화장실로 들어섰으므로 성희는 풀썩 웃었다. 그때 수평선 위로 붉은 태양이 조금 솟아오르더니 방 안은 금방 붉은 기운으로 덮였다.

그들이 서울에 도착 했을 때는 오전 11시경이었다.

"내가 여관 내부 공사를 해줄 테니까."

논현동의 길가에 차를 세운 준병이 정색한 얼굴로 성희를 보았다.

"다 나한테 맡겨."

"그럼 오빠가 이 돈 가져가."

핸드백을 연 성희가 봉투 하나를 내밀었다.

"3억 5천이야."

"이게 날 뭘로 보고?"

눈을 부릅뜬 준병이 거칠게 성희의 손을 쳤다.

"내가 그냥 해줄 거야, 그리고."

준병이 성희의 눈을 똑바로 보았다.

"너, 내가 집 얻어 줄 테니까 그곳으로 옮겨, 알았지?"

눈만 깜박이는 성희에게 준병이 자르듯 말했다.

"몇 푼 있다고 잘난 체 말란 말이야."

"두 대만 더 팔아라."

책상에 두 팔을 짚은 장정수가 조철봉에게로 상체를 굽혔다.

"그러면 넌 45대가 된다. 45면 가보 아니냐? 끗발도 좋고…."

"앗따, 44면 사땡이니까 한 대만 더 채웁시다."

조철봉이 귀찮은 듯 말을 끊었지만 정수는 굳은 얼굴을 바짝 붙였다.

"야, 네가 50대는 판다고 했지 않아? 우리 확실하게 1등 한 번 해보자."
"이만해도 1등은 충분하니까 좀 쉽시다."
조철봉이 의자에 등을 붙였으므로 마침내 정수도 허리를 폈다. 그러나 아쉬운 표정이다.
"넌 50대도 채울 수 있는 놈이야."
조철봉의 현재 실적은 43대였고 그동안 서초영업소의 크로나 판매 실적은 152대로 늘어났다. 2위인 방배영업소가 113대로 차이는 더 벌어진 것이다. 거기에다 개인별 실적으로는 조철봉이 부동의 1위를 고수하고 있다. 2위군(群)이 20대 평균인 것이다. 정수가 자리로 돌아갔을 때 조철봉은 손목시계를 보았다. 오전 10시 반이 되어가고 있었으니 임아나의 부친 임기찬을 만나러 갈 시간이 된 것이다.
임기찬은 강남의 부동산 재벌로 현금 동원 능력이 장안에서 열 손가락 안에 드는 거물이다. 조철봉이 역삼동 사거리 근처의 20층 건물로 들어섰을 때는 11시 20분이었다. 사방이 검은색 유리로 덮인 이 건물도 임기찬이 소유한 부동산 중의 하나다. 로비의 안내원에게 회장과 약속이 있어서 왔다고 하자 금방 대우가 극진해졌다. 엘리베이터를 타고 18층에 내리자 미모의 여직원이 기다리고 있다가 조철봉을 안내했다. 회장실 안으로 들어선 조철봉은 안쪽 테이블에 앉은 깡마른 사내를 보았다. 안경알 뒤의 눈빛이 날카롭고 피부는 검게 탔다. 임기찬이었다.
"어서 오시게."
자리에서 일어선 기찬이 존댓말도 반말도 아닌 어정쩡한 표현을 쓰면서 웃음을 지어 보였다.
"조철봉입니다."

허리를 굽힌 조철봉에게 기찬이 손을 내밀었다.

"잘 오셨네. 내가 만나고 싶었네."

소파에 마주보고 앉았을 때 여직원이 들어와 차를 내려놓고는 소리 없이 물러갔다. 당사자인 아나를 동석시키지 않은 것이 오히려 홀가분했으므로 조철봉은 기찬을 똑바로 보았다. 서로 상대방을 치밀하게 조사했지만 이쪽이 더 선수일 것이다. 기찬이 얼굴을 풀면서 입을 열었다.

"젊은 사람이 꽤 발이 넓더구먼. 내가 조금 알아보았네."

"그러셨습니까?"

놀란 듯 눈을 동그랗게 뜬 조철봉이 곧 싱긋 웃었다.

"이곳저곳 바쁘게 돌아다니다 보니까 실속 없이 얼굴만 알려진 것 같습니다."

"브라질에 사업 기반이 있다면서?"

"곧 정리하고 고국에 투자하려고 합니다, 그래서."

"서울에서 도와주는 사람은 있나?"

"아시겠지만 대성자동차와 인연이 있어서요. 그래서 여러분을 소개받았습니다만."

"어떤 사업을 할 계획인가?"

"자동차 사업에 더 이상 관여하지는 않을 작정입니다. 우선 호텔업에 관심을 갖고 있습니다."

기찬이 머리를 끄덕였다. 여관 건물을 매입했다는 이야기를 아나한테서 들었을 테니 앞뒤가 맞는 말이 된다.

"자금이 상당히 들 텐데."

"소형 모텔 식 체인을 구상 중입니다."

조철봉이 얼굴을 펴고 말했다.
“덩치만 크다고 유리한 것이 아닙니다.”
“그건 그래.”
기찬이 부드러운 표정으로 조철봉을 보았다.
“요즘은 소형 체인점이 실속이 있는 것 같더구먼, 그런데.”
헛기침을 한 기찬이 눈을 좁혀 떴다.
“자금은 충분한가?”
“예, 어느 정도는.”
조철봉도 뜸을 들이고 나서 대답했다.
“300억 정도는 지금이라도 동원할 수 있습니다.”
“음, 그런가?”
커다랗게 머리를 끄덕여 보인 기찬이 말을 이었다.
“어려운 일 있으면 이야기하게. 내가 도와줄 테니까.”
“감사합니다.”
“그런데 내가 보자고 한 이유는 알고 있겠지?”
“짐작은 하고 있습니다.”
“내 딸 아나를 어떻게 생각하나?”
시선을 든 조철봉은 기찬의 얼굴이 굳어져 있는 것을 보았다. 기찬이 이런 식으로 아나에 대해서 물은 경우는 없었을 것이라는 생각이 들었다.
“좋은 환경에서 잘 자란 여자라고 보았습니다.”
기찬은 부동산 투기에 뛰어나 이렇게 거부가 되었지만 아나가 초등학생일 때는 룸살롱을 운영했다. 기반을 잡은 것이 10년쯤 되었으니 그동안 자식들의 환경은 모두 돈으로 때운 것이나 마찬가지였다. 좋은 환경이라고 볼 수는 없다. 그러나 기찬은 조철봉의 대답에 만족한 듯 다시 머리를 끄덕였다.

"시간 내서 집으로 와주게. 아나 어머니도 자넬 보고 싶어 하니까."

이로써 자신은 승낙을 했다는 뜻이었으므로 조철봉은 깊게 머리를 숙였다.

"감사합니다, 아버님."

"돈 관리를 철저하게 해야 돼."

"명심하겠습니다."

300억은 기찬에게도 큰돈일 것이었다. 그리고 조철봉 또래에 그만한 거금을 갖고 있는 사내는 드물다. 조철봉은 기찬이 300억 이야기를 듣고 나서 더 이상 다른 것을 묻지 않았다는 것을 깨달았다. 기찬의 방에서 나온 조철봉이 아래층 로비로 내려왔을 때였다. 안내 옆에 서 있던 임아나가 조철봉과 시선이 마주치자 활짝 웃었다.

"잘 끝났어요?"

안내와 경비가 힐끔거리고 있는데도 바짝 다가선 아나가 조철봉과 팔짱을 꼈다.

"30분이나 걸렸어. 걱정이 돼서 들어가려다가 참았어."

"걱정은 무슨."

문득 조철봉은 처음 만났을 때의 아나를 떠올리고는 쓴웃음을 지었다. 전혀 딴판이다. 아나는 만날수록 부드러워진다. 빌딩을 나온 조철봉은 아나를 옆에 태우고는 강남대로를 달렸다. 점심시간이라서 강남대로는 모처럼 소통이 잘 되었으므로 차는 곧 올림픽대로로 들어섰다.

"우리 오늘은 멀리 가볼까?"

속력을 내면서 조철봉이 묻자 아나의 표정이 더 밝아졌다.

"동해안으로 가요."

"그러지."

이 시간에 동해안으로 출발하면 당일에 돌아오지 못할 것이 뻔했지만 아나는 신경도 쓰지 않았다.

"점심은 가다가 휴게소에서 먹어요. 점심 먹는 시간도 아까워."

아나가 들뜬 목소리로 말했다.

"어서 둘이만 있고 싶어."

그때 윤성희의 얼굴을 떠올린 조철봉은 어금니를 물었다. 윤성희는 오늘도 오준병과 붙어 있는 것이다. 이렇게 아나와 떠나는 것도 그것에 대한 반발심 때문이다.

오늘의 조철봉은 거칠었다. 전희도 거의 생략한 다음 곧장 진입해 왔다. 아나는 이를 악물었지만 저절로 신음이 뱉어졌다. 강릉 경포대의 바다가 내려다보이는 호텔방 안이다.

"오빠, 천천히."

아나가 겨우 그렇게 말했을 때 조철봉은 더 거칠게 파고들었다. 그러나 일 분도 안 되어서 아나의 몸은 달아올랐고 샘은 넉넉하게 메워지기 시작했다.

"오빠, 빨리 끝내지 마."

두 팔로 조철봉의 허리를 감아 안은 아나가 들뜬 목소리로 말했다.

"오늘은 너무."

그러나 아나는 말을 잇지 못했다. 조철봉이 갑자기 상체를 세우더니 몸을 돌렸기 때문이다. 하반신을 밀착시킨 채 몸이 돌려지는 그 짧은 순간 아나는 조철봉과 떨어지지 않으려고 허리를 바짝 붙였다. 그리고 몸이 돌려지면서 조철봉의 뜨거운 몸이 다시 깊숙하게 느껴졌을 때 만족한 신음을 뱉었다. 조철봉은 침대 위에 엎어진 아나의 미끈한 등판을 보았다. 가슴을 침대에 붙인 채 엉덩이를 치켜든 자세여서 등판이 부드럽게 휘어졌고 등뼈의 골이 파였다.

아나의 어깨를 움켜쥔 조철봉의 움직임이 다시 거칠어졌다. 조철봉은 침대 밑의 바닥을 딛고 선 자세였지만 아나는 침대 위에 무릎을 꿇고 엎드려 있다. 다시 아나의 호흡이 격해지더니 절정으로 치솟기 시작했다. 침대 시트를 움켜쥔 아나의 손등에 파란 정맥이 솟아올랐고 신음 소리는 더 높아졌다. 아나가 시트에 묻었던 얼굴을 옆쪽으로 돌렸으므로 달아오른 반쪽 얼굴이 드러났다.

"오빠, 나 할 것 같아."

조철봉의 움직임에 맞춰오던 허리의 진퇴가 불규칙해지면서 아나가 비명처럼 소리쳤다. 그 순간 조철봉은 아나의 몸에서 떨어져 침대 위에 누웠다. 놀란 아나가 머리를 들더니 옆에 누운 조철봉을 보았다. 신음은 그쳤지만 아직도 목에서 쇳소리가 날 정도로 호흡이 거칠었고 얼굴은 붉게 달아올랐다.

"오빠, 왜?"

겨우 아나가 그렇게 물었을 때 조철봉은 두 팔을 벌렸다.

"이리 와."

아나가 이제야 알았다는 듯이 조철봉의 몸을 타고 앉았지만 냉큼 행동을 잇지는 못 했다. 우선 쪼그리고 앉을지 꿇고 앉을지 결정을 못 한 듯 꾸물거린 것이다. 조철봉은 아나의 무릎을 쥐고 침대에 붙였다. 순순히 따른 아나가 꿇고 상반신을 세운 자세가 되었을 때 조철봉은 다시 진입했다. 이제는 아나가 주도권을 갖게 되었다. 처음에 엉덩이를 가볍게 움직이던 아나가 문득 시선을 내려 조철봉을 보더니 곧 외면했다.

"오빠, 싫어."

조철봉은 쓴웃음을 지었다. 아나는 겪을수록 부끄럼을 타는 것이다. 아나의 움직임이 아예 멈춰버렸으므로 조철봉은 상체를 일으켰다. 그러자 둘이 부둥켜안은 자세가 되었고 그때서야 아나의 몸이 다시 움직이기 시작했다. 조철봉은 아나의 얼굴을 두 손으로 감싸 안고 입을 맞췄다. 아나의 입에서는 살구 냄새가 밴 타액이 가득 차 있었고 젤리 같은 혀가 내밀렸다가 가쁜 호흡에 밀려 빠져나갔다.

이윽고 조철봉은 아나를 밀어 눕혔다. 그러고는 정상위로 다시 돌아갔을 때 금방 아나는 절정에 다다랐다. 신음도 내뱉지 않고 온몸을 경직시켰다가 엉켜 붙으며 떠는 아나를 안으면서 조철봉은 이를 악물었다. 아나의 몸은 뜨거웠고 샘은 아직도 분출되는 중이었다. 조철봉은 거친 숨을 뱉는 아나의 귓불을 가볍게 물었다.

"네가 좋아, 아나야."

"견적을 뽑았는데 대충 3억이 든다."

오준병이 정색하고 윤성희를 보았다.

"내부를 다 뜯어 고쳐야 돼. 그러면 네가 처음 견적 받았던 놈들은 4억도 더 넘게 청구할 거야."

오준병이 술잔을 들고 건배하는 시늉을 했다.

"내가 다 해줄게. 넌 가만있으면 돼. 가소롭게 또 돈 봉투 꺼내면 혼나."

4억짜리 내부 공사를 거저 해준다는 말이었다. 그러나 성희가 눈만 치켜뜨고 조금도 고마운 기색을 보이지 않았으므로 준병은 은근히 초조해졌다.

"왜? 무슨 일 있어?"

"아니."

갑자기 생각에서 깨어난 듯 성희가 크게 머리를 저었다.

"너무 얼떨떨해서 그래, 오빠."

"자아식."

쓴웃음을 지은 준병이 정종을 한 모금 삼키고는 손목시계를 보았다.

"오늘은 일찍 집에 들어가야 돼. 제사가 있어."

"미안해, 오빠. 너무 시간을 뺏어서."

"미안하긴, 내가 좋아서 하는 일인데."

허리를 편 준병이 바지 주머니에서 접힌 봉투 하나를 꺼내더니 성희에게 내밀었다.

"이건 네 용돈이야, 5백 들었어."

성희의 시선을 받은 준병이 노려보는 시늉을 했다.

"네 돈은 아껴. 어디 채권을 사놓든지 아니면 적금을 들든지. 주식 같은 건 하지 말고, 모르고 달려들면 백전백패다."

"오빠, 이 돈은 못 받겠어."

앞에 놓인 봉투를 바라보며 성희가 울상을 지었으므로 준병이 혀를 찼다.

“어서 넣으라니까? 지금 네가 봉투 놓고 제사 지내는 거냐?”

준병과 헤어진 성희가 원룸 아파트로 돌아왔을 때는 밤 10시 반이었다. 출장 핑계를 댄 준병과 함께 2박 3일을 같이 지냈던 터라 온몸이 물에 젖은 솜처럼 늘어졌지만 머릿속은 맑았다. 창문을 열어 방안의 공기를 환기시킨 성희는 한동안 소파에 우두커니 앉아 있었다. 그러고는 생각난 듯 가방에서 봉투를 꺼내더니 수표를 탁자 위에 나란히 펼쳤다. 5장이다.

“그럼 4억 5백을 벌었네.”

수표를 내려다보던 성희가 혼잣소리로 말했다.

“하지만 4억은 내가 번 것이 아니지, 철봉 오빠가 번 것이지.”

여관을 계약할 때 성희가 계약금은 냈지만 잔금을 치르면서 등기는 조철봉의 앞으로 옮겨질 것이었다. 그저 준병 앞에서 자신은 쇼를 한 것뿐이다. 그때 벨이 울렸으므로 성희는 자리에서 일어섰다. 문을 열었을 때 친척 동생이 어색한 표정으로 웃었다.

“언니, 밥 차려주고 오느라 늦었어요.”

“괜찮아, 들어와.”

조철봉이 힘을 써서 입국시켜준 친척 동생이다.

“어제 어디 다녀오셨어요?”

소파에 앉은 동생이 묻다가 탁자 위에 놓인 수표를 보더니 눈이 둥그레졌다.

“언니, 무슨 일인데요?”

동생이 물었을 때 성희는 수표 한 장을 집어 내밀었다.

"받아, 이거 주려고 불렀어."

"언니."

놀란 동생이 몸까지 뒤로 젖혔지만 성희는 코앞에다 수표를 내밀었다.

"100만 원이야, 옷도 사 입고 필요한 것 사."

"언니, 저는…."

"괜찮아, 받아."

동생이 두 손으로 수표를 받았을 때 성희가 굳은 얼굴로 말했다.

"돈이면 다 되는 세상이야, 이곳은. 내가 어떻게 돈을 버는지 두고 봐."

다음 날 점심시간, 조철봉은 국제호텔의 라운지에서 윤성희를 만났다. 윤성희는 이제 솜털을 벗고 날 준비가 된 새처럼 활기가 넘쳐 보였으며 신선했다. 분홍색 정장 차림의 성희가 라운지로 들어선 순간부터 남자들의 움직임이 정지되더니 시선이 집중 되는 것만 봐도 그렇다. 아름답다는 표현은 부족하다. 다가오는 성희를 똑바로 보면서 조철봉이 생각했다.

성희는 자신이 만든 작품이다. 조철봉은 남자들의 시선에 자긍심을 느꼈다. 성희에게는 남자의 본능을 자극하는 마력이 있다. 남자들은 발정 난 암컷의 향에 도취된 수컷처럼 정신을 못 차리는 것이다. 다가온 성희가 앞자리에 앉았을 때 조철봉의 시선에 초점이 잡혔다.

"잘 놀았어?"

불쑥 말을 뱉고 나서 조철봉은 곧 쓰게 웃었다. 중간중간에 보고를 받아 진행 과정을 다 아는데도 말이 그렇게 나온 것이다. 성희는 처음부터 굳은 표정이었다.

“오준병 씨가 내부 공사는 다 해준다고 했어.”

외면한 채 성희가 말을 이었다.

“견적이 4억 정도 나오지만 자기가 알아서 하겠대.”

“그렇다면 벌써 4억 벌었군.”

조철봉이 얼굴을 펴고 웃었다.

“내가 보너스를 주지.”

“오빠는 아무렇지도 않아?”

불쑥 성희가 묻자 조철봉이 눈을 크게 떠 보였다.

“뭐가?”

“내가 오준병 씨하고 같이 있는 것.”

“그건 비즈니스야, 사업이라구.”

조철봉의 얼굴에서 웃음기가 사라졌다.

“너도 곧 익숙해질 거야.”

“힘들어, 연극하는 거.”

“한 달이면 된다.”

얼굴을 바로 편 조철봉이 똑바로 성희를 보았다.

“잘 들어, 내말을.”

성희의 시선을 잡은 조철봉이 목소리를 낮췄다.

“곧 오준병이 너한테 아파트나 빌라를 얻어줄 거야. 만일 전세로 얻는다고 하면 네가 돈을 내겠다고 해, 아예 집을 사겠다고. 그러면 자존심이 상해서 네 이름으로 해줄 거다.”

조철봉이 희미하게 웃었다.

“그리고 차를 사준다든가 용돈을 준다고 하면 거절해. 내가 크로나를 한 대 뽑아 줄 테니까 넌 그놈을 타고 다니란 말이다, 알았지?”

“알았어.”

“목표는 아파트야, 사소한 것을 받으면 오준병이 가볍게 본단 말이다. 무슨 말인지 이해가 되니?”

“알았다니까.”

“그것이 1차 목표다. 아파트가 네 앞으로 등기가 되면 내가 한 달 안에 처분해버릴 테니까. 그리고 그동안에 달성해야 할 2차 목표가 있다.”

조철봉이 입술 끝을 비틀고 웃었다.

“2차는 현금을 빼내는 거지.”

“어떻게?”

“그것은 내가 차분하게 이야기 해주지.”

손목시계를 내려다본 조철봉이 일어나는 시늉을 했다.

“뭘 먹을래? 맛있는 거 사줄게.”

“아무거나.”

“그럼 이층의 일식당으로 갈까?”

자리에서 일어선 조철봉이 은근한 눈빛으로 성희를 보았다.

“아까 네가 라운지로 들어설 때부터 난 후끈 달았어. 밥 먹고 객실로 들어가자.”

성희가 눈만 흘겼으므로 조철봉이 싱긋 웃었다.

“널 보면 언제나 그래.”

사무실로 돌아온 조철봉에게 미스 강이 조심조심 다가와 섰다. 미스 강은 입사 5년 차 고졸 경리사원으로 이제는 사무실 돌아가는 내막을 꿸 정도가 되었다.

"소장님은 사우나 가셨어요."

책상에 바짝 붙어 선 미스 강이 소리 죽여 말했다. 머리를 끄덕인 조철봉은 힐끗 옆쪽 벽에 붙은 직원 외출 상황판을 보았다. 맨 꼭대기에 기록된 소장 장정수의 외출지는 거래처라고 적혀 있었다.

"이달 말에 특판 기간이 끝나면 조 과장님이 방배영업소장으로 승진된다는 소문이 났어요."

"내가?"

조철봉이 눈을 치켜떴지만 입술은 웃었다.

"누가 그래?"

"소장님이 본사 영업부장하고 전화하는 걸 들었어요."

"저희들 멋대로 인사를 하는군."

"그럼 저도 방배영업소로 데려가줘요."

미스 강이 허리를 조금 비틀고는 작은 눈으로 흘기듯이 조철봉을 내려다보았다. 160 정도의 키에 얼굴은 동글납작했지만 귀염성이 있는 데다 볼륨이 큰 체격이어서 미스 강의 인기가 좋은 편이었다. 성격도 밝고 사근사근해서 미혼 남자사원들과 자주 데이트를 하는 눈치다.

미스 강이 조철봉의 정보원이 된 지는 2년째였다. 주위를 둘러본 조철봉이 의자에 등을 붙였다. 사무실 안에는 직원이 서넛뿐이었고 이쪽에는 신경쓰지 않았다.

"신경쓸 것 없어. 다 잘될 테니까."

"과장님하고 같이 있겠어요."

“글쎄, 알았다니까.”

미스 강의 시선을 받은 조철봉이 은근하게 웃었다.

“한 시간 후에 커피숍에다 봉투 맡겨놓을 테니까 찾아가.”

“싫어요. 이따 저녁이나 사주세요.”

“저녁에도 일해야 돼.”

조철봉이 눈을 부릅떠 보였으므로 입술을 내민 미스 강은 몸을 돌렸다. 그러고는 허리를 펴고 꼿꼿하게 걸었는데 엉덩이에 힘을 준 것이 역력하게 드러났다. 미스 강에게 매월 50만 원을 정보비 조로 지급해온 지 2년인 것이다.

정보의 질과 양에 따라서 지급액이 차이가 났으므로 미스 강은 적극적이었다. 한 번에 목돈을 주면 기준가가 올라가게 되는 터라 오늘은 봉투에 30만 원을 넣을 예정이었다. 미스 강의 엉덩이에서 시선을 뗀 조철봉은 길게 숨을 뱉었다. 오늘 저녁을 사달라고 한 것도 저녁 시간을 같이 보내자는 뜻이었다. 미스 강은 눈짓만 한 번 해도 팬티를 끌어내릴 준비가 되어 있는 것이다. 그러나 회사의 상하관계에서 서로 얽히면 질서가 문란해질 뿐만 아니라 치명적인 약점을 잡힐 수가 있다. 이은영을 결국 떼어 놓은 것도 그 때문이었다.

오후 5시 반이 되었을 때 저고리를 집어 들고 사무실을 나서던 조철봉은 현관 앞에서 장정수와 마주쳤다.

“어? 어디 가는 거야?”

사우나에서 땀을 뺀 듯 정수의 얼굴이 번들번들했다.

“고객하고 약속이 있어서.”

시계를 내려다보는 시늉을 하고 나서 조철봉이 정색했다.

"그런데 방배영업소장이 이곳으로 온다는 소문이 있던데 어떻게 된 일입니까?"

"어? 누가 그래?"

"본사에서 들었어요."

"어떤 놈이."

얼굴이 더 붉어진 정수가 어금니를 물었다가 풀었다.

"말도 안 되는 소리를."

"방배소장 로비력이 세다고는 합디다."

조철봉은 몸을 돌렸다. 아마 정수는 책상에 앉자마자 이곳저곳에 전화질을 시작할 것이다.

"당신, 무슨 일 있어요?"

서경윤이 물었으나 남편 이종학은 잠자코 소파에 앉더니 탁자 위에 놓인 담배를 집어 들었다. 종학은 오후 6시도 안 되어서 집으로 돌아온 데다 표정이 어두웠다.

"어디 아파요?"

다시 물었지만 경윤의 가슴은 무겁게 내려앉아 있었다. 회사일은 묻지 않는 한 말해주지 않는 종학이다. 그러나 집에서 통화하는 내용이나 표정, 그리고 얼마 전에 빌라가 법원의 압류 통지를 받았다가 해지되는 상황들로 미루어 자금 사정이 어렵다는 것은 알고 있었다. 굳은 얼굴을 한 경윤이 종학의 앞에 앉았다.

"여보, 기운을 내요. 당신은 능력 있는 사람이잖아."

"아무래도 내일 부도가 날 것 같아."

불쑥 입을 연 종학이 흐려진 눈으로 경윤을 보았다.

“그동안 말을 안 했지만 겨우 지탱해갔는데 내일 2억 5천짜리 어음은 못 막겠어.”

예상보다 심각한 상황이었으므로 경윤의 얼굴이 하얗게 변했다. 그러나 아직 부도가 나면 어떤 결과가 나는지를 모르는 터라 눈만 껌뻑였다. 종학이 담배에 불을 붙이더니 연기를 길게 뿜었다.

“이 집도 지난번 겨우 풀었지만 넘어갈 거야. 그래서 말인데….”

갑자기 허리를 편 종학이 집 안을 둘러보는 시늉을 했다.

“대충 짐을 꾸려서 오늘 밤 안으로 당신은 떠나도록 해. 그것이 낫겠어.”

“떠, 떠나다니요?”

“내일 저녁이면 채권자들이 몰려올 거야. 그러니까.”

기가 막힌 경윤이 입을 딱 벌렸으나 종학은 초점을 잃은 시선으로 다시 집 안을 둘러보았다.

“옷가지하고 패물만 챙기고, 가전제품은 그대로 둘 수밖에 없어.”

“여보.”

“미안해.”

이를 악문 종학이 머리를 떨구었으므로 경윤의 눈에서 왈칵 눈물이 쏟아졌다. 종학은 선량한 사람이었다. 영일을 친아들처럼 아껴주었고 다정했다. 자신을 진정으로 사랑해 주었으며 가정의 행복을 느끼게 해 준 남편이다.

“서둘러야 돼. 그래서 일찍 온 거야.”

외면한 채 종학이 말했을 때 경윤은 얼른 손바닥으로 눈물을 닦았다.

"그럼 어디로 가요?"

"부산 언니한테 가 있으면 안 될까? 채권자들이 거기까지 당신을 찾아가지는 않겠지."

"그, 그럼 당신은요?"

"난 아무래도."

이윽고 시선을 든 종학이 경윤을 보았다.

"부도 금액이 15억 정도가 될 거야. 그걸 수습해야겠어."

"그렇다면."

"아파트하고 공장, 부동산은 이미 은행에 담보로 잡혀 있는 데다 다른 것도 걸려 있어서 다 날아갔고."

종학이 얼굴을 일그러뜨리며 웃었다.

"나머지는 내가 몸으로 때워야겠지."

"어떻게요?"

"여보, 내말 잘 들어."

담배를 비벼 끈 종학이 눈을 치켜뜨고 경윤을 보았다.

"내가 저지른 일이니까 나 혼자서 책임질 거야. 내가 어떻게 되더라도 당신과 영일이한테 피해가 가면 안 돼."

종학이 주머니에서 서류를 꺼내 내밀었다.

"합의이혼 서류야. 형식적인 것이니까 신경쓰지 말고 도장을 찍어. 그러면 채권자들이 당신을 괴롭힐 수가 없을 테니까."

"여보."

경윤이 이를 악물었지만 말을 잇지는 못 했다.

“한양전자의 부도액은 15억 5천 정도가 될 겁니다.”

탁자 위에 약속어음 한 장을 내려놓은 최갑중이 조철봉을 보았다.

“내일 아침에 여기 있는 2억 5천짜리 어음이 은행에 들어가면 부도가 납니다.”

약속어음에 시선을 준 채 조철봉이 머리만 끄덕였다. 한양전자 대표이사 이종학이 발행한 어음이다. 이종학은 부품 공급 회사인 일성기계에 이 어음을 지급했고 일성기계는 어음할인 업체인 대호금융에 어음을 넘긴 것이다. 물론 사채업자인 대호금융은 2억 5천짜리 어음을 받고 일성기계에 2억 2천5백을 지급했는데 한 달간 이자 10퍼센트를 떼었지만 일성기계는 감지덕지했다. 그들로서는 대호금융에서 할인할 어음이 있느냐는 연락이 하느님의 복음처럼 들렸을 것이었다.

요즘 들어 일성기계는 한양전자와 거래하면서 어음이 제대로 결제된 때가 드물었다. 이 2억 5천짜리 어음도 석 달간 밀린 납품대금이 쌓인 것으로 만기일이 되었을 때 또 한양전자로부터 만기일 연장 부탁을 받을 것이 틀림없었기 때문이다. 그렇다고 부탁을 거절하고 어음을 은행에다 들이밀 수도 없는 형편이다. 한양전자가 부도를 맞으면 부품업체인 일성기계도 연쇄부도를 맞을 것이었으니 어쩔 수 없이 이자 몇 퍼센트를 더하여 새 어음을 받아야만 할 것이었다. 의자에 등을 붙인 갑중이 쓴웃음을 지었다.

“이종학이가 며칠 전부터 저를 찾으려고 대호금융에 열 번도 더 찾아왔다는데요. 오늘은 사무실에 두 시간이나 앉아 있다가 갔답니다.”

조철봉이 잠자코 담배를 꺼내 입에 물었다. 대호금융 사장 강순팔이 누구인가? 닳고 닳은 사채업자인 것이다. 언제 부도가 날지 모르는 한양전자의 어음을 친절하게 연락까지 해서 할인해준 이유는 최갑중이 시켰기 때문이다. 최갑중은 2억5천을 지급하고 한양전자 어음을 받아왔으니 강순팔은 그냥 앉은 자리에서 2천5백을 챙긴 셈이다.

"내일 은행 문 열자마자 어음 집어넣어."

담배 연기를 내뿜으며 조철봉이 말했다.

"네가 2억 5천에서 얼마나 찾는지 두고 보겠다."

"형님도 참."

갑중이 이맛살을 찌푸렸다.

"이종학은 내일 2억 5천을 시작으로 줄줄이 어음이 밀려올 겁니다. 글쎄, 부동산은 이미 다 들어먹었고 어음과 당좌수표가 15억 5천이 된다니까요."

"그럼 네가 채권자 대표를 해도 되겠군."

"그 감투를 써서 뭐 합니까?"

"절대로 합의를 하면 안 된단 말이야."

"그러지요."

"집으로 쳐들어가서 행패를 부려."

"준비하고 있습니다."

힐끗 조철봉의 눈치를 살핀 갑중이 눈살을 찌푸렸다.

"형수가 아니, 영일이 엄마가 제 얼굴을 알아보지는 못 하겠지요?"

"니가 탤런트냐?"

"형님 결혼식 때 제가 가지 않았습니까?"

"미친놈."

입맛을 다신 조철봉이 담배를 비벼 껐다.

"너같이 평범한 상판은 몽골에도 많아."

자리에서 일어선 조철봉이 뱉듯이 말했다.

"기름 짜듯이 비틀어서 짜내, 그년이 감춰둔 돈이 있을지도 모른다. 짜낸 돈은 다 너한테 줄 테니까."

"그러지요."

갑중이 일어서는 조철봉을 따라 일어서며 대답했지만 별로 고마운 기색은 없었다. 이 일은 두 달 전부터 갑중과 치밀하게 계획해 놓은 것이다. 물론 갑중은 조철봉이 이종학의 가정을 파괴하려는 이유를 안다. 둘은 나란히 호텔 커피숍을 나왔다.

수화기에서 민유진의 목소리가 울렸을 때 조철봉은 시계부터 보았다. 저녁 8시 10분, 정상적인 여자라면 집에 돌아온 남편에게 저녁상을 차려주든지 아니면 아이들 치다꺼리에 바쁠 시간이다.

"지금 뭐 해?"

유진이 물었으므로 조철봉은 젓가락을 내려놓았다. 집 근처 순댓국집에서 혼자 저녁을 먹고 있는 중이었다.

"아, 지금 루비호텔에 있어."

불쑥 말을 해놓고 나서 조철봉은 남은 숨을 길게 내뱉었다. 스스로 문득 짜증이 났기 때문이다. 순대국밥을 먹고 있다 해도 상관없을 상대인데 저도 모르게 거짓말이 튀어나왔다.

"거기서 뭐하는데?"

"아, 손님하고 금방 헤어졌어, 그런데 웬일이야?"

"그냥 심심해서."

쓴웃음을 지은 조철봉이 입안에 남아 있던 음식을 모아 삼켰다. 한번 맛을 들인 유진이 연락을 해오는 것은 시간문제일 뿐이었다. 그저 며칠 상관이다. 간통은 스릴이 있을수록 성적 자극이 큰 법이다.

"그럼 나올래?"

"하지만 11시까지는 들어와야 하는데 괜찮을까?"

유진의 말에 조철봉은 다시 시계를 보았다. 화장하고 나오는 데 한 시간 반, 그러면 9시 40분이 된다. 집에 가는 데 30분을 잡는다고 해도 같이 있는 시간은 1시간도 채 안 되는 것이다.

"이봐, 내가 토끼인 줄 알아?"

목소리를 낮추고 말했지만 금방 알아들은 유진이 키득 웃었다.

"그래도 스릴 있지 않아?"

"그럼 아예 팬티도 벗고 오든지, 시간 절약하게 말이야."

"그럴게."

유진은 이런 식의 대화를 즐기는 기색이 역력했다. 다행히 옆쪽 테이블이 비어 있었지만 조철봉은 전화기를 귀에 바짝 붙였다. 어느덧 자신의 몸도 뜨거워지고 있었던 것이다.

"차라리 내가 그쪽으로 가는 게 어때? 그러면 느긋하게 남편 전화를 받을 수가 있지 않겠어?"

그러자 유진의 대답이 들리지 않았다. 생각지도 못 한 방법이었을 것이다. 야쿠자의 현지처 집에서 침대를 사용하는 간 큰 남자가 있겠는가? 조철봉은 엉겁결에 던진 제 말에 제가 먼저 자극을 받고는 눈을 치켜떴다. 그러고는 다그쳤다.

"어때? 네 침대에서 노는 것이?"

"자신 있어?"

유진의 목소리는 가라앉아 있었는데 그쪽도 제 자신에게 확인하는 것처럼 느껴졌다.

"까짓 것, 너한테 침 놓아준 죄로 나도 칼침 한번 맞으면 되지 뭐."

"칼침은 무슨."

질색을 한듯 유진의 목소리가 급해졌고 따라서 조철봉의 기운도 조금 줄어들었다. 그러나 다시 오기가 일어났다. 조철봉이 벽 쪽으로 머리를 돌리고는 속삭였다.

"내 불방망이가 지금 불끈대고 있어, 얼른 집으로 들어가고 싶다는 거야."

"미쳤어."

"네 뜨겁고 철철 넘치는 샘이 그립다고 자꾸 머리를 쳐들고 있단 말이야."

"짜증나."

"네 가슴을 만져봐, 지금."

"싫어."

"네 샘에다 손가락 하나만 넣어봐."

그러자 수화기에서 긴 숨소리가 들리더니 유진이 갈라진 목소리로 물었다.

"자신 있어?"

조철봉은 식은 순댓국 그릇을 밀어놓고 일어섰다.

"빨리 들어와."

문을 열자마자 들어가는데도 유진이 속삭이듯 말했으므로 조철봉은 피식 웃었다. 유진의 아파트는 50평형으로 혼자 살기에는 너무 커보였다. 응접실의 벽에는 박만기의 대형 사진이 붙어 있었다. 골프 스윙을 하는 전신사진이었다. 소파에 앉은 조철봉이 집 안을 둘러보는 시늉을 했다. 가구는 모두 일제 일색이었고 TV는 50인치도 더 되는 것 같다.

"애국자의 집이로군."

조철봉이 감탄한 표정으로 말했을 때 유진이 주스 잔을 의자에 내려놓고 옆에 앉았다. 실크 나이트가운 차림으로 허리는 여미었지만 가슴의 반이 드러난 데다 슬쩍 비치는 허벅지의 맨살은 윤기가 났다.

"팬티 벗고 있는 거야?"

조철봉이 은근한 목소리로 묻자 유진은 눈을 흘겼다.

"느긋한 척 하지 마."

"척한다구? 그래, 지금 번데기처럼 오그라들었다."

손을 뻗은 조철봉이 유진의 손을 잡아 바지의 지퍼 위에 올려놓았다.

"스릴이 있을수록 그놈이 더 성을 낸다는 걸 몰라?"

유진이 바지 위로 조철봉의 남성을 움켜쥐었다. 이미 두 볼은 달아올랐고 불빛에 반사된 두 눈이 번들거리고 있다.

"여기서 할 거야?"

"온 집 안을 굴러다니며 할 거야."

"큰소리는."

유진이 가운을 젖힌 순간 조철봉은 숨을 들이켰다. 무성한 숲이 검게 드러난 것이다. 유진은 가운 밑에 아무것도 걸치지 않고 있었다.

"뜸 들이지 말고 해."

유진이 가운의 끈을 젖히자 이제는 둥글게 부푼 가슴과 볼록한 아랫배까지 다 드러났다. 유진의 몸에 시선을 준 채 조철봉은 바지의 혁대부터 풀었다. 그러고는 팬티와 바지를 함께 끌어내렸을 때 유진이 몸을 틀어 조철봉의 허벅지 위에 앉았다.

"급했구나."

조철봉이 입술을 비틀고 말한 순간 유진은 이미 자신의 샘을 바짝 붙였다.

"이봐, 옷이나 벗고."

"먼저 넣고 나서."

갈라진 목소리로 말한 유진이 조철봉의 남성을 잡더니 샘에 넣었다.

"아, 좋아."

두 팔로 조철봉의 목을 안으며 유진이 탄성을 뱉었다. 이미 유진의 샘은 넘쳐나고 있었으므로 조철봉은 허리에 힘을 주었다.

"전화기는 어디 있어?"

그렇게 물은 것은 자신의 템포를 줄이려는 의식적인 행동이었다. 그러자 허리를 들썩이던 유진이 주먹을 쥐더니 조철봉의 어깨를 쳤다.

"김새게 하지 마."

바지와 팬티는 겨우 내렸지만 양말은 미처 벗지 못했고 상의는 셔츠에 아직 넥타이까지 맨 우스꽝스러운 모양이었지만 조철봉은 집중하기 시작했다. 남자는 생리 구조가 여자와 달라서 단순하다. 따라서 절정에 함께 오르려면 복잡하고 미묘한 여자에 맞추는 노력이 필요하다.

소파에서 굴러 떨어진 둘은 응접실의 양탄자 위에서 정상위로 바꿨다. 그때부터 유진은 막바지 고개를 넘기 시작했다. 지난번보다 빠른 편이었다.

“내가 먼저 할게.”

이제는 거침없이 비명 같은 신음을 질러대면서 유진이 아우성치듯 말했다. 그것은 일차로 먼저 오를 테니 조철봉은 기다리라는 말이었다. 정신없는 와중에도 계산적이다.

박만기의 전화가 왔을 때는 유진은 두 번째 절정에 오른 다음 아랫배를 풀무처럼 부풀리며 가쁜 숨을 몰아쉬고 있을 때였다. 옆에 엎드린 조철봉은 담배에 불을 붙이는 참이었는데 벨 소리와 함께 둘의 움직임이 딱 멈췄다. 신기하게도 유진의 그 가쁜 호흡도 순식간에 멈췄다. 유진이 손을 뻗쳐 전화기를 들자 조철봉은 담배 연기를 유진의 알몸을 향해 길게 뿜었다.

“자기야?”

목소리를 한 옥타브 높인 유진이 얼굴 표정도 그와 비슷하게 만들었다.

“으응, 지금 막 자려구.”

이번에는 목소리를 두 옥타브 낮추었다. 조철봉의 손가락이 유진의 샘을 더듬었다.

“자기, 또 술 마셨지?”

그러면서 유진은 샘에 들어가 있는 조철봉의 손을 지그시 눌렀다.

“아니, 난 하루 종일 집에 있었어.”

유진이 몸을 비틀며 말했으므로 조철봉의 남성은 다시 힘이 솟았다. 그것을 본 유진의 눈동자에 광채가 났다.

"자기, 언제 올 거야?"

어리광을 부리듯 그렇게 물은 유진이 전화기를 바꿔 쥐더니 손으로 조철봉의 남성을 쥐었다.

"보고 싶어."

다시 몸을 비튼 유진의 샘이 넘쳐나고 있었으므로 조철봉은 일어나 앉았다. 그러고는 유진의 다리를 들어 무릎위에 올려놓았다.

"당신이 그립단 말이야."

그렇게 말하면서 유진은 조철봉의 남성을 쥐더니 자신의 샘에 넣었다. 그러고는 짧게 한숨을 뱉었는데 얼굴이 붉게 상기되었다.

"다음 주에 내가 갈까?"

그때 조철봉이 허리를 힘차게 흔들었으므로 마침내 유진이 전화기를 손으로 막더니 참았던 신음을 토해내었다.

"그만 할까?"

조철봉이 물었지만 유진은 송화구를 막은 채 머리를 세게 저었다.

"알았어. 그럼 다시 연락해."

송화구에서 손을 뗀 유진이 조철봉의 움직임에 맞춰 허리를 흔들면서 말했다. 목소리는 또렷했다.

"그런데 참."

유진이 생각났다는 듯 말을 이었으므로 조철봉은 시선을 들었다. 그들은 침대에서 마주앉은 자세로 행위를 하고 있는 터라 박만기의 목소리까지 들을 수가 있었던 것이다. 박만기는 막 전화를 끊으려는데 유진이 이어가고 있다. 박만기가 뭐냐고 묻는 소리가 다시 들렸을 때 유진이 갈라진 목소리로 말했다.

"나한테 할 이야기 없어?"

"뭔데?"

박만기가 물었을 때 조철봉은 유진의 허리를 들어 올렸다가 힘차게 부딪쳤다. 유진이 입을 딱 벌렸고 온몸이 굳었다. 유진은 이 스릴을 즐기려는 것이다. 그래서 전화도 끊지 않고 길게 이어가는 중이다. 조철봉이 계속해서 힘을 주었으므로 견디다 못한 유진이 송화구를 다시 손바닥으로 막고 길고 굵은 신음을 토해 내었을 때 수화구에서 박만기의 목소리가 울렸다.

"그래, 사랑한다. 사랑해."

"나두 사랑해."

호흡을 딱 끊은 유진이 갈라진 목소리로 말하더니 이를 악물었다가 말을 이었다. 이미 얼굴은 땀으로 젖었고 눈동자에는 초점이 없다.

"전화 끊을게."

전화기를 내려놓은 순간에 유진은 절정으로 솟아오르기 시작했다.

"야반도주를 했습니다."

최갑중이 다음 날 오후에 커피숍에서 만난 조철봉에게 심드렁한 표정으로 말했다. 조철봉도 그와 비슷한 표정으로 눈만 껌벅이자 갑중의 말이 이어졌다.

"집은 비어 있습니다. 이종학이만 배 째라 하고 남아 있구먼요."

"도망치게 했군."

"지금 빌라에는 채권자들이 몰려가 있어서 엉망입니다."

"그 여자는 부산 언니한테 가 있을 거다. 아마 남편에 대한 그리움으로 눈물바람을 하고 있겠지."

억양 없는 목소리로 말한 조철봉이 갑중을 보았다.

"무능한 남편을 만난 죗값을 받는 거야."

"형님도 참."

"합의 못 하면 이종학이 구속은 언제가 될 것 같으냐?"

"아마 오늘 중으로 일단 구속이 될 겁니다."

갑중이 커피 잔을 들고 말했다.

"변호사를 시켜 합의를 시도하겠지만 제가 거부할 테니 물 건너간 일이지요."

"형은 얼마나 살 것 같아?"

"그 정도 금액이면 1년은 충분합니다."

"2년쯤이면 좋겠는데."

"형님이 재판장 하시지요."

갑중이 혀를 차자 조철봉은 눈을 부릅떴다.

"이놈이 왜 아까부터 뭐 씹은 상판이야? 너 왜 이러는 거야?"

"조금 전에 알아보니까 이종학이하고 서경윤이는 합의이혼을 했습니다."

"…."

"그쪽도 재빠르게 대응을 했더만요, 그런데."

힐끗 조철봉의 눈치를 살핀 갑중이 작심한 듯 말했다.

"전 형님이 어디까지 나가실지 알 수가 없어서 그럽니다. 그만하면 되지 않습니까."

"뭐가 돼?"

"이종학이는 교도소에 가고 서경윤이는 어쨌든 이혼을 했으니까 말입니다."

"아직도 멀었어."

의자에 등을 붙인 조철봉이 눈을 가늘게 뜨고 갑중을 보았다.

"넌 꿈속에서도 외로워 본 적이 있냐?"

"그게 무슨 말씀이쇼?"

"꿈속에서도 가슴이 저리도록 외롭고 무서워 본 적이 있느냐구?"

"어떻게 꿈속에서."

"너같이 머릿속이 빈 놈은 꿈도 안 꾸겠지."

"머리가 비어서가 아니라 난 원래 꿈을 별로 안 꿉니다."

"나는 꿈에서도 외롭다."

"그래서요?"

"그런 꿈을 꾸고 나서 아침에 눈을 뜨면 가슴이 내려앉아서 아무 의욕도 일어나지 않는다."

"저녁밥을 많이 먹고 자면 개꿈을 꾼다던데."

"다 그년이 이렇게 만들어 놓은 거다."

"형님은 여자가 지천으로 있지 않수?"

"나는 바탕이 없는 놈이다. 그냥 공중에 붕 떠 있는 신세지, 언제 어디로 떠내려갈지도 모르는."

"윤성희한테 정을 주시던데."

그러자 조철봉이 눈을 껌벅이며 갑중을 보았다. 멀리 가 있던 눈동자의 초점이 맞춰졌다.

"노력은 하고 있지."

"형님이 서경윤이한테도 그렇게 노력을 하셨더라면."

"그년은 내 바탕을 경멸하고 불신했어."

어깨를 늘어뜨린 조철봉이 쓴웃음을 지었다.

"그래서 아무리 노력해도 믿지 않았어."

"하지만…."

조철봉이 퍼뜩 눈을 치켜떴다.

"시끄러, 그년은 나만큼 당해봐야 돼."

"아늑해."

집 안을 둘러본 윤성희가 가라앉은 목소리로 말했다.

"마치 전에 살았던 곳 같아."

"그래?"

열심히 성희의 반응을 살피던 오준병이 머리를 끄덕였지만 조금 서운한 듯 표정이 밝지 않았다. 청담동의 32평형 아파트였으니 시가로 4억인 데다 50인치 TV에다 투 도어 냉장고, 가구류 일체를 들여놓았으니 5천 가까이 들어갔다. 4억 5천에 대한 반응이 기대했던 것보다 미흡한 것이다. 가죽 소파에 앉은 성희가 정색한 얼굴로 준병을 보았다.

"오빠, 나하고 같이 있으면 편해?"

"응."

준병이 아이 같은 표정으로 다시 머리를 끄덕였다.

"내가 널 좋아하는가 보다."

"나하고 섹스하는 것만 좋아하는 게 아니고?"

"그럴 리가 있냐? 그런…."

그런 여자는 얼마든지 있다고 하려다가 당황한 준병이 입을 꾹 다물었다. 그러고는 주머니에서 서류를 꺼내 탁자 위에 놓았다.

"등기서류다. 네 이름으로는 싫다고 해서 네 외삼촌 이름으로 매입했으니까 알아서 해."

성희가 시선만 내려 서류를 보았다. 조선족으로 아직 주민등록도 되어 있지 않은 성희여서 등기 서류에는 김순일로 등기가 되어 있었다. 조철봉이 소개해준 사람이었는데 성희의 외삼촌 노릇 한 번 해준 대가로 3백을 받았으니 횡재했다고 생각했을 것이다.

"고마워, 오빠."

두 다리를 비스듬히 뻗은 성희가 발가락 끝을 오므리며 기지개를 폈다. 물론 준병의 시선이 발가락을 스치고 지나는 것을 의식한 행동이다.

"오빠, 오늘 여기서 쉬고 갈 거지?"

"그래, 오늘은 출장을 간다고 했으니까."

그제야 준병이 저고리를 벗는 시늉을 하자 성희가 자리에서 일어섰다.

"그럼 내가 시장을 봐 올 테니까 그동안 오빠는 씻고 쉬어."

"그래야겠다."

준병의 저고리를 받아든 성희는 안방으로 들어가 장롱을 열었다. 장롱에는 잠옷과 내의가 박스째로 쌓여 있었고 옆쪽 경대에는 포장지도 뜯지 않은 화장품이 가득 놓여있었다. 준병이 세심하게 사다놓은 것이다. 성희가 지갑만 들고 응접실로 나왔을 때 넥타이를 풀고 있던 준병이 생각난 듯 물었다.

"짐은 언제 옮겨올 거냐? 내가 도와줄까?"

"내일. 오빠가 그런 일에까지 신경쓰면 안 돼, 내가 알아서 할 테니까 일이나 해."

표정을 굳힌 성희가 준병에게 다가가 입술을 내밀었다.

"오빠, 키스해줘."

준병이 성희의 얼굴을 두 손으로 감싸 안더니 입술을 붙였다. 성희는 준병이 입술을 헤집어 벌리기 전에 얼른 얼굴을 떼었다.

"오빠 먹고 싶은 것 있어?"

"조개."

"내가 닭 요리 해줄까, 중국식으로?"

"아무거나."

아직 오후 6시밖에 되지 않았지만 준병의 두 눈은 벌써 번들거리고 있었다.

"빨리 갔다 와."

아파트를 나온 성희는 주위를 둘러보았다. 현관으로 나와서 다시 5층의 아파트를 돌아보았고 모퉁이를 돌면서도 한 번 더 보았다. 4억짜리 아파트가 생긴 것이다. 한국에서는 능력만 있으면 돈을 번다는 말이 사실이었다.

시장 입구에 선 윤성희는 휴대전화를 꺼내들고 다이얼을 눌렀다.

"여보세요."

조철봉의 목소리가 들리자 성희는 저도 모르게 어깨를 늘어뜨렸다.

"오빠, 나."

"응, 지금 어디냐?"

가라앉은 조철봉의 목소리에 성희는 어금니를 물었다.
"지금 시장 앞에 있어."
"뭐 하는 거야?"
"시장 보고 저녁 지으려고."
"오준병은?"
"아파트에 같이 있다가 나왔어."
"…."
"아파트 등기는 김순일 씨 이름으로 해놓았어."
"잘 됐구나. 그건 이제 네 거다."
"오빠."
불러놓고 성희는 다시 숨을 삼켰다 길게 내뿜었다.
"나 언제까지 아파트에 있어야 돼?"
"일 단계는 되었으니까 곧 이 단계만 성사되면 끝난다."
"글쎄, 그게 언제 끝나?"
"한 달이면 충분해."
"…."
"그러니까 내일 아파트로 짐 옮기고 철저하게 행동해야 돼, 알았지?"
"…."
"알았어, 몰랐어?"
"알았어."
"그럼 얼른 장 보고 들어가, 그리고."
조철봉이 조금 뜸을 들였다가 말을 이었다.
"휴대전화에 내 전화번호 기록된 것 지워라. 연락은 내가 매일 낮 12

시 정각에 할 테니까."

전화가 끊겼으므로 성희는 머리를 들고 주위를 둘러보았다. 그러나 한동안 눈동자의 초점이 잡히지 않아서 사물이 흐릿하게 보였다.

"누구 전화야?"

자리로 돌아왔을 때 아나가 얼굴을 굳히고 물었다. 조철봉은 스타호텔의 라운지에서 아나와 같이 있다가 전화를 받은 것이다.

"응, 내가 구입한 모텔의 내부 공사 문제로 전화가 온 거야."

자리에 앉은 조철봉이 아나의 시선을 받고는 쓴웃음을 지었다.

"너 질투하는 거야?"

"전화가 왔으면 내 앞에서도 할 수 있지 않아? 왜 밖에 나가서 해?"

그러자 조철봉이 낮게 웃었다.

"귀엽군그래, 화난 얼굴이."

"오빠, 여자 있는 건 아니지?"

"이제 그만."

손바닥을 펴 보인 조철봉의 얼굴에서 웃음기가 지워졌다.

"나, 내일 어머님 만나러 가도 되겠지?"

그 순간 눈을 크게 떴던 아나가 서너 번 긴 속눈썹을 내렸다 올리더니 표정이 풀렸다.

"내일? 그럼 엄마한테 연락해야 돼."

"왜?"

"엄마도 준비해야 되거든. 약속이 있을지도 모르고."

"그럼 약속이 없으시면 내일 낮에 잠깐 들른다고 해."

“저녁에 오빠들이랑 같이 만났으면 하던데, 엄마가.”

“낮에 먼저 어머님부터 뵙자. 오빠는 천천히 만나도 되지 않아?”

“왜 그렇게 서둘러?”

“내일 어머님한테 약혼 문제를 상의하려는 거야.”

그러자 아나의 두 볼이 순식간에 빨개졌다. 조철봉이 이제는 눈도 깜박이지 않는 아나를 똑바로 보았다.

“너, 나하고 결혼해줄래?”

입을 꾹 다문 아나가 아직도 눈썹 하나 까닥하지 않았으므로 조철봉은 입맛을 다셨다.

“설마 낯간지러운 분위기를 기대했던 것은 아니겠지?”

“…”

“예를 들어서 널 행복하게 해주겠다는 둥, 또는 널 사랑하기 때문에 딴 놈한테 주기 싫으니까 내가 잡아야겠다는 둥.”

아나는 그 표정 그대로였지만 콧구멍이 희미하게 움직였다. 정색한 조철봉이 말을 이었다

“내가 너에게 호감을 가졌던 가장 큰 이유는 네가 상속받을 재산이 있다는 것이지. 물론 얼마가 될지는 모르지만 말이야.”

의자에 등을 붙인 조철봉이 눈을 가늘게 뜨고 아나를 보았다.

“없는 것보다 있는 것이 훨씬 낫지. 너더러 몸만 오라고 하는 놈이 있다면 그놈은 사기꾼 아니면 정신병자가 틀림없다.”

“오빠, 이제 그만 해.”

마침내 아나가 입을 열었지만 조철봉은 들은 척도 하지 않고 말을 이었다.

“또한 너는 네 재산에 주눅이 들지 않는 상대가 필요한 거다. 그래야 제법 동등한 거래관계가 성립되는 거야.”

그러고는 조철봉이 엄지손가락을 구부려 자신의 얼굴을 가리켰다.

“예를 들면 나 같은 인간. 네가 상속받을 재산을 전혀 부담으로 느끼지 않을 만한 환경을 갖고 있는 인물 말이지.”

“돈 이야기 그만 해.”

“나하고 결혼해주겠니?”

“오빠하고 살 거야.”

부러지듯 말한 아나가 마침내 피식 웃었다.

“별꼴 다 보겠어. 무슨 청혼이 이따위야?”

“네 업보니까 받아들여야 돼.”

조철봉이 부드러운 표정으로 말을 이었다.

“사랑부터 논하고 나서 돈 이야기는 못 들은 척 못 이긴 척하면서 나중에 주워 담는 꼴을 상상해봐라. 구역질나지 않아?”

“도대체 오빤 얼마나 있다고 그래?”

“5분 안에 300억을 동원할 수 있지.”

놀란 듯 아나가 눈만 크게 떴으므로 조철봉은 쓴웃음을 지었다.

“물론 네 아버지와 비교하면 족탈불급이지만 말이야.”

“오늘은 일찍 들어가야겠네.”

아나가 손목시계를 보는 시늉을 하면서 말을 이었다.

“저녁에 엄마한테 내일 오빠 온다고 이야기를 해 놓아야 돼.”

“오늘 내가 한 이야기 엄마한테 일러바치지 마. 엄마 세대는 잘 이해하지 못 하실 거다.”

그러자 아나가 흰 이를 드러내고 활짝 웃었다.

"오빠는 웃겨."

"네가 가진 두 번째 매력은 지금 같은 네 성품이지. 밝고 뒤가 깨끗한 것."

"세 번째는 뭔데?"

"너하고의 섹스."

정색한 조철봉이 시선을 주었으나 아나는 얼른 눈썹으로 눈동자를 가렸다. 조철봉이 손을 권총처럼 만들어 아나의 콧등을 겨누었다.

"네 알몸을 보면 모든 것이 잊힌다. 그리고 너하고 한 몸이 되었을 때처럼 감동을 느껴본 적이 없었다."

그 순간 윤성희의 알몸을 떠올린 조철봉은 어금니를 물었다. 지금쯤 시장에서 돌아온 성희는 아파트에서 오준병을 위한 요리를 하고 있을 것이었다. 중국식 닭 요리를 할지도 모른다. 그때 시선을 든 아나가 조철봉을 보았다.

"오빠, 사랑해."

"고맙다."

어금니를 문 채 조철봉이 머리를 끄덕였다.

"나도 너를 사랑한다, 아나야."

"어서 와요."

아나의 어머니 송정옥 여사는 나이가 60이 넘었는데도 피부가 팽팽했고 윤기가 났다. 자세히 봐도 40대 중반쯤으로 밖에 보이지 않는다. 현관에서 조철봉을 맞은 송 여사는 환한 얼굴로 반겼지만 일거수일투

족에 따라붙는 시선이 느껴졌다. 임기찬의 저택엔 넓은 정원이 있었다. 정원 복판에는 연못이 있었고 대리석으로 지은 이층 양옥은 건평이 200평도 넘어보였다.

논현동의 땅값까지 포함하면 수십 억대 저택이다. 응접실로 안내되어 앉았을 때 단정한 차림의 여자가 주스 잔을 내려놓고 돌아갔다. 송 여사는 분홍색 양장 차림으로 손가락에 낀 커다란 다이아는 진품처럼 보였다.

"아나로부터 이야기 많이 들었어요. 그리고 아나 아버지도 칭찬을 하시고."

송 여사가 나긋나긋한 목소리로 말하는 동안 조철봉의 안색이 조금 흐려졌다가 풀렸다. 혹시 송 여사를 나이트에서 만나지 않았을까 했다가 그럴 리는 없다는 생각이 들었기 때문이다. 많이 본 듯한 인상이었다.

"잘 보아주셔서 감사합니다."

정색한 조철봉이 송 여사를 보았다.

"어머님은 아나 씨보다 더 미인이십니다."

"어머, 그래요?"

송 여사는 활짝 웃었고 조철봉의 옆에 앉은 아나는 입술을 내밀었다. 송 여사의 취미는 해외여행과 쇼핑으로 일 년에 세 번은 프랑스와 미국에 다녀온다.

옷은 모두 압구정동의 피에르 강 의상실에서 맞춰 입으며 단골 미용실은 역시 압구정동의 리츠 헤어숍이다. 최갑중은 송 여사의 뒷조사를 하고 나서는 한 달 평균 지출액이 1억이라면서 혀를 내둘렀다. 점심시간이 지난 오후 3시로 약속 시간을 정해서 아나의 오빠들은 오늘의 대면 자리에 참석하지 못했다. 주 목표인 임기찬과 송 여사만 공략하면 오빠들은 따라오게 마련이다.

"부모님은 지금도 브라질에 계신다고요?"

송 여사가 본격적인 질문을 시작했으므로 긴장한 조철봉은 상체를 세웠다.

"예, 그렇습니다."

"한국에는 언제 오세요?"

"오신다고 하셨습니다."

조철봉이 부드러운 시선으로 송 여사를 보았다.

"제가 약혼식을 할 때 말입니다."

"그래요?"

"어머님, 저는, 저."

조철봉이 말을 더듬었으므로 송 여사는 웃음을 지었고 아나는 굳어졌다. 두 사람 모두 조철봉이 무슨 말을 하려고 했는지를 아는 것이다. 조철봉이 시선을 내리자 송 여사가 거들어 주려는 듯 말했다.

"그래요, 말해 보세요."

"저, 실은 제가 아나 씨하고."

송 여사의 웃음 띤 얼굴에 용기를 얻은 듯 조철봉이 가볍게 헛기침을 했다.

"결혼하고 싶습니다만."

"그 말이 그렇게 힘들었어요?"

숨을 돌렸다는 표정으로 물은 송 여사가 풀썩 웃었다.

"듣기보다 순진하시네."

"죄송합니다."

"뭐가 죄송해요?"

그때 아나가 참지 못한 듯 키득 웃었고 조철봉은 화가 난 듯 눈을 치켜떴다.

"나도 마음에 들어요, 인상도 좋고."

마침내 송 여사가 부드러운 표정으로 말했다.

"그리고 아나도 미스터 조를 좋아하는 것 같고."

"감사합니다, 어머님."

"사람 인연이란 참 묘해요. 이렇게 만나게 되었다는 것이."

조철봉은 잠자코 머리를 끄덕였다. 송 여사를 나이트에서 만나지 않은 것은 틀림없다.

조철봉이 다가가 앉자 최갑중은 눈을 올려 뜨며 물었다.

"형님, 어떻게 하시려는 거요?"

갑중은 조철봉이 송 여사를 만나고 온 것을 아는 것이다. 다가온 종업원에게 커피를 시킨 조철봉이 주위를 둘러보는 시늉을 했다. 광화문 사거리 근처의 커피숍 안이다. 시치미를 떼고 있는 조철봉에게 화가 난 듯 갑중의 눈초리가 더 치켜 올라갔다.

"형님, 결혼하실 거요?"

"내가 미쳤냐?"

"그럼 왜 집까지 찾아갑니까?"

"약혼을 하려면 어머니를 만나야지."

"결혼 안 한다면서 무슨 약혼을."

"약혼 단계에서 작업해야 돼."

얼굴을 바로 편 조철봉이 갑중을 똑바로 보았다.

"나는 조철봉이란 이름만 쓸 뿐 나이도, 학력도, 주소도, 내 부모까지 다 속이고 있다. 임기찬이 한번 내 뒷조사를 했지만 더 깊게 들어가면 위험해."

"목표가 뭡니까?"

"그건 나중에."

의자에 등을 붙인 조철봉이 입술 끝을 비틀고 웃었다.

"난 그렇게 큰 다이아는 처음 보았다. 콩알만 하더구먼."

"다이아를 훔쳐 오실 거요?"

"이 자식이."

와락 얼굴을 굳힌 조철봉이 갑중을 노려보았다.

"이 자식은 요즘 존경심이 없어져 간단 말이야. 너 불만이 뭐냐?"

"오늘 이종학이 구속되었습니다."

"예상했던 일 아니야?"

"그런데 서경윤이 경찰서로 찾아왔더만요."

"아니, 부산 언니 집으로 도망가지 않았어?"

"올라온 거죠."

"혼자?"

"예, 경찰서에는 혼자 왔습니다."

"그럼 영일이는 부산에다 혼자 둔 건가?"

조철봉이 눈을 부릅떴을 때 갑중은 입맛을 다셨다.

"제가 압니까?"

"아니, 그년이 애는 팽개쳐두고 무슨 지랄을 하는 거야?"

"서경윤이 경찰서 마당에서 울고 서 있더만요."

"울건 짜건 그건 상관할 것 없고."

상체를 세운 조철봉이 갑중을 보았다.

"너, 영일이가 어디 있는지 알아봐, 지금 당장."

"뭐 하시게요?"

"그건 알 필요 없고."

"형님."

얼굴을 굳힌 갑중이 조철봉을 똑바로 보았다.

"제가 형님 생각해서 말씀드리는 겁니다. 영일이를 봐서라도 이종학이를 풀어 줍시다."

"내가 미쳤냐?"

"이렇게 되면 영일이가 고생을 하게 되지 않습니까? 형님 마음도 편치가 않고 말입니다."

"이 자식이 왜 자꾸 지랄이지?"

"눈 딱 감고 잊으시라는 말씀입니다."

그러자 한동안 눈을 치켜뜨고 갑중을 노려보던 조철봉이 천천히 머리를 저었다.

"안 돼. 그렇게 못 하겠다."

조철봉이 이 사이로 말을 이었다.

"그렇지. 그럼 영일이도 머릿속에서 지우기로 하지. 내 주제에 무슨 자식 걱정이냐? 그년 자식이기도 한 걸 뭐."

그러자 시선을 내린 갑중이 다시 입맛만 다셨으므로 조철봉은 담배를 입에 물었다.

"영일이가 어디 있는지 알아볼 필요 없어. 지금 그런 일에 신경쓰고 싶지가 않아."

조철봉이 담배 연기를 길게 내품었다.

"지금이 아주 중차대한 시기거든."

"음, 제법 괜찮군."

집 안을 둘러본 조철봉이 입술 끝을 올리며 웃었다. 밤 12시 10분. 윤성희의 새 아파트로 조철봉이 찾아온 것이다. 물론 오늘은 오준병이 오지 않는 날이었지만 성희는 조금 당황하고 있었다. 술에 취한 조철봉이 갑자기 찾아왔기 때문이다. 술에 취해도 흐트러진 모습을 보이지 않던 조철봉이었는데 오늘은 눈동자가 풀렸고 아파트로 들어온 것도 의외였다. 오준병과 살림을 차린 지 일주일이 되었지만 조철봉은 아파트가 몇 동 몇 호냐고도 묻지 않았던 것이다.

"오빠, 냉수 줄까?"

냉장고 앞에서 얼쩡거리며 성희가 묻자 조철봉은 손가락을 까닥여 소파의 옆자리를 가리켰다.

"이리 와 앉아."

성희가 옆으로 다가와 앉자 조철봉이 쓴웃음을 지었다.

"살림 사는 여자 냄새가 난다."

"오빠, 기분 나쁜 일 있어?"

"만사형통이야. 다 뜻대로 되어간다."

조철봉이 팔을 뻗어 성희의 어깨를 감아 안았다.

"오늘 저 침대를 써 볼까?"

"빨리 내가 해야 할 일만 말해줘. 난 얼른 이곳을 떠나고 싶어."

"오랜만이니까 먼저 한번 하고 나서."

"그럼 씻고 올 테니까 기다려."

일어서려던 성희는 조철봉이 팔을 잡아당기는 바람에 쓰러지듯 다시 앉았다.

"씻을 필요 없어. 씻는다고 깨끗해지는 게 아니야."

눈을 치켜뜬 조철봉이 거칠게 가운 자락을 젖히더니 성희의 팬티를 끌어내렸다. 얼굴을 굳혔던 성희가 곧 체념한 듯 다리를 들어 팬티를 벗어내더니 조철봉의 혁대를 풀었다.

"오빠, 웬 술을 이렇게 많이 마셨어?"

"취했어도 그건 제대로 할 테니까 걱정 마라."

바지만 벗어던진 조철봉이 소파에 앉은 채로 성희를 무릎 위로 끌어올렸다.

"오빠, 침대로 안 가?"

성희는 고분고분 조철봉의 무릎 위에 앉았다. 조철봉이 서둘러 자신의 남성을 밀어 넣었으므로 성희는 낮게 신음을 뱉었다. 샘이 아직 말라 있었던 것이다. 그러나 조철봉의 어깨에 두 손을 올려놓은 성희는 천천히 엉덩이를 흔들었다.

"나 어떻게 해?"

"내가 시킨 대로만 하면 돼."

조철봉이 성희의 엉덩이를 움켜쥐며 말했다.

"너한테 10억을 떼어 줄 테니까."

샘에 뜨거운 샘물이 차오르면서 성희의 호흡이 거칠어졌다. 성희가 엉덩이를 거칠게 흔들면서 조철봉의 목을 두 팔로 껴안았다.

"오빠, 바꿔줘."

체위를 바꿔달라는 말이었다. 그러나 조철봉은 성희의 엉덩이를 양손으로 움켜쥔 채 그대로 진행했다. 성희의 얼굴에서는 땀이 배어나왔고 신음 소리는 더 가팔라졌다.

"오빠, 나 할 테야."

이윽고 땀으로 범벅이 된 성희가 조철봉에게 소리치듯 말했다. 그러고는 연달아서 짧고 굵은 신음을 높게 지르더니 앉은 채로 절정에 다다랐다. 조철봉은 온몸을 굳힌 채 떨고 있는 성희를 안고 한동안 움직이지 않았다.

"오빠, 안 했지?"

겨우 숨을 가라앉힌 성희가 묻자 조철봉은 길게 숨을 뱉었다.

"잘 들어."

조철봉이 성희의 땀에 젖은 등을 손바닥으로 부드럽게 쓸면서 말했다.

"네가 할 일을 말해 줄 테니까. 아주 쉬워."

2. 생존자

특판 기간이 끝난 다음 날 아침 조철봉은 본사로 불려가 1등상을 받았다. 1등상은 승진과 함께 현금 1억이었다. 본사 빌딩의 강당에서 조철봉에게 상금과 상장을 수여한 사람은 그룹 비서실장 윤문영이었는데 악수를 할 때 손에 힘을 주더니 은근한 표정으로 웃어보였다. 시상식을 마친 조철봉이 서초영업소로 돌아왔을 때는 점심시간이었지만 장정수를 포함한 영업소 직원들이 모두 모여 있었다.

"축하한다, 조 과장. 아니 이젠 차장님이 되었지."

악수를 청하면서 정수가 웃었다.

"오늘 한잔 사야겠지?"

"아, 그래야죠."

모여든 직원들이 제각기 축하 인사를 했으므로 영업소 안은 떠들썩해졌다.

"조 차장님, 축하합니다."

맨 나중에 다가온 김정필이 은근하게 말했다. 그는 공동 8위로 인사

고과에 참조될 것이다. 직원들이 제각기 흩어져 둘만 마주서 있었으나 정필이 목소리를 낮추고 말했다.

"동기 중에서는 가장 먼저 소장이 되신 셈이지요?"

"이 자식이 정보 하나는 빠르군."

쓴웃음을 지은 조철봉이 손바닥으로 정필의 어깨를 쳤다.

"잘 해보자구."

조철봉은 승진과 동시에 서초영업소장으로 발령이 났다. 영업소장 정수는 본사의 관리부장으로 발령이 났지만 본인은 아직 모르고 있다. 힐끗 정수 쪽으로 시선을 주었던 정필이 희미하게 웃었다.

"소장은 아직 모르고 있는 모양인데 관리부장으로 발령이 난 걸 안다면 얼굴이 노랗게 될 겁니다. 소장은 일 년 쯤 이곳에 더 있다가 떠나려고 했거든요."

"할 수 없는 일이지."

조철봉이 모른 척 시치미를 떼었다. 현장소장이 직급만 높은 본사의 부장보다 행동이 자유롭고 직권의 범위가 넓은 것이다. 또한 소장은 실적에 따른 수당을 지급받는 터라 영업부장이면 모를까 관리부장과 비교가 되지 않는다.

"어쨌든 잘 부탁합니다, 소장님."

소리 죽여 말한 정필이 몸을 돌렸을 때 조철봉은 사무실을 둘러보았다. 서초영업소의 직원은 17명이다. 이제 17명을 거느린 영업소 소장이 된 것이다.

그날 밤, 곤드레가 되도록 취한 정수가 노래방에서 조철봉에게 말했다.

"야, 네가 손써서 날 밀어내었지?"

주위에서는 합창을 하고 있어서 둘의 대화에 신경쓰는 사람은 없었다. 조철봉이 무슨 말이냐는 듯 눈을 크게 떴다.

"밀어내다니요, 내가 어떻게?"

"너밖에 없어."

정수가 단언하듯 말했다. 이제는 혀 꼬부라진 소리도 내지 않는다.

"나는 남아 있기로 이야기가 다 되어 있었단 말이다. 그런데 갑자기."

"영전이 되었지 않습니까?"

"관리부장이 영전이냐?"

"어쨌든 본사로 돌아갈 때가 되었지 않습니까?"

"다 네놈의 수작이야."

눈을 부릅뜬 정수가 으르릉거렸다.

"너는 어미 잡아먹는 살모사 새끼다."

"나아 참."

이제는 조철봉이 이를 드러내고 웃었다.

"그럼 내일 비서실장님한테 가서 이야기하지요. 내가 오해를 받고 있으니까 인사를 원위치시켜 달라고."

"이 자식이."

"억울해서 그럽니다."

"집어치워, 자식아."

정수가 머리를 돌렸으므로 조철봉은 직원들이 부르는 애모를 따라 불렀다. 정수를 밀어냈다는 말은 맞는 것이다.

담배 연기를 길게 뿜어낸 조철봉은 눈을 가늘게 뜨고 앞쪽을 보았다. 한낮의 햇볕이 쏟아지는 구치소 앞 버스 정류장에 서경윤이 서 있었는데 버스가 세 대나 지나가도록 타지 않는 것이다. 멍한 시선으로 앞쪽만 바라보고 있으면서 버스의 표지판도 보지 않는다. 오늘은 금요일, 이종학이 구치소로 온 지 8일째였으며 경윤은 하루도 빠짐없이 면회를 왔다. 조철봉도 오늘로 세 번째 경윤을 멀리서 바라보고 있다. 다시 버스 한 대가 지나갔고 빈 택시가 경윤의 옆으로 다가왔다가 요란한 엔진 소리를 내고 떠나갔다.

다시 담배를 빨아들였던 조철봉은 입맛이 썼으므로 이맛살을 찌푸리고는 차 안의 재떨이에 담배를 비벼 껐다. 그러고는 차에서 내렸다. 조철봉이 바로 옆에 다가설 때까지 경윤은 정신이 나간 것처럼 길 건너편에 시선을 준 채 움직이지 않았다. 이윽고 머리를 돌린 경윤이 조철봉을 보았다. 눈을 두어 번 깜박이고 나서야 알아본 듯 입이 조금 벌어졌다. 화장하지 않은 피부는 건조했고 눈두덩이 조금 부었지만 반듯한 용모는 그대로였다.

"나하고 이야기 좀 하자."

조철봉이 억양 없는 목소리로 말했다.

"저기 내 차로 가자."

다시 두어 번 눈만 깜박였던 경윤이 머리를 돌렸으므로 조철봉은 가볍게 코웃음을 쳤다.

"상의할 일이 있어서 그래."

"꺼져."

갈라지고 낮은 목소리였지만 경윤이 분명하게 말했다.

"그냥 보고 즐기기나 해."

"불편할 텐데 영일이를 나한테 넘기지 그래? 언니 집에다 맡겨놓고 이렇게 쏘다녀도 되는 거야?"

"네가 돌보는 것보단 나아."

조금씩 경윤의 목소리에 억양이 붙으면서 눈빛도 살아났다. 조철봉이 경윤의 귓불을 보면서 말했다.

"내가 손을 쓰면 이종학이를 내일 중으로 석방시킬 수가 있어. 합의를 할 수가 있단 말이지."

"…."

"채권단 대표를 내가 잘 알거든. 물론 내가 보증을 서야겠지만."

다시 버스 한 대가 와서 섰고 이번에는 경윤이 행선지를 눈여겨보았지만 움직이지는 않았다. 버스가 떠났을 때 조철봉이 말을 이었다.

"물론 그렇게 하려면 네 도움이 필요하지. 너도 알다시피 내가 맨입에 해줄 사람이냐?"

"…."

"내가 휴가를 냈거든. 그래서 너하고 영일이하고 셋이서 2박 3일간 휴가만 다녀오면 돼. 그러면 다 풀려."

"미친놈."

"넌 법적으로도 이제 혼자니까 문제될 것이 없지. 나하고 살 때 이종학이를 만났던 것과는 다르지 않아?"

"넌 쓰레기야."

"넌 담을 봉지도 없는 쓰레기 신세고."

조철봉이 달래듯이 말했다.

"네 주제를 잘 알아야 돼."

"아직도 나한테 미련이 있니?"

머리를 돌린 경윤이 조철봉의 시선을 잡고는 희미하게 웃었다.

"복수하고 싶은 거야?"

"도무지 양이 차지 않아서 그래."

정색한 조철봉이 경윤을 보았다.

"먹을수록 더 허기가 진다. 그래서 너를 며칠간만이라도 옆에 두고 내 자신을 돌아보려고."

그러고는 조철봉이 쓴웃음을 지었다.

"시작이 너하고 부터였거든, 그래서."

"그런다고 네 인생이 달라지지 않아."

경윤이 마치 초등학교 선생처럼 말했다.

"넌 그저 즐기고 싶은 거야. 내가 다 알아, 네 속물근성을."

"아, 그렇다고 치자."

입맛을 다신 조철봉이 이제는 눈을 치켜떴다.

"눈 딱 감고 2박 3일만 지나면 네 인생이 또 달라진단 말이다. 현실적으로 생각해보라고, 이종학이를, 그리고 영일이도."

"네가 그럴 능력이 있어?"

마침내 경윤이 그렇게 물었으므로 조철봉이 벌쭉 웃었다.

"네가 오케이만 하면 채권자 대표를 만나게 해주지, 지금 당장이라도."

"싫어."

경윤이 머리를 저었다.

"2박 3일이 아니라 20분도 너하고 같이 있기 싫어."

"이종학이는 2년형은 받을 거다."

이번에는 조철봉이 선생처럼 엄숙하게 말했다.

"그리고 형을 살고 나와도 빚은 그대로 남아 있지. 살아가기 힘들어."

"내 눈앞에서 사라져."

"채권자 대표를 만나봐라, 그리고 조철봉을 아느냐고 한 마디만 물어. 그럼 내 말이 사실인 것을 알게 될 테니까."

경윤이 입을 꾹 닫고 있었으므로 조철봉은 한 걸음 떨어지며 말했다.

"네 주제파악을 하라구. 이런 경우는 영화에도 없단 말이다. 15억이면 너보다 깨끗하고 싱싱한 여자 1,500명을 사고도 남는 돈이야."

그러고는 몸을 돌렸으므로 조철봉은 경윤의 표정을 보지 못했다.

사무실로 돌아온 조철봉에게 김정필이 다가왔다.

"소장님, 회의 준비는 다 되었습니다."

머리를 끄덕인 조철봉이 사무실을 둘러보았다. 오후 5시여서 평소라면 영업사원 대부분이 나가 있을 시간이었지만 모두 모여 있었다. 조철봉이 소장 취임 후에 처음 갖는 회의인 것이다.

"그럼 회의실에 모두 모이도록. 잠깐이면 되니깐 전화 당번 하나만 남겨놓고 다 오라고 해."

"알았습니다."

정필은 이제 2인자가 되었다. 잠시 후 조철봉은 직원들이 가득 모여 앉은 회의실로 들어섰다. 모두 꽤 오랫동안 같이 일해 온 사이여서 서로를 잘 알고 있었지만 분위기는 조금 서먹했다. 바로 며칠 전까지 정필을 비롯한 과장들은 물론이고 다른 영업사원들도 경쟁 관계였다. 앞쪽에 앉은 정 과장은 조철봉의 입사 2년 선배다.

그러나 실적이 저조한 바람에 영업소를 세 곳이나 옮겨 다녔고 서열도 정필의 아래로 밀렸다. 직원들의 시선을 받은 조철봉이 헛기침을 했다.

"내가 왜 소장이 되었는지는 말 안 해도 여러분들이 알 것입니다."

조철봉이 빙긋 웃었다.

"그리고 소장이 되었다고 내가 아무리 떠들어 봐야 다 알고 있는 처지에 속으로 웃음만 나올 것이고."

여직원 셋이 킥킥 웃다가 그쳤는데 그중 조철봉의 정보원인 미스 강의 웃음소리가 제일 컸다. 조철봉이 말을 이었다.

"하지만 내가 한 가지만 여러분께 약속할 것이 있어. 우선 내 자신부터 변해야겠다는 것인데."

조철봉이 눈을 치켜떴다.

"소장이면 소장에 걸맞은 처신을 하겠다는 거야, 그래서."

말을 그친 조철봉이 주머니에서 봉투 하나를 꺼내 탁자 위에 놓았다.

"이거, 내가 포상으로 받은 1억이야. 여러분들의 도움이 컸으니까 이것을 영업소 전 직원에게 똑같이 배분해주겠어."

"오빠, 돈 필요하면 이야기해."

저녁을 마친 오준병이 소파에 앉았을 때 다가온 윤성희가 말했다.

"그게 무슨 말이야?"

준병이 이맛살을 찌푸렸다.

"내가 돈이 필요하다니?"

"사업을 하면 돈이 계속 필요하다고 들었거든."

앞쪽에 앉은 성희가 눈웃음을 쳤다.

"내가 여윳돈이 10억 정도 있어서 그래. 은행에 넣어두고 있는데 이자만 조금 더 주면 빌려줄게."

"어이구, 별일 다 보았네."

말은 그랬지만 준병도 얼굴을 펴고 웃었다.

"이게 그런 속셈이 있었구먼, 그런데 무슨 돈이 10억이나 있어?"

"모텔 사고 남은 돈이지. 그리고 오빠가 내부 공사를 거저 해주는 바람에 3억5천이 더 남았고."

"그렇군."

"빌려줘? 이자 10퍼센트만 주면 빌려줄게."

"나아 참."

입맛을 다신 준병이 리모컨을 들고 TV 채널을 돌렸다. 그렇지 않아도 회사 자금 사정이 나빠져서 하청업체의 공사대금도 미루고 있는 형편이었던 것이다. 그러나 석 달 후면 아파트 분양이 시작될 테니 그때까지 감량 경영을 하고 있는 참이었다.

"하지만 오빠."

성희가 정색하고 준병을 보았다.

"아무리 우리 사이라도 돈 빌려 가면 어음은 맡겨 놓아야 돼, 알았지?"

"누가 빌려간다고 했어? 이게 정말 웃기는군."

"내가 아는 아저씨가 있는데 그 사람한테는 20억까지 빌릴 수가 있어."

"누군데?"

이번에는 준병도 정색하고 성희를 보았다. 성희의 10억에다가 20억을 더하면 30억이다. 장난이 아닌 것이다. 그 돈이면 가장 골치 아픈 하청업체 두 곳의 밀린 공사비를 해결해줄 수가 있다. 성희가 소파 위에 한쪽 무릎을 세우고 앉아 발톱을 매만지며 말했다.

"내 땅 옆에 과수원을 하던 아저씨야. 그 아저씨는 땅값으로 50억을 벌었어. 그래서 지난번에 나를 만났을 때 어디 투자할 데가 없느냐고 물었어."

"주식이나 하지."

"그 아저씨는 노름도 안 하고 술도 안 마셔. 주식 같은 것은 무서워서 못한대. 그래서 현금을 집 안에 숨겨두고만 있어."

"집이 어디냐, 내가 훔치러 가게."

"돈 필요하면 이야기해, 오빠."

자리에서 일어선 성희가 흘끗 벽시계를 보더니 눈을 크게 떴다.

"벌써 9시가 되어가네. 오빠, 오늘 집에 들어가야 한다면서?"

"야, 김빠진다, 시계 보지 마."

이맛살을 찌푸린 준병이 소파에 등을 붙였다.

"일이 있다고 집에다 전화하면 돼."

"정말?"

다가온 성희가 준병의 옆에 앉더니 손으로 다리 사이를 쓸었다.

"그럼 내일 아침에는 가뿐하게 일어나도록 해줄게."

"어떻게 말이냐?"

"오빠 허리 하나도 안 아프게 해준다는 말이야."

성희가 어느새 단단해진 준병의 남성을 움켜쥐고 웃었다.

"얘 좀 봐, 벌써 성났네."

준병은 아랫도리를 내맡긴 채 가만있었다. 성희하고 같이 있으면 편안했다. 특히 섹스를 할 적에는 무아지경이 되어서 언제나 일체감이 느껴졌다. 성희가 남성을 꺼내더니 입에 물었으므로 준병이 서두르며 말했다.

"그래, 내가 어음 줄 테니까 돈 빌리자."

다음 날 오전, 조철봉이 강남역 근처의 커피숍에 들어섰다. 윤성희는 먼저와 기다리고 있었다.

"오빠, 돈 빌려 달래."

조철봉이 자리에 앉자마자 성희가 대뜸 말했다. 검은 눈동자가 또렷하게 반짝였고 붉은 입술은 웃음을 머금고 있었다.

"얼마나?"

얼굴을 굳힌 조철봉이 묻자 성희가 손가락 세 개를 세워보였다.

"30억."

"어음은 받기로 했지?"

"당근이지."

성희가 이를 드러내고 소리 없이 웃었다.

"오빠가 말해준 대로 20억은 아는 아저씨한테 빌린다고 했어."

"잘했다. 그래야 의심하지 않아."

"그럼 오빠가 30억을 만들어 줄 거야?"

"이런."

쓴웃음을 지은 조철봉이 성희를 보았다.

"인마, 현금 30억 주고 어음 30억을 받으란 말이냐?"

"아니 오준병이는 30억 주면 석 달 후에 갚기로 하고 33억 어음을 끊어준다고 했는데."

"그자식이 순 사기꾼이군. 널 봉으로 생각한 모양이다. 사채 시장에 가면 그놈 회사 어음은 월 10프로야. 석 달이면 30퍼센트니까 39억 어음을 줘야 된다."

"도적놈이네."

성희가 이맛살을 찌푸렸을 때 조철봉이 풀썩 웃었다.

"어음에 만기일을 써놓지 않는다고 했지?"

"석 달 안에 갚을 수도 있으니까 만기일을 써놓지 않는다고 했어."

"그 반대지. 석 달 안에 갚을 자신이 없으니까 그런 거야."

"그럼 어떻게 해?"

"오준병이는 제 덫에 걸린 거지."

탁자 위로 몸을 굽힌 조철봉이 목소리를 낮췄다.

"기한을 적어놓지 않은 어음은 어느 때라도 은행에 밀어 넣을 수가 있어. 그래서 믿는 사람이 아니면 주지 않는다."

"그럼."

"10억짜리 어음을 사채 시장에다 팔아넘기는 거야, 그리고."

조철봉이 또박또박 말을 이었다.

"우선 10억을 주고 오준병이를 믿게 한 다음에 20억 더 빌린다면서 어음부터 받아라. 그렇지, 22억짜리 어음이 되겠지?"

"응, 10억은 11억이고."

"그러면 우리는 33억 어음을 사채 시장에서 30억은 받을 수 있어. 그 자들은 어음을 받는 즉시 은행에다 집어넣을 테니까 하루 만에 3억을 챙기는 거지."

"그렇게 다 해줘?"

"오준병이 회사는 아직도 탄탄해. 33억 가지고 부도를 맞지는 않아. 사채 시장에서는 다 알고 있단 말이다."

"그렇구나."

머리를 끄덕이던 성희가 눈을 치켜뜨고 조철봉을 보았다.

"오빠, 아파트는 어떻게 해?"

"지금 당장 부동산에 내놔. 급한 일 때문에 그런다고 시세의 20퍼센트까지 가격을 내려 주겠다면 부동산에서 저희들이 먼저 사버릴 거다."

"20퍼센트까지 내려줘?"

"시간을 잘 맞춰야 돼. 모든 것이 거의 동시에 끝나야 된다."

조철봉이 다시 또박또박 말했다.

"먼저 부동산에다 아파트를 내놓아야 한다. 아파트 잔금을 받기로 한 날에 오준병이한테 10억을 주고 33억 어음을 받는 거야. 그리고 그날로 33억 어음을 사채 시장에서 바꾼 다음 아파트 잔금을 받고 너는 떠난다. 그러면 오준병이는 저녁때 다른 사람의 집으로 오는 거지."

진지한 표정으로 조철봉은 말을 마쳤다.

서경윤의 전화가 온 것은 구치소 앞에서 만난 지 나흘 후였는데 조철봉은 놀라지 않았다. 어제 오후에 최갑중으로부터 경윤을 만났다는 보고를 들었기 때문이다. 경윤은 사흘 동안 망설이다가 갑중을 만난 셈이었고 만나서 사실을 확인하고 하루를 참았다. 조철봉은 이틀쯤으로 계산했던 것이다. 경윤의 목소리가 수화구를 울렸을 때 조철봉은 차분하게 말했다.

"여행갈 테니까 준비해. 물론 영일이 데리고."

대뜸 여행 이야기부터 꺼내자 경윤은 여보세요, 한 마디만 해놓고 가만히 있었다. 오전 10시여서 사무실에는 직원들이 많았으므로 조철봉은 목소리를 낮췄다.

"11시까지 내가 데리러 갈 테니까. 지금 어디야?"

"사당동."

경윤이 딱 한 마디를 뱉자 조철봉이 눈을 치켜떴다.

"사당동 어디?"

"여관."

"이런."

조철봉의 아래턱이 앞으로 뻗어 나오면서 이가 맞물렸다. 그러다가 턱을 제대로 맞추고는 이 사이로 물었다.

"어느 여관?"

"행운장."

"몇 호실?"

"203호."

"알았어."

"잠깐만."

전화를 끊으려던 조철봉을 경윤이 막았다.

"뭐야?"

"그, 채권자 대표하고 같이 와."

"뭐라구?"

"내가 널 믿을 것 같니? 대표하고 같이 와. 너 있는 데서 그 사람 약속을 받아야겠어."

조철봉이 웃자 경윤의 목소리가 더 높아졌다.

"데려올 거야 말 거야?"

"꼭 데려가야 한단 말이지?"

"그래, 이 사기꾼아."

"그렇게 날 믿지 못한단 말이냐?"

"세상 사람을 다 믿어도 너는 못 믿어."

"그 사람 스케줄도 있지 않겠어?"

"너 혼자 오면 안 돼, 이 자식아."

"이게 억지를 쓰는군."

"전화 끊어."

"좋아."

조철봉이 결심한 듯 말하자 금방 전화를 끊을 기세이던 경윤이 가만 있었다. 숨을 길게 뱉은 조철봉이 낮게 말했다.

"그럼 데려가지."

그로부터 한 시간쯤 후인 11시 10분쯤에 조철봉은 사당동 사거리 근처의 허름한 커피숍에서 경윤과 앉아 있었다. 영일이도 함께였다. 그러나 영일은 커피숍 이곳저곳을 돌아다니기만 할 뿐 조철봉에게 관심을 보이지 않았다. 경윤이 인사도 시켜주지 않았기 때문이다. 조철봉은 갑중도 곧 올 거라고 말했지만 경윤은 1분에 한 번꼴로 손목시계를 보았다. 조철봉도 영일을 좇아 이쪽저쪽으로 머리만 돌리고 있을 때 갑중이 들어섰다.

"아, 이거, 기다리고 계셨군요."

정색한 갑중이 다가서자 조철봉이 자리에서 일어섰다.

"미안합니다, 바쁘신데 뵙자고 해서요."

"아닙니다. 조 선생님이 보증을 서주시겠다고 하니 나와야지요."

털썩 조철봉의 옆자리에 앉은 갑중이 웃음 띤 얼굴로 경윤을 보았다.

"두 분이 어떻게 합의를 보신 겁니까?"

갑중이 머리를 조철봉에게로 돌렸다.

"조 선생님께서 보증만 서주시면 저도 합의하겠습니다."

"보증을 서지요."

머리를 끄덕인 조철봉이 정색했다.

"하지만 사흘 후에 서 드리겠습니다."

그때 경윤이 끼어들었다.

"안 돼요. 지금 서 주지 않으면 난 그냥 가겠어요."

그러자 갑중이 눈을 둥그렇게 뜨고 조철봉과 경윤을 번갈아 보았다.

"무슨 말씀이신지 이해가 안 가는데요. 어딜 가신다는 건지."

"내가 보증을 선다는 것을 믿지 못하시겠다는 겁니다."

쓴웃음을 지은 조철봉이 갑중을 바라보았다.

"잠깐 둘이 이야기를 하도록 자리를 비켜 주실랍니까?"

"그거야."

입맛을 다신 갑중이 엉거주춤 자리에서 일어서면서 경윤을 보았다.

“솔직히 조 선생님을 믿고 온 것인데…. 댁은 어떻게든 보증을 부탁해야 할 겁니다. 다른 방법이 없어요.”

갑중이 좀 떨어진 좌석으로 옮겨가 앉자 조철봉은 눈을 가늘게 뜨고 경윤을 보았다.

“네가 날 믿지 못하는 것처럼 나도 널 못 믿는단 말이다. 먼저 보증서를 넘겨주면 네가 딱 오리발을 내밀 가능성이 많거든.”

“나도 마찬가지야. 널 따라갔다가 돌아와서 네가 오리발을 내밀 가능성이 더 많아.”

“그렇다면 이렇게 하지.”

다시 정색한 조철봉이 경윤을 보았다.

“저 채권자 대표한테 보증서를 써 주겠다. 하지만 날짜는 우리가 신혼여행에서 돌아온 사흘 후로 하지.”

조철봉이 눈만 깜박이는 경윤을 향해 웃었다.

“사흘 후부터 보증서가 유효하도록 말이야. 그러니까 네가 2박 3일 동안 날 배신하지 않아야 되는 거지.”

“어쨌든 사흘 후에는 보증서가 유효한 거지?”

“그렇지. 네가 나하고 같이 있는다면 말이야.”

“중간에 전화해서 취소시킬 수는 없는 거지?”

“그건 네가 저 사람한테 확인해.”

그때 놀기에 지친 영일이 다가왔으므로 조철봉은 두 손을 벌렸다. 그러나 영일은 조철봉을 피해 경윤의 무릎 사이로 들어가 섰다.

“좋아.”

마침내 얼굴을 굳힌 경윤이 이를 악물었다가 풀고는 조철봉을 쏘아

보았다.

“확인하겠어.”

“열부 났구나.”

쓴웃음을 지은 조철봉이 말했다.

“이씨 가문에서 열부비를 세워주겠다.”

다시 셋이서 자리 잡고 앉았을 때 조철봉이 조금 짜증이 난 표정의 갑중에게 말했다.

“지금 보증서를 써 드리겠는데, 날짜는 사흘 후부터 유효한 것으로 하겠습니다. 괜찮겠지요?”

“그거야 좋습니다, 써 주시기만 한다면.”

그때 경윤이 다시 끼어들었다.

“그럼 애기 아빠는 곧 풀려나게 될까요?”

“이삼 일만 지나면 풀려날 겁니다. 조 선생이 책임을 다 지시게 될 테니까요.”

“그런데 그 보증서를 무효화시킬 수는 없지요?”

눈 밑을 조금 붉힌 경윤이 기를 쓰고 갑중을 보았다.

“예를 들어서 이분이 그동안 전화를 하거나 해서 말이죠.”

“아니, 그럴 리가 있습니까?”

눈을 둥그렇게 뜬 갑중이 힐끗 조철봉을 보았다.

“그때는 이렇게 셋이 다시 모여서 이야기를 해봐야죠. 왜 갑자기 보증서를 취소하려는지 말입니다.”

그러자 조철봉이 헛기침을 했다.

“이분이 사흘 동안 나한테 뭘 해주시기로 했거든요. 그래서 그럽니다."

"그렇다면 그건 두 분이 각서를 교환하시든지. 약속을 지키지 않으면 보증서가 무효화된다는 내용으로 말이죠."

입맛을 다신 갑중이 짜증스러운 표정으로 경윤을 보았다.

"저도 채권자 대표로 애로사항이 많습니다. 그래서 조 선생님의 보증서라도 받아놓고 이 문제를 빨리 해결하고 싶단 말입니다."

갑중의 시선이 조철봉에게로 옮겨졌다.

"두 분의 약속이 뭔지는 모르지만 보증서를 취소시킬 때는 꼭 두 분이 같이 오셔서 저하고 만납시다. 조 선생님 혼자서 취소시킬 수는 없습니다."

"그렇게 하지요."

마지못한 듯 조철봉이 머리를 끄덕였을 때 경윤이 조용히 숨을 뱉는 소리가 났다.

일은 일사천리로 진행되었다. 조철봉은 보증서를 썼고 인감도장까지 찍었으며 채권자 대표인 갑중과 채무자를 대리하여 경윤의 확인서를 받았다. 또한 보증인과 채무자 대표와는 각서를 주고받았는데 사흘 동안 약속을 지키지 않을 경우에는 채권자 대표가 동석한 자리에서 보증서 문제를 다시 상의하기로 했다. 시간이 꽤 걸렸는데 놀기에 지친 영일이 짜증을 부리다가 경윤에게 손바닥으로 엉덩이를 맞고 울었다. 그것을 본 조철봉이 아이를 왜 때리느냐고 버럭 성을 내면서 볼펜을 내던지는 바람에 일이 잠시 중단되기까지 했다. 일이 끝나고 조철봉이 잠시 화장실에 간 사이에 갑중이 은근하게 말했다.

"잘 된 겁니다. 무슨 약속을 하셨는지는 모르겠지만 저는 이제 한숨

돌렸습니다.”

“잘 되겠지요?”

힐끗 화장실 쪽에 시선을 둔 경윤이 묻자 갑중이 머리를 끄덕였다.

“사모님께서 약속만 지켜 주신다면요.”

처음으로 갑중에게서 사모님 소리를 들었으므로 경윤은 저도 모르게 어금니를 물었다. 이제까지 갑중은 악랄하고 거칠게 행동해 왔기 때문이다. 갑중이 웃음 띤 얼굴로 말했다.

“사흘 후에는 바로 이 보증서를 가지고 채권단과 합의문을 작성해서 제출할 겁니다. 어쨌든 저 양반한테 보증서를 받아 내다니 대단하십니다.”

“저 사람, 잘 아세요?”

“안 지 몇 달밖에 안 됩니다. 주식 관계로 알게 되었지요.”

“저 사람, 돈 많아요?”

“주식투자를 잘해서 크게 벌었지요. 아주 머리가 좋은 분입니다. 그런데.”

이번에는 갑중이 정색했다.

“조 선생을 어떻게 아십니까?”

“그냥요.”

옆자리에 앉아 자고 있는 영일에게 힐끗 시선을 주면서 경윤이 말을 이었다.

“전에 같은 동네에서 살았어요.”

“아아.”

갑중이 머리를 끄덕였지만 개운치 못한 표정이었다. 그때 화장실에서 나온 조철봉이 밝은 목소리로 말했다.

"자, 그럼 다 끝났지요?"

"제가 일어나려던 참입니다."

탁자 위에 놓인 서류를 든 갑중이 자리에서 일어섰다.

"그럼 사흘 후에 뵙겠습니다."

경윤에게 그렇게 인사한 갑중이 조철봉에게로 머리를 돌렸다.

"이건 제 욕심입니다만, 사흘 안에는 뵙지 않기를 바랍니다."

그러자 조철봉이 풀썩 웃었다.

"모두 제 욕심들만 차린다니까."

톨게이트를 나올 때까지 경윤은 어디로 가느냐고도 묻지 않았다. 경윤과 함께 뒷좌석에 앉은 영일이 신바람이 나서 이것저것을 물었어도 짧게 대답만 할 뿐 창밖만 바라보았다. 그렇다고 백미러에 비친 경윤의 얼굴이 수심에 잠긴 것도 아니었다. 굳이 표현하자면 반쯤 화가 나고 반쯤 당혹스러운 표정으로 보였다. 기흥 휴게소 안내판이 보였을 때 조철봉이 백미러를 보며 물었다.

"영일이도 배가 고플 텐데 휴게소에서 밥 먹지."

오후 1시가 되어가고 있었던 것이다. 경윤이 가만있었으므로 조철봉은 우측 차선으로 붙었다.

"영일아, 배고프지?"

조철봉이 큰 소리로 묻자 영일이 먼저 경윤의 눈치부터 보았다. 다섯 살짜리였지만 엄마가 조철봉과 대립하고 있다는 것은 알아차리고 있었다.

"뭐 먹고 싶냐?"

다시 조철봉이 묻자 경윤의 반응이 없었기 때문인지 영일이 힘차게 대답했다.

"라면."

"내가 더 맛있는 걸 사주지."

그리고 조철봉이 웅얼거렸다.

"매일 라면만 먹이는 모양이군."

휴게소의 식당에 셋이 마주앉아 비빔밥과 김밥, 영일은 오므라이스를 제각기 시켜놓고 먹는 동안 조철봉과 영일은 조금 친해졌다. 영일은 조철봉을 닮아 붙임성이 있었다. 식사를 마치고 조철봉과 영일이 슈퍼에 가서 과자를 사기로 하자 경윤이 손을 내밀며 말했다.

"차 키 줘. 난 차에서 기다릴 테니까."

물론 10분도 안 걸릴 시간이지만 조철봉에게 영일을 맡긴다는 표시였다. 영일과 조철봉이 봉지 두 개 가득 과자와 마실 것을 담아들고 차로 돌아왔다. 경윤은 뒷좌석에 앉아 기다리고 있었다.

"엄마, 과자를 다 샀어."

신바람이 난 영일이 차 안에 들어와서 떠들었다.

"아저씨가 과자를 하나씩 다 넣었어."

"이놈이 역시 나를 닮은 모양이야."

운전석에 앉은 조철봉이 혼잣소리처럼 말했다.

"가게 종업원이 아드님이 아빠를 빼닮았다고 하더군."

"어디로 가는 거야?"

경윤이 처음으로 그렇게 물었으므로 조철봉이 히죽 웃었다.

"한 곳에 있으면 갑갑할 테니 전국 일주나 하지. 오늘 밤은 남해안에서 쉴까?"

조철봉이 백미러를 보았지만 경윤은 창밖으로 시선을 향한 채 귀만 세우고 있었다.

"내일 밤은 동해안 끝 쪽까지 올라갔다가 돌아오자고."

"난 쉽게 생각하기로 했어."

경윤이 창밖을 보며 말했다.

"그 사람을 위해서라면 무슨 짓이라도 할 테니까, 그뿐이야."

"누가 뭐래?"

브레이크를 풀면서 조철봉이 가볍게 대답했다.

"그 말 들으니까 오히려 내가 더 개운해진다, 야."

"넌 안 돼."

머리를 돌린 경윤이 백미러에서 조철봉의 시선을 잡았다. 차가운 표정이다.

"넌 그때 허기가 진다고 했지만 그것은 네 업보야. 네 천성은 못 고쳐."

"알고 있어."

머리를 끄덕인 조철봉이 가속기를 밟자 최고급형 크로나는 부드럽게 휴게소를 빠져나갔다.

"가슴이 넉넉하냐 허하냐는 마음먹기 나름이라는 것도."

그리고 조철봉은 다시 히죽 웃었다.

목포에 도착했을 때는 오후 8시경이었는데 도중에 고속도로를 벗어나 조금 쉬었기 때문이었다. 바다가 보이는 호텔의 특실로 들어섰을 때 조철봉이 물었다.

"저녁을 나가서 먹을까, 아니면?"

"난 생각 없어."

경윤이 귀찮은 듯 대답하더니 영일의 옷을 벗겼다.

"영일이도 아까 너무 먹었어. 저녁 안 먹어도 돼."

"그럼 이따 룸서비스라도 시키기로 하지."

"영일이는 10시면 자야 돼."

"그럼 그 후부터 우리 시간인가?"

소파에 느긋하게 앉은 조철봉이 물었으나 경윤은 대답하지 않고 영일과 함께 화장실로 들어섰다.

"나 잠깐 나갔다 올 테니까."

화장실에 대고 소리친 조철봉이 자리에서 일어섰다.

"한 시간쯤 걸릴 거야."

그로부터 한 시간이 조금 지난 9시 반경에 조철봉은 방으로 들어섰는데 두 손에 각각 여러 개의 쇼핑백들을 쥐었다.

"준비를 못 한 것 같아서."

백들을 탁자 위에 놓으면서 조철봉이 말했다.

"입기 편한 옷하고 신발도 사왔어. 당신 사이즈는 그대로지?"

소파에 앉은 경윤은 화장을 지운 얼굴이었으나 옷은 투피스 차림 그대로였고 슬리퍼도 갈아 신지 않았다.

조철봉이 티셔츠와 바지, 신발 들을 차례로 꺼내 놓는 동안 경윤은 눈만 깜박일 뿐 입을 열지 않았다. 영일은 옆쪽 침대에서 벌써 곤하게 자고 있었는데 러닝셔츠에 얼룩이 배어 지저분했다.

"영일이 내복하고 옷, 신발까지 사왔으니까 내일 갈아입혀."

영일의 옷가지와 신발을 꺼내 옆에 쌓으면서 조철봉이 말하자 경윤이 시선을 들었다.

"주식으로 돈 많이 벌었다면서?"

"누가 그래?"

조철봉이 쓴웃음을 지었다.

"그자가 말한 모양이군. 조금 벌었어."

"얼마나?"

"100억쯤 되나?"

퍼뜩 눈을 치켜떴던 경윤도 입술을 비틀고 웃었다.

"놀고먹어도 되겠네."

"이번에 영업소장이 되었어."

"나 떠나고 나서 잘된 걸 보니 우린 인연이 맞지 않은 거야."

"그런 것 같기도 해."

"내 몸에 관심이 있어?"

불쑥 경윤이 물었을 때 조철봉은 자리에서 일어섰다.

"네 몸 때문에 특별한 충동이 일어나는 건 아냐."

냉장고 위쪽 선반으로 다가간 조철봉이 위스키 병을 쥐고는 잔과 안주를 들고 경윤의 앞쪽에 앉았다.

"네 말대로 쉽게 생각하면 돼. 그래도 골치 아프면 돈에 팔려왔다고 치든지."

잔에 위스키를 따른 조철봉이 경윤의 앞에 놓더니 제 잔에는 반쯤이

나 채워서 곧 냉수 마시듯이 마셔버렸다.

"네 생각을 많이 했어."

더운 숨을 길게 뱉으며 조철봉이 말했다. 땅콩 봉지를 뜯으면서 그가 혼잣소리처럼 말을 이었다.

"네 말대로 난 철저하게 이중적인 놈이야. 때로는 내 자신도 어떤 것이 내 본심인지를 잊는다니까."

술잔을 든 경윤이 위스키를 한 모금 삼키고는 이맛살을 찌푸렸다. 그러나 시선은 줄곧 조철봉에게 향해져 있다.

"가끔, 아주 가끔 네가 나를 배신한 것이 당연하다는 생각도 했어."

그때 경윤이 갑자기 머리를 흔들었다.

"그만 마시고 자, 나 피곤해."

"먼저 자."

잔에 다시 술을 채운 조철봉이 눈으로 침대를 가리켰다. 침대 두 개는 모두 2인용이었다.

"영일이하고 같이 자. 난 술 마시다 잘 테니까."

힐끗 조철봉에게 시선을 주었던 경윤이 잠자코 일어서더니 침대로 다가갔다. 조철봉은 잔을 들고 물을 마시듯 양주를 벌컥거리며 삼켰다. 그리고 더운 숨을 뱉고는 자리에서 일어나 룸 라이트를 끄고 탁자 옆의 스탠드만 켜 놓았다.

밤 10시경이어서 밖은 아직도 시끄러운 시간이었지만 방안은 숨소리까지 들릴 만큼 조용했다. 다시 소파에 앉은 조철봉이 잔에 술을 따랐을 때 뒤쪽 침대에서 경윤이 옷을 벗는 소리가 들렸다. 소파에 등을 붙인 조철봉은 리모컨을 들어 TV를 켜고 소리를 잔뜩 죽였다.

"술 그만 마시고 자."

가라앉은 목소리로 뒤쪽에서 경윤이 말했지만 조철봉은 대답 대신 술잔을 들었다. 방안은 무겁고 어색한 정적으로 덮였고 어색해진 경윤도 입을 열지 않았다. 침대에 누운 경윤은 눈을 감았다가 여러 번 다시 떴는데 문득 소파 쪽이 조용해진 것을 깨닫고는 머리를 들었다. 조철봉은 소파에 비스듬히 기대 있는 것이 잠이 든 것 같았다.

"자는 거야?"

낮게 물었지만 조철봉은 대답하지 않았으므로 잠시 망설이던 경윤은 침대에서 몸을 일으켰다. 소파로 다가간 경윤은 조철봉을 내려다보았다. 그러고는 숨을 삼켰다. 조철봉은 눈을 크게 뜬 채로 TV에 시선을 주고 있었는데 볼 위로 눈물이 흐르고 있었다.

"어!"

놀란 듯 조철봉이 상반신을 세우면서 손등으로 눈물을 닦았을 때 경윤은 이를 악물었다.

"정말 왜 이러는 거야?"

목소리는 높았어도 경윤의 말끝이 떨렸다.

"왜 그래? 당신이 원하는 대로 다 되었지 않아?"

"어? 뭐가?"

조철봉이 아주 짧게 흐느끼더니 다시 눈물을 닦고 빙긋 웃었다.

"왜 갑자기 소리를 지르고 난리야?"

"넌 나쁜 놈이야."

뱉듯이 말한 경윤이 앞쪽의 소파에 털썩 앉으면서 두 손으로 얼굴을 감쌌다.

"나는 너를 저주해."

"그래, 나는 항상 떠 있었어."

조철봉이 억양 없는 목소리로 말했으므로 경윤은 귀를 세웠다.

"거짓과 위선 덩어리였지. 너하고 살 적에도 수없이 널 속여 왔으니까."

다시 술잔을 쥔 조철봉이 물 잔에 반쯤 담긴 양주를 두 모금에 삼켰다.

"너한테 불만이 있던 것도 아니었어."

"그만."

얼굴에서 손을 뗀 경윤이 치켜뜬 눈으로 조철봉을 보았다.

"날 사랑했다고, 그래서 결혼했다는 거짓말은 하지 마."

"그래."

조철봉이 정색하고 머리를 끄덕였다.

"난 진심이 없는 놈이니까."

"나도 잘한 것 없어."

시선을 돌린 경윤이 낮게 말했다.

"금방 싫증이 나고 너무 많은 것을 바란 건 잘못이야."

"이것 하나만."

술잔을 들었다 내려놓은 조철봉이 경윤을 똑바로 보았다.

"넌 항상, 언제까지 내 가슴속에 있을 거야."

그러자 눈만 깜박이던 경윤이 이윽고 자리에서 일어서더니 손을 내밀었다.

"그만 자, 같이."

경윤을 안은 조철봉은 길게 숨을 뱉었다. 가슴에 안긴 경윤은 두 팔을 오그려 가슴을 가린 자세였지만 조철봉이 브래지어와 팬티를 쉽게 벗기도록 몸을 비틀어 주었다.

경윤이 알몸이 되었을 때 상체를 세운 조철봉은 손바닥으로 부드럽게 알몸을 쓸어내렸다. 가슴은 아직도 탄력이 있었으며 벌써 단단해진 유두는 손바닥에 눌렸다가 튕겨나듯 세워졌다.

조철봉의 입술이 유두를 물었을 때 경윤은 한숨 같은 숨을 뱉더니 조철봉의 머리칼을 쓸었다. 그러고는 혀끝으로 유두를 굴릴 때마다 몸을 꿈틀거리면서 숨이 가빠졌다.

조철봉의 입술이 가슴을 지나 아랫배로 내려오자 경윤은 이미 달아올라 있었다. 그러나 조철봉은 서두르지 않았다. 입술이 아랫배를 지나 샘에 닿았을 때는 경윤이 두 다리로 조철봉의 머리를 죄었다. 그러고는 조철봉의 머리칼을 움켜쥐고 당기는 시늉을 했다. 조철봉의 입술과 손이 허벅지와 무릎, 그리고 발끝까지 애무한 다음 다시 얼굴로 올라왔을 때 경윤은 벌써 한 차례 절정에 닿았다가 내려가는 중이었다.

다시 몸을 세운 조철봉이 경윤의 얼굴을 정면에서 내려다보았다. 경윤의 콧등에는 땀이 배어났고 반쯤 벌린 입에서는 아직도 가파른 숨소리와 함께 옅은 신음이 배어나오고 있었지만 눈은 뜨지 않았다.

그러나 눈은 감았어도 조철봉의 시선을 의식한 듯 허리에 감았던 두 팔이 스르르 풀려 떨어졌다. 조철봉은 머리를 숙여 경윤의 이마에 가볍게 입술을 대었다. 콧등에 입을 맞춘 다음 경윤의 벌어진 입술에 입을 붙였다. 그러자 경윤이 두 팔로 조철봉의 목을 감았다. 곧 경윤의 혀가 조철봉의 입안으로 들어오면서 뱀처럼 꿈틀거렸다.

경윤은 다시 달아오르기 시작한 것이다. 입술을 뗀 조철봉이 가슴에 얼굴을 붙였을 때 경윤이 처음으로 입을 열었다.

"빨리 해줘."

그러나 조철봉의 입술은 다시 아랫배로 내려갔고 샘으로 옮겨갔다. 이번에는 경윤이 신음을 거침없이 토해 냈다. 조철봉은 손을 뻗어 입을 막았다. 온몸이 불에 덴 듯이 비틀면서 경윤이 다시 절정으로 치솟기 시작했다. 조철봉은 경윤의 샘을 자극하면서 끈질기게 기다렸다. 이윽고 경윤이 두 번째 끝에 닿았을 때 조철봉은 그때서야 한 몸이 되었다. 늘어지기 시작하던 경윤이 놀란 듯 눈을 크게 뜨더니 초점 없는 시선으로 조철봉을 보았다. 그러고는 헐떡이며 말했다.

"나 죽을 것 같아."

조철봉은 천천히 허리를 움직이기 시작했다. 그리고 다시 경윤의 몸이 타오르기를 기다렸다. 경윤과의 이런 섹스는 처음이다. 곧 경윤의 팔과 다리에 힘이 차오르기 시작하더니 이번에는 더 격렬해졌다. 허리를 활처럼 굽히며 조철봉의 몸을 받아들이고는 곧 두 다리로 감는 것이다. 신음 소리는 더 짧고 굵어졌으며 온몸은 땀으로 범벅이 되었다. 조철봉은 곧 경윤이 터질 것을 알 수 있었고 그 순간 경윤을 내려다보며 낮고 굵게 물었다.

"너, 누구 거야?"

그러자 경윤의 신음 소리가 작아졌다가 다시 커졌다.

"너, 누구 거야?"

힘차게 허리를 움직이며 조철봉이 다시 물었을 때 경윤은 신음과 함께 말을 뱉었다.

"자기 거."

그 순간 조철봉은 경윤의 몸이 터져 가는 것을 느끼고는 같이 폭발했다. 경윤이 조철봉의 목을 두 팔로 감싸 안고는 흐느껴 울자 옆쪽 침대에서 자던 영일이 깨어나 같이 울었다. 그러나 경윤은 조철봉에게 얽힌 팔다리를 풀지 않았다.

2박 3일의 휴가를 마치고 돌아오는 차 안에서 조철봉이 생각난 듯 말했다.

"내가 영일이를 데려온다고 해도 솔직히 너처럼 해줄 자신이 없어."

그러자 경윤이 피식 웃었다.

"알고 있어서 다행이야."

목포에서 첫날밤을 지낸 다음 날 아침부터 경윤은 운전석 옆자리에 탔다. 그리고 이틀이 지난 지금의 분위기는 누가 보아도 다정한 부부 사이였다. 조철봉이 핸들을 한 손으로 쥔 채 양복 가슴주머니에서 봉투 하나를 꺼내어 경윤에게 내밀었다.

"이것 받아."

"뭔데?"

봉투를 받아든 경윤이 내용물을 꺼내보더니 눈을 크게 떴다. 3억짜리 자기앞 수표였던 것이다.

"이게 무슨 돈이야?"

"영일이 양육비다."

앞쪽을 본 채 조철봉이 부드럽게 말했다.

"그 정도면 고등학교 졸업할 때까지 쓸 수 있을까?"

그러자 경윤이 어깨를 늘어뜨렸다.

"보증까지 서줬는데, 이것도 많아."

"영일이 잘 부탁한다."

힐끗 머리를 돌린 조철봉은 영일이 뒷좌석에서 길게 누워 잠이 든 것을 확인하고는 말을 이었다.

"그래, 언젠가 저놈도 내가 친부인 것을 알게 되겠지."

"고마워."

경윤이 가라앉은 목소리로 말하고는 어금니를 물었다. 차는 평일이어서 한적한 영동고속도로를 질주하는 중이었다. 차 안에 한동안 정적이 흘렀지만 그 분위기는 따뜻하고 촉촉했다. 목포에서의 밤을 지낸 후에 경윤은 달라졌다. 낯선 도시에 들러 쇼핑을 할 때는 조철봉의 팔짱도 끼었으며 손을 잡기도 했다. 결혼 전 연애 시절보다도 분위기가 감미로웠다. 이윽고 경윤이 입을 열었다.

"당신 많이 달라졌어."

"좋은 쪽이야?"

"응."

"너도 많이 달라졌더라."

"뭐가?"

"네 몸이."

그러자 퍼뜩 시선을 들었던 경윤이 주먹으로 조철봉의 어깨를 쳤다. 금방 두 볼이 달아올라 있었다.

"저질인 건 여전해."

"정말 네 몸은 좋아."

"시끄러."

"황홀한 밤이었다."

앞쪽을 본 채 조철봉이 정색했으므로 경윤은 시선만 주었다. 차가 맹렬하게 경사진 언덕을 올라 내리막길로 들어섰을 때 조철봉이 다시 입을 열었다.

"경윤아, 널 사랑해."

경윤이 놀란 듯 머리를 들고 조철봉을 보았지만 입은 열지 않았다. 서울에 도착했을 때는 오후 4시경이었는데 조철봉이 방배동 주택가로 들어섰으므로 경윤이 물었다.

"어디 가는 거야?"

"너, 오늘 밤 어디에 있으려고 해?"

경윤이 눈만 깜박였고 조철봉은 다시 차를 몰아 한적한 길가의 오피스텔 앞에서 멈춰 섰다.

"여기야."

조철봉이 눈으로 오피스텔을 가리키며 말했다.

"20평형 원룸이야. 근처에 유아원, 유치원도 있고 조용해서 환경이 괜찮아."

그러고는 주머니에서 열쇠 뭉치를 꺼내어 내밀었다.

"201호야. 안에 가구도 들여놓았고 전화도 놨어. 집문서도 있을 거다. 영일이 이름으로 해놓았으니까 여기서 살아."

다음 날 오전 10시가 되었을 때 조철봉은 회사 근처의 커피숍으로 들어섰다.

"오빠."

안쪽 자리에 앉아 있던 윤성희가 웃음 띤 얼굴로 맞았다. 마주보고 앉자 눈을 흘겼다.

"2박 3일 출장 동안에 전화는 왜 계속 꺼놓았어?"

"회의가 많아서."

"바람 피웠지?"

"그럴 여유가 없다."

조철봉이 정색하자 성희는 바로 앉았다.

"오빠, 아파트 잔금 오늘 받기로 했어."

"그래?"

"3억 5천으로 부동산에서 미리 사놓는 거야."

"거봐, 내가 뭐랬니? 그 가격이면 부동산에서 먼저 사둔다고 했잖아?"

"가구도 오후 2시에 모두 가져가기로 했어. 하지만 반값도 안 돼, 3천을 준대."

"그 가격이면 됐어."

"오준병이를 오후 4시에 회사 근처 커피숍에서 만나기로 했는데 10억을 가져가야 돼. 그래야 어음 33억을 줄 테니까."

"만기일은 비워놓는다고 했지?"

"그럼, 오준병이가 오늘 아침에도 제가 먼저 그렇게 말했는데."

"좋아, 30분만 기다려라. 내가 갑중이한테 수표를 가져오라고 할 테니까."

"소액 수표로 바꿔 달래, 현금이면 더 좋고."

"그놈이 비자금으로 쓸 모양이군."

쓴웃음을 지은 조철봉이 머리를 끄덕였다.

"네가 가져가기 쉽도록 소액 수표하고 현금을 반반씩 섞기로 하지, 그래도 아마 트렁크로 두 개쯤은 될 거다."

"차에 싣고 가면 문제없어."

"그럼 넌 오준병이한테서 어음을 받아가지고 곧장 남대문의 대호금융으로 가. 강 사장한테는 다 말해 놓았으니까."

조철봉이 목소리를 낮추고 말하자 성희가 탁자 위로 상체를 굽히며 물었다.

"가서 어음을 주면 바로 현금을 줘?"

"30억 받기로 했어. 강 사장은 바로 내일 은행에다 어음을 돌릴 테니까 하루 만에 3억을 버는 셈이지."

"도둑놈이네."

"다 도둑놈이지."

눈을 치켜뜬 조철봉이 성희를 보았다.

"그러니 먼저 선수를 쳐야 당하지 않는 거다, 명심해."

"알았어, 오빠."

"이것 받아라."

조철봉이 주머니에서 열쇠 뭉치를 꺼내어 성희에게 내밀었다.

"오늘부터 네가 살 집이야. 전에 네가 살던 오피스텔 앞쪽의 미동아파트다. 40평짜리를 얻어 놓았으니까 오준병이가 사준 집보다 클 거야."

"어머나!"

열쇠를 받아 쥔 성희가 얼굴을 활짝 펴고 웃었다가 금방 이맛살을 찌푸렀다.

"그럴 줄 알았으면 가구도 팔지 않고 이쪽으로 옮길 걸 그랬지?"

"꼬리는 길게 늘어뜨리지 말아야 돼. 그리고 새집에는 네 취향에 맞는 새 가구를 사."

조철봉이 빙긋 웃었다.

"넌 벌써 현금 4억을 쥐게 되었지? 30억을 받으면 너한테 다시 10퍼센트인 3억을 떼어주마."

"너무 많아."

정색한 성희가 머리를 흔들었다.

"당장 돈 쓸 데도 없으니까 오빠가 보관해줘."

"30억을 받으면 곧장 아파트로 와."

조철봉이 은근한 시선으로 성희를 보며 말했다.

"회사 끝나면 아파트로 갈 테니까. 다음부터는 네 몸까지 파는 이런 일은 맡기지 않을 테다."

"안녕하셨어요?"

자리에 앉은 최갑중에게 서경윤이 웃어 보였다. 오전 10시 반, 경윤은 새 오피스텔에서 정말 오랜만에 영일과 함께 아침밥을 지어먹고 나왔다. 영일은 지금 오피스텔 근처의 유아원에서 새 친구들과 즐거운 시간을 보내고 있을 것이다. 종업원이 다가왔으므로 커피를 주문한 경윤이 갑중을 보았다. 그러고 보니 갑중은 목례만 했을 뿐 무뚝뚝한 표정이다. 그것이 실컷 갖고 놀던 장난감을 빼앗기게 되었을 때의 표정 같았으므로 경윤의 가슴은 더 밝아졌다.

"저, 그 보증서 말인데요."

경윤이 정색하고 말했다.

"이제 그것으로 채권단하고 합의를 해주셔야죠?"

"나아 참, 기가 막혀서."

마침내 헛기침을 한 갑중이 눈을 치켜뜨고는 경윤을 보았다.

"둘이 짠 것 같지는 않고."

"아니 뭐라고요?"

경윤의 얼굴이 금방 하얗게 굳어졌다.

"그게 무슨 말씀이세요?"

"내가 댁까지 고발을 하려다가 지금 먼저 만나는 겁니다."

"고발이라니요?"

"조철봉이는 보증을 설 능력이 없었습니다. 등기된 동산이나 부동산이 하나도 없단 말입니다."

"아니, 그러면."

"하마터면 우리가, 아니 내가 사기를 당해서 합의를 해줄 뻔했다니까. 그렇게 되면 당신 남편만 풀려나오고 우리는 손만 벌리고 선 병신이 되는 거지."

"아니, 도대체 무슨 말이에요?"

"정말 모르고 계신가 본데."

정색한 갑중이 길게 숨을 뱉더니 말을 이었다.

"난 조철봉이가 주식으로 한밑천 잡은 걸로 소문이 났기에 믿었단 말입니다. 그런데 어제 우연히 확인을 해보았다가 10년을 감수했어."

"…."

"조철봉은 지난달에 주식이 대폭락할 때 완전히 거덜이 나서 100억대 주식에서 겨우 5억 정도를 남기고 손을 털었더구먼. 그런데 그 5억도 어디에다 쓴 모양이오. 지금은 완전히 백수야."

그러고는 갑중이 이를 악물었다가 풀었다.

"그 새끼가 사기로 보증서를 써서 우선 당신 남편을 석방시키고 대신 제가 교도소에 들어갈 작정이었던 모양이오."

"…."

"당장에 들통이 날 사기를 왜 쳤지?"

머리를 한쪽으로 기울인 갑중이 경윤을 보았다.

"댁의 남편, 아니 전 남편이지. 그 양반하고 조철봉이가 도대체 어떤 관계요? 친형제 사이라도 대신 교도소에 들어갈 이런 사기는 치지 않을 거요."

그러자 갑자기 경윤이 두 손으로 얼굴을 가렸으므로 갑중은 혀를 찼다.

"어쩐지 일이 수월하게 풀린다 했더니, 에이."

그러고는 갑중이 자리에서 일어났으나 경윤은 얼굴에서 손바닥을 떼지 않았다. 어제 준 3억은 주식에서 겨우 남은 돈이었던 것이다. 거기에다 오피스텔, 가구값까지 합하면 5억이 딱 맞는다. 마침내 경윤은 흐느껴 울었다. 커피숍 안에는 두어 테이블에 손님들이 있었지만 경윤은 상관하지 않았다. 조철봉은 가지고 있던 재산 모두를 내놓고는 다시 이종학을 대신해서 교도소에 들어가려고 했던 것이다.

"안 돼."

울음 섞인 목소리로 말한 경윤은 머리를 저었다. 그리고 손수건을 꺼내어 눈물로 범벅이 된 얼굴을 닦으며 다시 중얼거렸다.

"철봉 씨까지 피해를 입으면 안 돼."

"손으로 얼굴을 가리고 울더만요."

이맛살을 찌푸린 갑중이 물수건으로 손을 닦으며 말했다. 서초영업소 근처의 일식당 안이었다. 조철봉이 미리 회를 시켜놓고 기다리고 있었으므로 갑중은 입맛을 다시며 말을 이었다.

"계획이 어긋나서 서러운 모양입니다."

"아마 그건 아닐 거다."

회를 한 점 입안에 넣은 조철봉이 천천히 씹으면서 말했다.

"감동을 받았을 거야, 나한테."

"감동이라니요?"

"내가 거지가 되어서 달랑 5억이 남았다고 이야기 했지?"

"그럼요. 시키신 대로 형님은 사기꾼이라고 실컷 욕도 했습니다."

"잘했어."

"감동을 받았다니 무슨 말입니까?"

그러자 조철봉이 은근하게 웃었다.

"내가 5억을 썼거든. 영일이 양육비로 3억을 주었고 오피스텔에다 가구 구입비까지 2억 정도가 들었으니까."

"그렇군요."

회를 삼킨 갑중도 따라 웃었다.

"좌우간 형님의 수단은 좋다니까. 영일 엄마 마음이 이제 홀딱 형님한테 쏠리겠습니다."

"이제 그만하면 됐어."

"복수를 하신 것이군요."

방에는 둘뿐이었지만 갑중이 목소리를 낮췄다.

"여자의 마음을 다시 돌려놓고 이번에는 이쪽에서 차버린다, 이것 아닙니까?"

"유치한 놈 같으니."

눈살을 찌푸린 조철봉이 입맛을 다셨다.

"그 여자는 앞으로 하루하루 행복할 것이다. 교도소에 있는 그놈은 하루가 지날수록 멀어져 가고."

"그 원인은 형님이 제공하셨군요."

"나는 그것을 즐기는 것이지, 이번에는 느긋하게."

그리고 조철봉이 짧게 웃었다.

"영일이 양육비로 준 돈 3억은 그놈한테 결코 쓰지 못 할 거야. 내가 내기를 해도 좋아."

"그럼 이젠 가끔 영일이를 만나러 가셔도 되겠습니다."

"당연하지."

조철봉은 평소답지 않게 오늘은 들떠 있었다. 그래서 낮시간이었지만 벨을 눌러 소주를 시켰다.

"오늘은 저녁때까지 여기서 한잔하자."

"좋습니다."

갑중도 선선히 동의했다.

"영일 엄마 만나고 나서 어쩐지 찝찝했었는데 술로 풀어야겠습니다."

“넌 수련을 더 해야 돼.”

정색한 조철봉이 갑중을 보았다.

“사기는 진심으로 쳐야 제대로 먹히는 것이다. 진정이 들어가 있어야 한다구.”

그때 방문이 열리더니 종업원이 술병을 놓고 나갔으므로 둘은 입을 다물었다. 방문이 다시 닫혔을 때 갑중이 물었다.

“진심으로 사기를 치다니요? 진정이 있어야 한다는 말은 또 뭡니까?”

“그 순간에는 네 자신이 또 하나의 너로 변신해야 된다는 것이다.”

“연극배우가 그 역에 몰두하는 것처럼 말씀이죠?”

“아니, 그 이상이 되어야 해.”

조철봉이 눈을 치켜뜨고 손끝으로 갑중의 코를 가리켰다.

“연극은 어긋나도 되지만 이런 경우에는 어긋나면 곧장 골로 가는 거다. 그러니 매 순간마다 혼신의 노력을 해야 되지.”

그러고는 조철봉이 눈을 가늘게 떴다.

“그러면 저절로 눈물도 흐르게 된다.”

그때 갑중이 입맛을 다시더니 술병을 들어 잔에 술을 채웠다.

“저는 그냥 엑스트라나 할랍니다.”

전화벨이 울렸을 때는 오후 4시경이었다. 영업소에는 출장이라고 해 놓고서 갑중과 소주를 네 병째 마시던 조철봉은 전화기를 귀에 붙였다.

“예, 조철봉입니다.”

“조 사장, 납니다.”

대호금융의 강순팔 사장이다.

"아, 강 사장님."

"방금 어음 받았습니다."

강순팔이 부드럽게 말을 이었다.

"아가씨가 돈 가져갔어요."

"수고하셨습니다, 강 사장님."

"이런 수고는 하루에 열 번 해도 됩니다."

그러고는 강순팔이 소리 내어 웃었다.

"자주 이용해주슈."

전화가 끊기자 조철봉이 술기운으로 달아오른 얼굴을 들고 갑중을 보았다.

"윤성희가 한 건 했다."

"오준병이를 거덜 낸 겁니까?"

"거덜은 무슨, 기껏 25억쯤 된다."

"25억이나."

갑중이 눈을 둥그렇게 떴다. 이쪽 사업의 자세한 내막은 갑중이 모르는 것이다.

"어떻게 그렇게 한꺼번에."

"조금 전에 성희가 오준병이한테서 33억 어음을 받고는 강 사장한테 30억에 팔아 넘겼어."

"그럼 30억이네."

"30억에 내 미끼 돈 10억이 끼어 있으니까 20억인 셈이지."

"그럼 나머지 5억은요?"

“오준병이가 사준 아파트를 가구까지 몽땅 오늘 오후에 팔아 치웠다. 오준병이는 저녁때 다른 사람 집에 들어가게 될 거야.”

“윤성희가 잘 해냈군요.”

“내 수제자다. 너보다도 나아.”

그러고는 조철봉이 짧게 웃었다.

“하나를 가르치면 셋을 깨우친다.”

“후환이 없을까요? 오준병은 형님 선배 아닙니까?”

“나는 전혀 관계가 없어. 다만 성희가 얼마쯤 몸조심을 해야겠지.”

다시 한모금에 소주를 삼킨 조철봉이 술잔을 내려놓았다.

“하지만 그것도 크게 걱정할 건 없어. 오준병이 경찰에 신고하거나 공개적으로 찾지는 못 할 테니까.”

“그렇군요.”

“영일 엄마와 성희의 사업은 이것으로 일단락이 되었다. 다음 기회가 올 때까지 심신을 단련하도록 하고.”

“윤성희는 그렇다고 하더라도 영일 엄마 사업이라니 우습네요.”

“인마, 그것도 사업이야.”

눈을 치켜뜬 조철봉이 빈 잔을 내밀었으므로 갑중이 술을 채웠다. 조철봉이 말을 이었다.

“이제는 임아나한테 집중해야 돼. 그쪽 사업은 아마 규모가 제일 클 것이다.”

“약혼은 언제 하십니까.”

“과정이 성숙한 후에.”

그때 방바닥에 놓은 조철봉의 휴대전화가 울렸다. 전화기를 든 조철봉이 발신자 번호를 보더니 덮개를 열고 귀에 붙였다.

"여보세요."

"자기야, 나야."

윤성희의 목소리였다.

"어, 그래."

그러고는 송화구를 손으로 막은 조철봉이 웃음 띤 얼굴로 앞에 앉은 갑중을 보았다.

"성희다."

그때 저쪽 전화가 끊겼으므로 조철봉이 다시 빙긋 웃었다.

"이것 봐라. 내가 시키지도 않았는데 전화 감청을 염려해서. 제 목소리만 들려주고 끊었다. 일이 잘 끝났다는 신호야."

다시 벨을 눌렀지만 응답이 없었으므로 조철봉은 주머니에서 키를 꺼냈다. 저녁 8시가 되어가고 있어서 아파트가 제일 활기를 띠는 시간대이다. 문을 열고 안으로 들어선 조철봉은 주위를 둘러보았다.

최갑중이 아파트에 왔을 때는 그로부터 한 시간쯤이 지난 9시 무렵이었다. 집에 있다가 불려나온 갑중은 반팔 셔츠 차림이었는데 눈을 껌벅이며 조철봉을 보았다.

"형님, 무슨 일입니까?"

문을 열어주고 소파로 돌아가 앉은 조철봉이 시선을 받더니 쓴웃음을 지었다.

"없어졌다."

"뭐가요?"

"보면 몰라?"

그러자 선 채로 집 안을 둘러보던 갑중이 순간 입을 딱 벌렸다.

"성희 어디 있습니까?"

그러더니 와락 조철봉의 옆으로 다가가 섰다.

"성희 말입니다."

"튄 것 같다."

"아니."

털썩 소파에 앉은 갑중이 멍해진 표정으로 조철봉을 보았다.

"돈을 다 갖고 말입니까?"

"정확하게 37억이야."

"이런."

"강 사장한테 추적이 어려운 헌 수표로 돈을 받아 갔다는군."

"그년이."

그러자 갑자기 조철봉이 머리를 떨구었으므로 갑중은 침을 삼켰다. 조철봉의 이런 모습은 처음인 것이다.

"형님, 그럼 어떻게 합니까?"

불쑥 그렇게 물었던 갑중은 자신에게 짜증이 났으므로 이를 악물었다. 지금까지 조철봉이 시킨 일만 한 터라 이런 상황에서는 도움이 되지 않는 것이다.

"그년이 철저하게 챙겨갔어. 그리고 흔적도 용의주도하게 지웠다."

머리를 든 조철봉이 흐려진 눈으로 갑중을 보았다.

"김동수를 시켜 알아보니까 중국에서 데려온 친척들도 모두 사라졌다."

"이런 쌍."

"내가 활동비로 맡겨놓았던 3억도 다 빼갔어."

"찾겠습니다."

마침내 갑중이 눈을 치켜뜨고는 고함치듯 말했다.

"저한테 맡겨 주십시오. 전국을 샅샅이 뒤져서라도 찾아내겠습니다."

"잊었냐? 그년은 조선족이다."

쓴웃음을 지은 조철봉이 다시 어깨를 늘어뜨렸다.

"그리고 그년은 내 약점을 쥐고 있어. 이렇게 나온 걸 보면 안전장치를 해놓았을 것이다."

이번에는 갑중도 어깨를 늘어뜨렸다. 성희는 이미 중국으로 도망쳤는지도 모르는 것이다. 거기에다 성희는 여러 사건의 내막을 안다. 오준병의 사건만 해도 성희가 불어버리면 조철봉은 주범이 되는 것이다.

"내가 당했어."

조철봉이 길게 숨을 뱉으며 말했다.

"아주 철저하게."

몇 시간 전만 해도 일식집에서 조철봉은 성희가 수제자이며 하나를 가르치면 셋을 깨우친다고 칭찬했었다. 윤성희는 완벽하게 스승인 조철봉의 뒤통수를 때리고 사라졌다. 갑중은 조철봉의 흐려진 눈을 보면서 이맛살을 찌푸렸다. 조철봉의 표정에는 분노나 원망의 감정보다도 낙망과 좌절의 기운이 덮여 있었다. 갑중은 저도 모르게 씹어뱉듯 말했다.

"어, 참, 미꾸라지한테 뭣 물렸네."

오준병이 찾아 왔을 때는 다음 날 오전 9시경이었다. 조철봉은 막 출근한 참이었는데 준병은 출근도 하지 않고 곧장 이곳으로 온 것이다. 회사 근처의 커피숍들은 문을 열지도 않았으므로 준병은 로비에 서 있었는데 눈이 충혈되었고 머리는 흐트러졌다. 아직도 정신이 제대로 들지 않은 모습이었다. 조철봉이 다가섰을 때 준병은 눈을 부릅떴다.

"자네 사촌 제부는 지금 어디 있어?"

소리치듯 물었으므로 조철봉이 이맛살을 찌푸렸다.

"무슨 일입니까?"

"글쎄, 어디 있느냐구? 연락처를 대."

"아니, 도대체."

조철봉이 바짝 다가섰다.

"갑자기 왜 그러십니까?"

"그년이."

이를 악물었던 준병이 어깨를 부풀렸다.

"사기를 당했어. 내 어음을 갖고 달아났단 말이야, 그리고."

준병이 핏발 선 눈으로 조철봉을 노려보았다.

"33억 어음을 어제 은행 마감 시간에 넣어버렸단 말이야."

"그게 무슨 말입니까?"

이제는 짜증이 난다는 듯 입맛을 다신 조철봉이 목소리를 높였다.

"33억이라뇨? 나는 영문을 모르겠습니다."

"좌우지간 연락처를 대."

"선배님, 이거 너무 심하신 것 아닙니까?"

눈을 부릅뜬 조철봉이 이 사이로 말했다.

"나한테 왜 이러시는 거요? 내가 선배한테 죄라도 지었습니까?"

"네가 소개를 시켜주었지 않아? 그러니까 네가 책임을 지란 말이다."

"이 양반이 정말."

"너 가만 안 둘 거야."

"무슨 일인지는 모르지만 어디 해봅시다."

조철봉이 뱉듯이 말했다.

"문제 있으면 경찰에 가라고. 내가 그년하고 공모를 했단 말이야? 어디, 무슨 영문인지 같이 경찰에 갑시다."

조철봉이 준병의 팔을 움켜쥐었다.

"갑시다, 어서."

로비에는 마침 아무도 없었지만 준병은 주위를 둘러보았다. 그러고는 조철봉에게 잡힌 팔을 뿌리쳤다.

"이봐, 나하고 얘기 좀 하자."

준병의 목소리는 기가 꺾여 있었다.

"내 얘기 좀 들어보란 말이야."

그러고는 준병이 사연을 늘어놓았는데 아직 흥분이 가라앉지 않아서 같은 말을 반복했고 나중에는 목까지 메었다. 이야기를 마친 준병이 조철봉을 보았다.

"자네가 그 애 본가의 주소도 알 것 아닌가? 찾아야겠어."

"부모님이 일찍 돌아가셨다고 하지 않았습니까? 알고 계신 줄 알았는데."

이맛살을 찌푸린 조철봉이 딱하다는 듯 혀를 찼다.

"믿지 못하시겠다면 내 사촌동생의 호적을 떼어 보시지요. 물론 사망

해서 찾기 힘들겠지만."

"그, 그럼 그 가족은."

"숙모님 한 분이 계실 뿐인데 미국으로 이민 간 지 오래되셨습니다."

그것은 사실이다. 사촌동생도 교통사고로 죽었고 다른 점이 있다면 사촌 제부가 미국으로 이민을 떠났다는 것이다. 따라서 미국 시민이 되어있는 숙모와 사촌 제부를 찾으려면 인터폴에라도 연락을 해야 할 것인데 찾아낸다고 해도 생판 다른 사람일 것이니 숙모는 물론이고 사촌 제부의 피해는 없을 것이다. 준병에게 윤성희의 신뢰도를 높이기 위해 만들어놓은 트릭인 것이다. 조철봉이 주머니에서 수첩을 꺼내서 사촌동생의 이름을 적어 내밀었다.

"여기 있습니다. 주민증 번호는 나중에 알려 드리지요."

술을 한 모금 삼킨 조철봉은 물끄러미 닭똥집 안주를 내려다보았다. 포장마차 안은 떠들썩했는데 20대의 남녀 서너 쌍이 들어와 있었기 때문이다. 그들은 나이트클럽 이야기를 하다가 친구의 성공담에서 차의 광폭 타이어 등으로 쉴 새 없이 화제가 변했고 활기에 찼다. 비록 지갑에는 한도가 다 찬 카드와 현금 몇만 원씩뿐이겠으나 분위기는 밝고 자신만만했다.

잔에 술을 채운 조철봉은 다시 한숨에 술을 삼켰다. 앞에는 아무렇게나 시킨 안주가 세 접시나 놓였지만 아직 젓가락도 꺼내지 않은 채 소주를 세 병째 마시는 중이다. 윤성희에게 털린 돈은 10억에다 기타 투자 비용이 6억 정도였으니 16억쯤이 되었다. 그쯤은 구우일모(九牛一毛)다. 있어도, 없어도 흔적이 남지 않는 돈인 것이다. 눈을 가늘게 뜨고 이번에는 곰장어 안주를 바라보던 조철봉은 피식 쓴 웃음을 지었다. 문득 자신이 윤성희를 믿지는 않고 있었다는 것을 떠올렸기 때문이다.

성희가 선수를 친 것에 상처를 받았을 뿐이다. 어깨를 편 조철봉은 그제야 젓가락을 집어 둘로 쪼갰다. 육감이 예민한 성희가 그것을 느끼지 않았을 리가 없다. 한때 성희를 분신이나 마찬가지라고 말하지 않았던가? 내 이중성만큼은 못하더라도 성희는 충분히 두 얼굴을 가질 수 있는 여인이 아니었던가? 젓가락으로 똥집을 집어 입에 넣었던 조철봉은 서너 번을 씹다가 땅바닥에 뱉었다.

'나는 너무 자신을 과신했다.'

다시 술잔을 들어 한 모금에 삼킨 조철봉이 이제는 앞에 선 포장마차 주인의 아랫배를 노려보았다.

'내 실수인 것이다. 오준병에게 성희를 보내면서 타산만을 강조한 것이 결정적 실수다. 감성을 더 혼합해야 했다. 그랬다면 마지막 순간에 성희는 망설였을 것이고 내가 열쇠를 쥐게 되지 않았을까?'

그때 옆에서 인기척이 나더니 누가 털썩 앉았다. 머리를 돌린 조철봉은 갑중의 찌푸린 얼굴을 보았다.

"형님답지 않게 웬 궁상입니까?"

앞에 놓인 술병을 흘겨보며 갑중이 말했다.

"논현동의 포장마차가 어디 하나 둘이어야지, 일곱 번째에 찾았습니다."

주인이 내려놓은 술잔에 갑중은 술을 채웠다.

"형님, 잊으시지요."

"내 실수를 분석하고 있는 거다."

술잔을 든 조철봉이 억양 없는 목소리로 말했다.

"사업이란 말이다, 사후 원가계산은 꼭 해놓아야 돼."

"오늘 밤은 영일이한테 가서 주무시지요."

"나를 비겁한 놈으로 만들지 마."

"비겁하다니요?"

"내가 위로 받으려고 그놈들 보금자리를 만들어 준 것이 아냐."

"글쎄, 어떤 용도든 간에."

"더 자책하고 더 고통을 받아야 돼, 나 혼자서 말이다."

"어쨌든 주무시기는 해야…."

갑중이 손목시계를 내려다보았다. 옆쪽 젊은 팀들은 어느새 떠났고 포장마차 손님은 그들 둘뿐이다.

"형님, 벌써 12시 반이오, 가십시다."

그때 조철봉이 머리를 들어 앞에 서 있는 주인을 보았다. 30대 주인은 오동통한 얼굴과 몸매였는데 조철봉의 시선을 받자 당황했다. 대화 내용을 대충 들었기 때문일 것이다.

"내가 백만 원을, 아니 이백을 드리지."

조철봉이 지갑에서 수표를 꺼내 내밀었다.

"오늘 밤만 나하고 같이 있을랍니까?"

주인이 놀란 듯 눈을 크게 뜨더니 곧바로 앞에 놓인 그릇을 들어 어묵 국물을 조철봉의 얼굴에다 끼얹었다.

"오빠, 요즘 무슨 일 있어?"

정색한 임아나가 묻자 조철봉은 손바닥으로 얼굴을 쓸었다. 오전 10

시 반, 회사 근처의 커피숍 안이었다. 아나하고는 그동안 통화는 했어도 만나는 것은 일주일만이다. 복잡한 사건이 많았던 조철봉으로서는 지난 일주일이 순식간이었으나 아나에게는 긴 시간이었을 것이다.

"바빠서 그래, 내가 곧 사업을 하나 하려는 상황이라."

"어떤 사업인데?"

"백화점."

조철봉이 다시 꺼칠한 턱을 손바닥으로 쓸었다. 어젯밤은 어묵 국물을 뒤집어쓰고 나서 할 수 없이 최갑중과 함께 집에 들어가 잤다.

"어느 백화점이야?"

온통 백화점에 관심이 쏠린 아나가 눈을 반짝이며 물었으므로 조철봉은 시선을 들었다.

"일산에 있는 대형 슈퍼마켓인데 그걸 인수해서 백화점으로 격상시키려는 거야."

주식에 넣은 돈을 다 털어 넣고 은행 대출까지 받으면 가능할 것이었다. 그러나 아직 검토 단계이지 시작한 것은 아니다.

"그런 일은 아빠하고 상의해봐, 아빠가 도와줄 테니까."

임기찬은 강남과 분당에 3개의 백화점을 소유하고 있는데 연간 매출액이 3천억 가까이 되었다. 그만하면 백화점만으로도 중견 기업체가 된다. 머리를 끄덕인 조철봉이 아나를 보았다.

"하지만 지금은 안 돼, 내가 정리해야 할 것이 있어서."

"어떤 건데?"

"내 개인적인 일이다."

부드럽게 말한 조철봉의 시선이 아나의 얼굴에서 탁자 위에 드러난 아랫배까지 훑어 내려갔다. 의도적이고 노골적인 시선이었고 그것을 아나가 느끼지 못할 리가 없다.

"며칠 안 본 사이에 더 섹시해졌구나."

"그 음탕한 눈빛 치워."

아나가 눈을 흘기는 시늉을 했다.

"온몸에 찬 기운이 덮이는 것 같아."

"네 성감대가 예민하게 반응하는 거지. 조금 있으면 더워진다."

"브라질에서 아버님이 언제 오시는 거야?"

불쑥 아나가 물었으므로 조철봉은 커피 잔을 들고 의자에 등을 붙였다. 브라질에 계신 아버지의 귀국 일정에 맞춰 약혼식을 치르기로 했던 것이다.

"아버님이 지금 바쁘셔서 아직 일정을 잡지 못하고 계셔."

아나의 표정이 어두워지자 조철봉이 말을 이었다.

"내가 오늘 다시 연락을 해볼 테니까 잠깐 다녀가실 수는 있겠지."

돌아가신 아버지를 브라질에 계신다고 해 놓았으니 연락은 안 해도 된다.

"그건 그렇고."

손목시계를 내려다본 조철봉이 정색했다.

"아버님께 내가 한번 찾아가 뵙겠다고 전해, 시간을 언제 내실 수 있는가 네가 여쭤봐 줘."

"그냥 그렇게만 말해?"

"상의드릴 것이 있다고."

"알았어, 오빠."

아나의 표정이 다시 밝아졌다.

"내가 연락할게."

"오늘 저녁에 나올 수 있지?"

그렇게 묻자 아나는 시선만 주었으므로 조철봉은 풀썩 웃었다.

"물론 12시까지는 집에 돌아가게 해줄 테니까 말이야."

"그럼 어디서 만나?"

"7시에 시티호텔 라운지에서."

그러고는 조철봉이 자리에서 일어섰다.

"슈퍼 주인을 만나기로 했어. 가야 돼."

사실은 영업소에 돌아가야 하는 것이다.

방문이 열리고 천윤수가 들어서자 임기찬은 얼굴을 펴고 웃었다.

"어서 오게."

윤수는 머리만 숙여 보이고는 곧장 기찬의 앞쪽에 앉았다. 무표정한 얼굴이었다.

"그래, 알아보았나?"

기찬은 윤수의 이런 태도에는 익숙한 듯 부드럽게 물었다. 40대 후반의 윤수는 경찰 출신으로 정보 계통에만 20년을 근무한 베테랑이다. 4년 전에 파친코 업체로부터 돈을 먹은 것이 적발되어 파면을 당하지만 않았다면 지금 과장 자리는 차고 앉아 있을 것이었다.

"오랜만에 부탁하신 일이라 제가 신경 좀 썼습니다."

기찬 앞에서는 겸손하려고 노력했지만 윤수는 뜸을 들였다. 그도 그럴 것이 기찬은 대단히 중요한 일만 윤수에게 의뢰했고 나머지는 싸게 먹히는 정보원이나 비서를 시켰기 때문이다.

"어, 그래? 어디, 들자구."

소파에 등을 붙인 기찬이 말하자 윤수는 양복 안주머니에서 접힌 서류를 꺼내 펼쳤다.

"조철봉의 아버지는 브라질에 있는 것이 아니라 14년 전에 사망했습니다."

그러고는 윤수가 서류 중에서 한 장을 빼내 기찬에게 내밀었다.

"여기 호적등본이 있습니다. 사망 신고가 돼 있습니다."

얼굴을 굳힌 기찬이 등본을 받아 쥐었을 때 윤수의 말이 이어졌다.

"따라서 조철봉의 아버지 이야기는 거짓말이 되겠습니다. 브라질 법인의 현지 파트너는 피에트로 회사가 맞지만 피에트로의 지분 35퍼센트를 갖고 있다는 말도 거짓말입니다."

윤수가 다시 서류 한 장을 내밀었다.

"피에트로사의 지분 현황입니다. 피에트로사 회장 브라머 씨가 42퍼센트를 소유하고 있고 나머지 주주들은 모두 5퍼센트 미만입니다."

"으음."

서류를 받은 기찬이 보지도 않고 옅게 신음을 뱉었다. 얼굴은 이미 나무토막처럼 굳어져 있다.

"그리고."

힐끔 기찬에게 시선을 준 윤수가 두꺼운 입술 끝을 올리며 웃었다.

"조철봉은 현재 대성자동차 서초영업소장입니다. 열흘 전에 과장에서 소장으로 특진을 했는데 지난번 특판 기간 전국 1위의 실적을 올렸기 때문입니다."

"…."

"거기에다."

윤수가 서류 한 장을 다시 기찬에게 내밀었다.

"조철봉은 이혼남입니다. 전처가 5살 된 아이를 데리고 개가를 했는데 그 남편이 부도를 내고 얼마 전에 구속이 되었더군요."

"이, 이놈을."

서류를 받아든 기찬이 눈을 부릅떴다.

"내, 가만두지 않을 테다."

"그런데 회장님."

윤수가 탁자 위로 상반신을 굽히고 기찬을 보았다. 얼굴에 웃음기가 배어 있었다.

"조철봉의 배경을 아직 파악하지 못했습니다만 지금까지의 맥락으로 보면 다 사기라고 판단이 됩니다."

"그렇겠지."

머리를 끄덕인 기찬이 들고 있던 서류를 팽개치듯 탁자 위에 놓았다.

"사기꾼이로군. 허어, 내 참, 기가 막혀서."

"그놈한테 당하신 것이 있습니까?"

그러자 기찬이 퍼뜩 머리를 들고 윤수를 보았다. 하마터면 외동딸을 놈과 결혼시킬 뻔했던 것이다. 그러나 아직 놈에게 당한 것은 없다. 천만다행이다.

"소장님, 바쁘세요?"

다가선 미스 강이 물었으므로 조철봉은 모니터에서 시선을 뗐다. 오후 5시 반이어서 영업 직원들은 아직 외출에서 돌아오지 않았고 여직원 세 명에 남자 직원 둘만 사무실에 남아 있었다.

"아니, 무슨 일인데?"

조철봉이 은근한 시선으로 미스 강을 보았다. 소장 진급이 되었어도 미스 강은 아직 정보원으로 있는 것이다.

"저, 말씀드릴 것이 있는데요. 오늘 저녁 사주세요."

정보가 있다는 말이었지만 조철봉은 이맛살을 찌푸렸다. 오늘 저녁에 임아나와 만나기로 한 것이다.

"급한 일이야?"

"네, 조금."

"그럼 나하고 잠깐 밖으로 나가서 이야기할까? 저녁에 고객을 만나기로 했거든."

"그럼 그러죠 뭐."

미스 강이 선뜻 대답했지만 얼굴에 실망의 기색이 스치는 것을 조철봉은 똑똑히 보았다. 포상금 1억을 영업소 직원들 모두에게 똑같이 나눠준 사실은 회사 전체로 퍼져나가 조철봉은 일약 유명인사가 되었다. 비서실장은 조철봉에게 직접 전화를 걸어 칭찬을 했으며 아직 얼굴도 보지 않은 전무이사로부터 격려 전화가 온 것이다. 거기에다 영업소 직원들의 질서가 대번에 잡혔다. 특히 과장급 이하에서 여직원들까지의 조철봉에 대한 신뢰는 전폭적으로 바뀌었다. 조철봉이 회사 근처의 일식당으로 들어섰을 때 미스 강은 이미 예약한 방에서 기다리고 있었다. 아직 이른 시간이었지만 저녁 사달라고 했으니 이곳에서 저녁을 먹일 생각인 것이다. 회를 시키고 났을 때 미스 강이 조금 긴장한 시선으로 조철봉을 보았다.

"소장님, 사흘쯤 전에 제가 전화를 받았는데요. 아무래도 이상해서."

"누구 전화인데?"

"본사 기조실이라고 했어요. 기조실 3과 박 과장이라고."

"그래서?"

"소장님에 대해서 꼬치꼬치 물었어요. 확인하는 것이니까 아는 대로 다 말해 달라면서. 그러고는 비밀로 해달라더군요."

"뭘 물었는데?"

"가족관계에서부터 영업소 내부의 평까지 다 물었는데 제가 좋게 이야기를 했지만 꺼림칙해요."

"3과 박 과장이라고 했어?"

"예, 박인수 과장요. 나중에 확인해보니까 박인수 과장 맞아요."

"뭐 별거 아냐. 나한테 또 상을 주려고 그러는 거겠지."

마침 회 접시가 왔으므로 조철봉은 말을 그쳤다. 기조실 3과면 인사 관련 부서였으니 그런 질문을 하는 것이 이상한 일은 아니다. 오히려 그쪽의 질문을 받은 당사자는 선택받은 느낌이 들어 대개 적극 협조하는 것이 정상이다. 조철봉의 유료 정보원인 미스 강이 전화를 받았다는 것은 문제가 있건 없건 간에 운이 좋은 현상이었으며 미스 강은 그것을 자랑 겸 보고하는 것이었다. 회를 한 점 집어 입에 넣은 조철봉이 미스 강을 보았다.

"영업소 분위기는 괜찮지?"

"좋아요."

거침없이 대답한 미스 강이 눈웃음을 쳤다.

"여직원들이나 사원들한테 소장님 인기는 짱이에요."

그때 주머니에 든 휴대전화가 울렸으므로 조철봉은 전화기를 꺼내 들었다.

"여보세요."

"전데요."

임아나의 목소리였다. 아나가 말을 이었다.

"저, 오늘 일 때문에 못 나가겠어요."

"어, 그래? 무슨 일인데?"

조철봉이 묻자 아나가 가라앉은 목소리로 대답했다.

"몸이 아파서 그래요."

아나가 계속 존댓말을 썼으므로 조철봉은 이맛살을 찌푸렸다.

"그래, 알았어. 몸조심해."

전화기를 내려놓은 조철봉이 앞에 앉은 미스 강에게 웃어보였다.

"동생인데 몸이 아프다는군."

"여자 동생이라고요?"

미스 강이 실눈을 뜨고 웃었다. 수화기에서 울려나오는 여자의 목소리를 들었을 것이다.

"그래, 여자 동생이다."

"소장님은 여동생이 없잖아요?"

"이 자식이."

눈을 치켜떴던 조철봉이 불끈 솟아오르는 성욕을 느끼고는 어금니를 물었다. 이것은 반사작용이 아니라 반발작용이라고 해야 맞다. 어떤 일이 풀리지 않거나 좌절감이 몰려올 때 성욕이 북받쳐 오르는 것이다.

그것은 그런 상황이 되었을 때 여자를 찾던 버릇이 그렇게 만들었는지도 모른다. 조철봉은 미스 강을 지그시 바라보았다. 강난주, 24세, 입사 5년 차이며 귀염성 있는 얼굴에 볼륨이 큰 몸매로 총각 사원들한테는 꽤 인기가 있는 편이나 눈이 높다. 한 달 평균 50만 원의 정보비를 준 지 2년이 지났지만 손 한 번 잡아본 적이 없다. 그것은 조철봉 스스로가 정한 룰 때문이었는데 같은 조직의 여자와 관계를 맺으면 치명적인 약점을 잡힐 우려가 있다고 판단했기 때문이다. 지난번에 기조실의 이은영과 관계한 것은 어쩔 수 없었지만 결국 부산으로 이동시켰다.

"이쪽으로 와."

조철봉이 불쑥 말하자 난주는 눈을 크게 뜨더니 긴장한 듯 얼굴에서 웃음기가 사라졌다. 그리고 시선을 내리더니 곧 자리에서 일어섰다. 그 짧은 순간에 조철봉의 머릿속에서 두 번쯤 그만두자는 생각이 났지만 어떻게 나오나 보자는 호기심이 그때마다 그것을 덮었다. 그러나 난주가 옆에 앉았을 때 어느덧 다 사라져 버렸다. 난주는 한 뼘쯤 떨어져 앉았는데 시선은 바로 앞의 새우튀김 접시에 고정한 채로 굳어져 있다. 조철봉은 먼저 손목시계를 보았다. 6시 10분. 아직 이른 저녁 시간이어서 일식집 안은 조용했고 종업원들은 쉬고 있을 것이었다. 방에 남녀가 들어가 있을 때 쓸데없이 들락거리면 실례라는 것을 모를 리가 없다. 조철봉이 팔을 뻗쳐 난주의 허리를 감아 당겼다. 힘을 뺀 난주의 몸이 허물어지듯 옆으로 쓰러져 왔을 때 조철봉은 다른 한 손으로 얼굴을 받치고는 입술을 맞췄다. 난주의 입에서는 비린 생선 냄새가 났지만 입술이 크게 벌려지면서 산 낙지 같은 혀가 꿈틀거리며 조철봉의 입안으로 들어왔다. 그러나 교본만 보고 대련을 하는 태권도 선수처럼 서툴렀다. 혀가 정면으로 부딪쳤다가 이까지 마주쳤다. 조철봉은 난주의 스커트 속으로 손을 넣고는 팬티를 잡아 내렸다.

"안 돼요."

놀란 난주가 조철봉의 손을 잡았지만 목소리는 떨렸고 손의 힘은 약했다. 그러나 곧 팬티가 반쯤 내려졌을 때 다리를 들어 벗기는 것을 도왔다. 조철봉은 앉은 채로 바지와 팬티를 한꺼번에 끌어내렸다.

"소장님."

난주가 당황한 표정으로 말했지만 조철봉이 허리를 들어 안았을 때 순순히 무릎 위에 옮겨와 마주보고 앉았다.

"네가 넣어라."

조철봉이 이 사이로 말했다. 아나가 약속을 취소한 것은 심상치 않은 일이다. 요즘은 일이 안 풀린다.

엉덩이를 들어 올린 난주는 조철봉의 남성을 잡아 샘에 넣었다. 이미 샘은 뜨겁게 젖어 있었으나 조철봉이 허리를 세우며 합쳤을 때 난주는 낮게 신음했다. 조철봉이 난주의 귀에 대고 말했다.

"소리 지르지 마."

난주는 대답대신 조철봉의 목을 감은 두 팔에 힘을 주었다. 그러나 무릎 위에 앉은 난주는 엉거주춤 합쳐지기만 했을 뿐 겨우 움찔거리며 가쁜 숨만 몰아쉬었다. 익숙하지 못한 데다 아직 부끄러운 것이다.

조철봉은 난주의 허리를 들어 올려 힘 있게 부딪쳤다. 난주가 입을 딱 벌렸지만 소리는 뱉지 않았다. 난주에게 전화를 해왔다는 기조실의 박 과장도 꺼림칙하다. 비서실장 윤문영과 통하는 사이인 줄은 본사 비서실은 물론이고 기조실에 훤하게 알려져 있을 터인데 감히 과장 따위가 조사를 하다니, 조철봉은 난주가 곧 절정에 오르는 것을 느끼고는 몸을 떼었다.

"천천히, 오래 느끼도록 해주지."

그러면서 난주의 몸을 돌렸을 때 난주는 그 와중에도 젖혀진 스커트로 엉덩이를 가리려고 했다.

"엎드려."

조철봉이 난주의 팔을 잡아 방바닥에 붙이면서 말했다. 그러고는 스커트를 다시 젖히고 뒤에서 부딪쳤다.

"아아!"

난주가 신음을 뱉더니 얼른 제 손으로 입을 막았다. 임기찬이 뒷조사를 시켰을지도 모른다. 난주의 어깨를 움켜쥐고 허리를 움직이면서 조철봉은 눈을 치켜떴다. 조금 전에 아나가 보인 태도와 맞아 떨어지는 것이다. 아직 주민등록번호는 말해주지 않았지만 그것쯤은 얼마든지 알아낼 수 있을 것이고 그것만 있으면 다 드러난다.

난주는 아예 두 손으로 입을 막고 있었지만 다시 절정에 오른다는 것을 알 수 있었다. 색다른 분위기에서 더욱이 언제 종업원이 들이닥칠지도 모르는 상황인 것이다. 이럴 때면 긴장감 때문에 흥분은 배가되기 마련이다. 이윽고 난주가 온몸을 고슴도치처럼 웅크리며 절정에 올랐다. 두 주먹으로 입을 막고 어깨는 잔뜩 움츠렸으며 허리는 둥글게 굽혀졌다. 그러나 조철봉은 움직임을 그치지 않았다.

브라질의 피에트로사에다 조회해 보는 것도 어렵지 않은 일이었으니 그것도 들통이 났다고 봐야 한다. 그때 복도를 울리는 서너 명의 발자국 소리가 울렸으므로 기겁을 한 난주가 어깨를 세웠다. 그러나 아직 자세는 그대로였다. 다가온 발자국 소리는 옆방에서 멈추었다. 손님들이다. 옆방 문이 열리는 기척이 들리더니 사내들의 말소리가 울렸다. 옆방과는 장지문 하나가 막혀 있는 것이다. 조철봉은 상체를 비틀고 몸을 빼려는 난주의 어깨를 잡아 바로 눕혔다. 놀란 난주가 다시 상반신을 일으키려고 했지만 조철봉은 어깨를 눌러 눕혔다. 그러고는 얼굴을 일그러뜨리며 웃었다.

"난 안 끝났어."

속삭이듯 말한 조철봉이 이제는 정상위로 진입했다. 눈을 크게 뜬 난주가 조철봉의 어깨를 밀었다가 곧 눈을 감았다. 그러고는 이제 두 다리로 조철봉의 허리를 감았다. 아나에게도 방심한 것이다. 그쪽이 조사를 하기 전에 이쪽에서 선수를 쳤어야 했다. 서경윤의 일로 신경을 분산시켰고 윤성희의 배신으로 중심을 잡지 못했던 것이다.

난주는 이를 악물고 있었는데 이번에는 숨소리도 크게 내지 않았다. 그렇지만 허리를 거칠게 틀어 올려 조철봉의 몸을 받는다. 그러자 옆방의 말소리가 갑자기 뚝 그쳤고 조철봉이 눈을 치켜떴을 때 난주는 절정에 올랐다. 이번은 더 빠르다.

"그런 사기꾼을 만나다니."

아직도 분이 풀리지 않은 듯 임기찬이 또 시작했다. 저녁을 마치고 응접실로 나온 기찬이 방에 있는 아나를 불러낸 것이다. 아나는 기찬과 마주치지 않으려고 방에 박혀 있었지만 죄지은 사람처럼 다시 불려나왔다.

"네 행실이 불량했기 때문이다."

기찬이 언성을 높였으므로 송 여사가 주방에서 나와 아나의 옆에 앉았다.

"여보, 이제 그만하십시다."

"아, 당신은 시끄러."

눈을 부릅뜬 기찬이 손바닥으로 소파의 팔걸이를 내려쳤다.

"버르장머리 없게 키운 당신 책임도 있단 말이야"

"내가 어떻게 키웠다고요?"

송 여사가 눈을 치켜떴다.

"당신도 어제까지 그놈 칭찬을 했잖아요. 왜 나만 끌어들여."

"아니, 이 여편네가."

"그만하세요, 좀."

번쩍 머리를 든 아나가 말했으므로 둘은 그 모습 그대로 입만 다물었다. 그러나 다음 순간 기찬의 부아가 다시 폭발했다.

"아니, 이놈이 뭐를 잘했다고 큰 소리야? 이 버르장머리를 봐."

"제가 잘못한 게 뭔데요?"

"뭐라고? 아니 이 자식이."

"아버지가 그 사람한테 사기당했어요?"

"이놈 봐라?"

"거짓말을 했을 뿐이지 그 사람이 사기친 건 없지 않아요?"

"이놈이."

엉거주춤 몸을 일으킨 기찬이 상기된 얼굴로 주위를 두리번거렸으므로 놀란 송 여사도 따라 일어섰다. 뭔가 집어던질 태세였기 때문이다.

"너 그만 입 다물지 못해?"

송 여사가 다급하게 나무랐지만 아나는 머리를 꼿꼿이 들고 기찬을 보았다.

"아버지는 손해 보신 것 없으니까 그만하세요, 제발."

"이, 이 자식이."

이를 악물고 선 기찬이 어깨를 부풀렸지만 기세는 조금 가라앉았다. 맞는 말인 것이다. 하마터면 사기를 당할 뻔했지만 아직 손해 본 것은 없다. 기찬의 눈초리도 조금 내려갔다. 손해라기보다 피해가 있긴 했다. 그것은 아나의 정신적인 부분일 것이다. 낮은 신음과 함께 기찬이 털썩 다시 소파에 앉았을 때 송 여사가 거들었다.

"그놈이 사기꾼이긴 하지만 아직 사기는 치지 않았으니까 그만 합시다."

"이놈을 가만두지 않을 테야."

그러나 기찬은 조철봉을 잡아넣을 아무런 증거가 없다는 것을 이미 알고 있었다. 거짓말을 했다는 것만으로 잡아간다면 교도소가 동마다 한 개씩 세워져야 할 것이다.

"이거, 창피해서 애들한테도 말할 수가 없겠구먼그래."

기찬이 한숨을 뱉었다. 분가해서 살고 있는 아나의 두 오빠를 말하는 것이다. 제 입으로 조철봉을 잔뜩 치켜세운 터라 자식들 앞에서 체면이 말이 아니게 되었다. 그때 아나가 자리에서 일어났다. 그러고는 말없이 이층의 제 방으로 돌아갔지만 기찬은 잡지 않았다. 방으로 돌아온 아나는 문을 안에서 잠근 다음 침대에 내던지듯 몸을 눕혔다. 그러고는 숨도 쉬지 않는 것처럼 누워 천장을 바라보았다. 아버지한테서 조철봉의 내력을 들었을 때는 충격이 커서 생각이 이어지지도 않았다. 그러나 지금

한바탕 전쟁을 치르고 돌아오자 조철봉의 얼굴도 다시 떠올랐다. 그는 아버지 말대로 처음부터 계획적으로 접근해왔던 것이다.

문을 연 서경윤이 눈을 조금 크게 떠 보였지만 전반적으로 부드러운 표정이었다.

"웬일이야?"

"왜? 거북하면 그냥 갈게."

문 옆의 벽에 한 손을 짚고 선 조철봉이 경윤을 노려보았다. 넥타이는 목을 매단 밧줄처럼 늘어졌고 머리도 헝클어졌는데 눈을 치켜떴지만 눈빛은 몽롱했다. 잔뜩 술에 취한 모습이다.

"술 많이 마셨어?"

경윤이 이맛살을 찌푸리더니 한쪽으로 비켜섰다.

"들어와."

안으로 들어선 조철봉은 원룸 오피스텔 안이 산뜻하게 꾸며진 것을 보았다. 밤 12시가 지난 시간이어서 영일은 벽 쪽에 붙은 어린이용 침대에서 자고 있었다. 경윤이 영일의 침대는 새로 산 것이다. 소파에 쪼그리고 앉은 조철봉의 앞으로 경윤이 서둘러 다가왔다.

"냉수 마셔."

같이 살 때는 이런 일이 신혼 초기에 몇 번 있었을 뿐이었다. 냉수 잔을 받아 쥔 조철봉이 갈증이 난 것처럼 서너 모금 삼키고는 경윤을 보았다.

"경윤아, 나 위로받고 싶다."

느리게 말한 조철봉이 트림을 했다.

"아무한테나 말이야."

"무슨 일 있어?"

경윤이 조철봉의 옆에 앉더니 넥타이를 당겨 풀었다. 그러고는 저고리를 젖혀 벗겼는데 자연스러운 태도였다.

"별일 없어."

조철봉은 길게 숨을 뱉었다.

"그냥 해본 말이야."

"샤워부터 해. 그럼 조금 개운해질 거야."

이제는 조철봉의 셔츠 단추를 풀면서 경윤이 달래듯이 말했다.

"식사는 제대로 하는 거야?"

"일이 뜻대로 안 돼."

머리를 건들거리며 조철봉이 말하자 경윤이 어깨를 흔들었다.

"어서 샤워부터 해. 술 냄새 나."

"미안해, 경윤아."

"글쎄, 일어나."

경윤이 팔을 당겼으므로 조철봉은 비틀대며 일어섰다.

"씨발, 한 방에 나갔어, 내가."

"내가 내복하고 가운 가져올게 벗어."

그러고는 경윤이 서둘러 몸을 돌리더니 옷장에서 새 내복과 가운을 가져왔다.

"어서 벗으라니깐."

아직도 건들거리며 서 있는 조철봉을 흘겨본 경윤이 결심한 듯 바지 혁대를 풀었다.

"미안해, 경윤아."

몸을 내맡긴 채 조철봉이 중얼거렸으나 경윤은 대답하지 않았다. 바지가 벗겨졌고 조철봉은 팬티 바람이 되었다.

"난 회사고 뭐고 다 때려치우고 싶었어. 그리고 교도소에 가서 몇 년 푹 쉬고 싶었다고."

그 순간 갑자기 경윤이 조철봉의 몸을 안더니 머리를 가슴에다 묻었다.

"그만 해, 자기야."

경윤이 조철봉의 몸을 더 힘주어 안았다.

"그만하면 됐어. 내가 너무 미안해."

울음 섞인 목소리였으므로 조철봉은 눈을 치켜떴다. 경윤이 말을 이었다.

"나 다 들었어. 다 들었단 말이야."

그러고는 경윤이 가슴에 볼을 비비면서 흐느껴 울었으므로 조철봉의 눈빛은 더 밝아졌다. 경윤의 허리를 안은 조철봉이 길게 숨을 뱉었다.

"뭘 들었다고 그래?"

시선을 든 조철봉은 앞쪽 벽의 거울 속에 드러난 자신의 얼굴을 보았다. 거울에는 경윤의 뒷모습과 자신의 얼굴이 덩그렇게 떠 있다. 조철봉은 거울을 향해 이만 보이며 소리 없이 웃었다.

예전의 서경윤은 수동적이었다. 감정 표현도 자제를 해서 신음 소리를 내는 것도 아주 드물었다. 그러나 지난번 휴가 때 경윤은 달라져 있었고 지금은 더 변했다. 적극적이었으며 몸과 마음이 하나가 되어 있는 것이다. 물론 조철봉의 자세가 달라져 있는 것에 영향을 받기도 했을 것이다. 그동안 수없이 여자를 거쳐 온 조철봉인 터라 나름대로 터득해 온 테크닉으로 경윤의 반응에 맞췄기 때문이다.

경윤은 호텔방보다 부담 없는 환경이었기 때문인지 조금도 억제하지 않고 매달렸다. 이제는 자고 있는 영일이도 의식하지 않고 신음을 토해내고 헛소리까지 내질렀다. 자기가 먼저 요구해서 자세를 바꿨으며 절정에 올랐을 때는 소리쳐 알려주었다. 이윽고 둘이 늘어졌을 때는 새벽 2시 반이 되어 있었다. 조철봉도 온 기력을 쏟은 터라 온몸이 땀으로 범벅이 된 둘은 시체처럼 포개진 채 한동안 움직이지 않았다.

"좋았어."

턱에 찬 숨이 조금 가라앉았을 때 경윤이 아직 몸 위에 있는 조철봉의 머리칼을 쓸며 말했다. 눈을 감고 있는 표정은 평온하게 보였다. 조철봉이 더운 단내를 내뿜는 경윤의 입술에 입을 맞췄다.

"넌 좋은 여자야."

그러자 경윤이 조철봉의 목을 두 팔로 감았다. 그러고는 혀를 내밀어 주었다. 입술이 떼어졌을 때 경윤이 눈을 떴다. 맑은 눈이 불을 끄지 않아서 환한 불빛에 반짝였다.

"나, 앞으로는 부담주지 않을게."

"괜찮아."

조철봉이 경윤의 가슴을 부드럽게 쓸면서 말했다.

"내가 달라질 테니까."

"아냐, 자기는 벌써 달라졌어. 더 이상 나한테 신경쓰지 마."

정색한 경윤이 조철봉을 올려다보았다.

"생각나면 들러. 피곤할 때나 오늘처럼 위로를 받고 싶을 때. 내가 언제나 기다리고 있을게."

"네가 행복하면 돼. 나는 그뿐이야."

다시 경윤의 입을 맞춘 조철봉이 그제야 상반신을 일으켰다.

"누워있어. 내가 닦아줄게."

"싫어."

놀란 듯 경윤이 몸을 비틀더니 시트로 하반신을 가렸다.

"자기나 먼저 씻고 와."

못 이긴 척 조철봉은 화장실로 들어가 샤워기의 꼭지를 올렸다. 휴가에서 돌아온 경윤은 구치소에 있는 이종학의 면회를 딱 한 번 갔을 뿐이다. 찬물을 머리끝에서부터 맞으면서 조철봉은 얼굴을 일그러뜨리며 웃었다. 영원한 것은 아무것도 없다. 나는 행복하다. 비누를 집어 온몸을 문지르면서 조철봉은 어금니를 물었다. 지금 이 순간만을 생각하기로 하자. 샤워를 마치고 나왔을 때 경윤이 꿀을 탄 냉수 잔을 내밀고는 웃었다.

"마셔. 꿀 냉수 좋아했잖아."

경윤은 집에 꿀도 사놓고 있었던 것이다. 술 취한 척했을 뿐이지 많이 마시지도 않았지만 조철봉은 냉수 잔을 들고 소파에 앉았다. 화장실에 들어간 경윤이 샤워기를 트는 소리가 났다.

"내가 등 밀어줄까?"

조철봉이 소리치자 대답 대신 경윤은 문고리를 안에서 잠갔다. 윤성희는 중국으로 도망가지 않았을 것이다. 한국 물정을 거의 다 알려주었으니 이곳이 훨씬 활동하기 좋다는 것을 알기 때문이다. 더욱이 30억이 넘는 현금을 쥐고 있으니 자신감이 충만할 것이다. 조철봉은 벌컥거리며 꿀 냉수를 마시고는 길게 숨을 뱉었다. 더구나 생존력이 뛰어나다. 여자 조철봉인 것이다.

"소장님, 실적이 좋지 않습니다."

다가선 김정필이 목소리를 낮추고 말했다.

"반달간 실적이 평균 보다 30퍼센트 낮습니다."

반달간 실적이란 곧 조철봉의 소장 취임 후의 실적을 말하는 것이다. 머리를 든 조철봉이 사무실을 둘러보았다. 오전 10시 반이었는데 사무실의 한쪽 구석에 서너 명이 모여서서 잡담을 나누고 있었고 유리벽 너머 전시장 소파에도 서넛이 둘러앉아 커피를 마시는 중이다. 머리를 돌린 조철봉이 앞에 선 정필을 올려다보았다.

"내가 요즘 밖으로 돌아다녔기 때문인 모양이군."

"그동안 한 번도 실적 체크를 하지 않으셨습니다."

정색한 정필이 말을 이었다.

"거기에다 소장님은 뒤가 든든하다는 소문이 나 있어서요."

"실적 평가가 6개월이나 남은 것도 이유가 되겠군."

쓴웃음을 지은 조철봉이 정필을 지그시 보았다. 한 달 전만 해도 조철봉의 급수가 높기는 했어도 같은 과장이었던 정필이다.

조철봉이 소장으로 진급하면서 영업소의 제2인자로 격상이 되기는 했지만 정필도 야심이 없을 리가 없다. 그것은 진급을 해 소장 자리를 꿰어 차는 것이었는데 그러기 위해서는 조철봉처럼 소장을 밀어내든지 아니면 소장과 협력하여 실적을 올려야 한다.

조철봉은 정필이 택할 방법이 후자일 것임을 예상하고 있었다. 전자는 자신이 말한 대로 배경부터가 꿀리기 때문이다. 따라서 조철봉과 일심동체가 되어 영업소의 실적을 올리는 것이 진급의 첩경인 것이다. 이윽고 조철봉이 다시 입을 열었다.

"알았어. 오늘 오후 5시 정각에 전체 회의를 할 테니까 모두 모이라고 해."

건성으로 머리를 끄덕인 정필이 몸을 돌렸을 때 조철봉은 소리 죽여 숨을 뱉었다. 영업사원으로 지낼 때와 소장이 되어 17명의 사원을 지휘할 때의 처신은 달라져야 하는 것이다. 그동안 전임 소장 장정수의 행태를 겪으면서 배울 것은 배우고 반면교사로 삼을 것은 삼겠다고 스스로 다짐했지만 막상 닥치고 보니 옛 습관이 저절로 나온다. 더욱이 요즘은 윤성희와 서경윤, 임아나의 일로 정신을 온통 밖에다 빼앗기지 않았던가?

오후 5시가 되었을 때 갑자기 상을 당한 직원 한 사람만 빼고 영업소 직원들은 모두 모였다. 회의실에 둘러앉은 직원들의 얼굴에는 긴장감과 함께 호기심이 배어나왔다.

조철봉은 상금 1억 원을 똑같이 분배해준 후에 솟아올랐던 사기가 영업소 전체 활력에 큰 도움이 되지 못했다는 것을 깨닫고 있었다. 그것은 전체의 힘을 집중시킬 후속 조치가 없었기 때문이다. 영업장은 움직이는 생물과 같다. 끊임없이 목표를 향해 움직이지 않으면 썩어서 없어지는 것만 못하게 되는 것이다.

"지난 반달 동안 평균 실적보다 30퍼센트가 미달되었어."

조철봉이 입을 열자 모두 긴장했다. 주위를 둘러본 조철봉이 말을 이었다.

"나머지 반달 동안 미달분 30퍼센트에다 각자 목표의 30퍼센트를 더 채우도록."

그러고는 조철봉이 소리 없이 웃었다.

"내가 여러분께 소장 취임 선물을 했으니 나도 여러분의 선물을 받도록 하지, 그리고."

조철봉의 얼굴에서 웃음기가 싹 가셨다.

"15일 후에 목표에 미달된 사원은 다음 달부터 영업소 통계에 넣지 않겠다. 그 사람을 없는 것으로 치고 내가 대신 나서겠단 말이야."

사원 취급을 하지 않겠다는 협박이었다.

직원들의 얼굴에서 당황한 표정이 역력했다. 곧 서로를 돌아보았지만 아무도 입을 열지는 않았다. 전임 소장 장정수도 매일 아침저녁으로 다그쳤지만 이렇게 무지막지한 방법을 쓰지는 않았던 것이다. 직원들을 훑어보던 조철봉의 시선이 강난주를 스치고 지나갔다. 그러자 1초도 안 되는 그 짧은 순간에 강난주는 웃음을 흘려보냈다. 난주는 일식집에서의 정사를 치른 후부터 조철봉과 시선이 마주치면 놀라는 시늉을 하거나 몸을 틀면서 추파를 보내왔던 것이다. 조철봉이 말을 이었다.

"목표를 달성하기 위해서 얼마든지 나한테 도움을 요청해도 돼. 내가 적극 도와줄 테니까."

그때 헛기침을 한 김정필이 나섰다.

"알겠습니다. 해보지요."

제2인자의 지원사격으로 직원들의 분위기는 더 가라앉았다.

"그런데 목표를 달성하거나 초과 달성한 직원들은 어떻게 됩니까?"

정필이 묻자 조철봉은 정색했다.

"당연히 자체 포상을 할 거야. 물론 고과에도 참조할 것이고."

조철봉이 직원들을 다시 둘러보았다.

"포상 내역은 본사와 상의해서 내가 곧 알려주겠어. 이것은 서초영업소의 독자적인 계획으로 승인을 받을 예정이야."

여기까지는 정필과 말을 맞춘 것이다. 입사 반년만 되면 조직의 생리를 알게 되는 것이 정상이다. 특히 기술부분이 아닌 사무직과 영업직에서는 조직의 장이 차지하는 역할이 큰 것이다. 자력이건 타력이건 그 조직의 장이 힘이 있다면 사기가 오르고 없다면 그 반대가 된다. 조철봉은 직원들의 분위기는 알고 있었다. 장정수는 전에 본사 비서실이나 기조실에 들어간다고 해놓고서 사우나에 가거나 이발소에 가서 쉬고 왔는데 그것도 눈물겨운 장면이었다. 비서실이나 기조실에 인맥이 있다는 것을 부하 직원들에게 보여주려는 연극이었으니까. 장정수뿐만이 아니다. 계열사의 중역 하나는 회장실에 간다는 소문을 내놓고서 비서실에 들러 인사만 하고 나오기를 여러 번 하다가 들통이 났다고 했다. 그러나 나는 다르다. 그까짓 어설픈 쇼를 안 해도 직원들은 내가 힘이 있는 것을 알고 있다.

"끝으로 몇 마디만 하겠어."

조철봉이 부드럽게 말을 이었다.

"우리는 이용하는 자와 이용당하는 자의 두 종류로만 사람을 구분해왔어. 그것은 곧 내가 받은 만큼 상대에게 준다는 거래의 조건도 되겠지만."

그러고는 조철봉이 다시 정색했다.

"결국 우리가 추구할 목표는 생존자야. 살아남는 자란 말이야. 언제까지나 주고받을 수만은 없단 말이다. 이 세상은 그렇게 공평하지도 녹록하지도 않단 말이지."

그 순간 조철봉의 눈앞에 윤성희가, 서경윤이, 임아나의 얼굴이 차례로 떠올랐다가 지워졌다. 회의를 마치고 사무실로 돌아온 조철봉의 앞으로 정필이 다가와 섰다.

"소장님, 사무실 분위기가 갑자기 썰렁해졌습니다."

정필이 웃음 띤 얼굴로 조철봉을 보았다.

"역시 영업소는 살벌해야 정상입니다."

"서초영업소를 전국 제일로 키우겠어."

조철봉이 시선을 모니터에 둔 채로 말을 이었다.

"다 잊고 몰두할 테다."

임기찬의 등을 밀어 백화점 사업에 동참시킨 다음 합법적으로 가로채려던 대망은 우선 접었다. 그것은 너무 방만한 계획이었다. 먼저 이곳에서 생존자가 되기 위하여 몰두하는 것이 낫다.

임아나가 찾아온 것은 그로부터 사흘 후 점심시간 무렵이었는데 전시장의 직원은 손님인 줄 알고 맞았다. 아나가 전시장으로 들어온 것이다. 직원의 연락을 받은 조철봉이 사무실 옆의 전시장에 들어섰을 때 아나는 새 모델인 밴을 둘러보는 중이었다. 조철봉이 다가서자 아나는 시선도 돌리지 않고 말했다.

"밴도 승용차처럼 만들었네."

"여긴 웬일이야?"

"사기꾼이 어떻게 일하나 보려고."

차체를 손끝으로 쓸고 난 아나가 머리를 돌려 처음으로 조철봉을 보았다. 처음 만난 사람을 보는 것 같은 표정이다.

"이혼남 조철봉 씨, 브라질 피에트로사 이야기는 아주 그럴듯했어."

"밖으로 나가자."

"왜? 직원들 앞에서 창피당할까 봐?"

전시장 안에는 둘뿐이었지만 아나가 주위를 둘러보는 시늉을 했다.

"영업소장으로 승진된 것도 온갖 사기를 다 쳤기 때문이겠지?"

"손해 본 것이 없는데도 이렇게 나온 걸 보면 나한테 한이 맺힌 것이로군."

입맛을 다신 조철봉의 표정도 이젠 느긋해졌다.

"아니면 아직도 미련이 남아 있거나."

"그렇지."

눈을 치켜뜬 아나가 머리를 끄덕였다.

"넌 그래야 정상이야. 그런 표정, 그런 태도가 말이야."

"쓸데없는 수작 말고 꺼져. 난 바빠."

"넌 곧 경찰서에 불려갈 거야."

밴에 등을 붙인 아나가 조철봉을 똑바로 보았다.

"네 뒷조사를 다 했으니까. 네가 무슨 돈으로 모텔을 구입했는지, 펑펑 쓰는 돈이 다 어디에서 나왔는지 밝혀지게 될 거야."

그러고는 아나가 싱긋 웃었다.

"그렇게 되면 십중팔구 너는 감옥에 가게 될걸?"

"고맙다, 알려줘서."

따라 웃은 조철봉이 부드러운 시선으로 아나를 보았다.

"나한테 그 말 전해주려고 왔구나."

"손쓸 여유도 없을 테니까 도망치는 것이 나을 텐데."

"걱정 안 해도 돼."

조철봉이 손목시계를 보았다.

"같이 점심이나 할까?"

"널 보면 구역질이 나오는데 밥이 넘어 가겠어?"

그러고는 아나가 반쯤 몸을 돌리면서 덧붙였다.

"내 기분 말해줄까? 네가 불쌍해, 아주."

아나가 꼿꼿한 자세로 전시장의 대리석 바닥을 걸어 문밖으로 나갈 때까지 조철봉은 뒷모습을 보고 서 있었다.

"소장님."

뒤에서 부르는 소리에 조철봉은 몸을 돌렸다. 어느 사이에 전시장 직원이 다가와 서 있는 것이다.

"전화가 왔습니다. 경찰서라고 하는데요."

직원이 손으로 벽 쪽의 테이블을 가리켰다.

"사무실로 왔는데 저쪽에다 연결시켰습니다."

머리를 끄덕인 조철봉이 테이블로 다가가 전화기를 들었다.

"예, 조철봉입니다."

"여기 영동경찰서 조사과 박 형사인데요."

사내가 대뜸 신분을 밝히더니 이쪽에는 여유를 주지 않고 말을 이었다.

"오늘 오후 5시까지 경찰서로 와 주셨으면 좋겠는데. 조사할 것이 있어서 그럽니다."

"뭘 조사한다는 말입니까?"

"고발장이 접수되어서 출두하라는 겁니다."

그러더니 형사의 목소리가 굵어졌다.

"난 박영수 형사요. 조사과로 들어오시면 됩니다. 시간 지켜주시고요."

3. 변신

박영수 형사는 스포츠형 머리에 목이 굵고 완강한 인상이었다. 나이는 40대 초반쯤으로 보였는데 다가선 조철봉을 힐끗 보는 시선이 날카로웠다. 조철봉이 신분을 밝히자 박 형사는 무표정한 얼굴을 하고 턱으로 앞쪽 의자를 가리켰다.

"앉으쇼."

그러더니 다시 옆자리의 형사와 이야기를 주고받기 시작했다. 어제 절도로 구속된 피의자에 대한 이야기가 그로부터 5분이 지나도록 끝나지 않았으므로 조철봉의 마음은 오히려 가라앉았다. 골탕을 먹이려는 것이다. 그리고 그 이유는 짐작할 수 있었다. 겨우 이야기를 그친 박 형사가 바로 앉더니 조철봉을 보았다.

"행운여관을 11억 7천에 구입하셨더군. 내부 공사까지 15억은 될 것 같은데."

박 형사가 눈을 가늘게 떴다.

"그 돈은 다 어디서 난 겁니까?"

"나 참, 기가 막혀서."

퍼뜩 눈을 치켜떴던 조철봉이 쓴웃음을 지었다.

"도대체 왜 그러시는 거요?"

"왜 그러다니?"

"이것 보시오."

이제는 조철봉이 눈을 부릅떴다.

"내가 죄를 지었다면 당장 증거를 내밀고 구속하면 될 것 아니오? 뭐? 여관을 구입한 돈이 어디서 났느냐고?"

목소리가 컸으므로 주위가 조용해졌고 박 형사의 얼굴에 점점 난처한 기색이 어렸다. 바짝 다가앉은 조철봉이 말을 이었다.

"내가 고소당했다면 누구한테 무슨 이유로 당했는지부터 알아야겠습니다. 내가 내 돈 내고 여관 구입한 것이 죄라면 돈 내고 택시 타는 것도 죄가 될 거요."

"당신 왜 그렇게 소릴 쳐?"

박 형사가 눈을 부라렸을 때 조철봉의 목소리가 더 높아졌다.

"기가 막혀서 그런 것 아뇨? 여기가 공산국가요? 대한민국은 사유재산을 용납 못 하는 곳이오?"

"당신이 사기를 치고 다닌다는 증거가 있어. 까불지 마."

박 형사가 으르렁대듯 말했지만 기세가 한풀 죽은 것을 알 수 있었다.

"허어, 사기라고? 대한민국 경찰은 증거도 없이 이런 식으로 사람을 잡아넣는 거요? 어디 해 봅시다."

그때 뒤쪽에서 인기척이 나더니 양복 차림의 사내가 조철봉을 내려다보고 말했다.

"조 선생, 잠깐 제 방으로 가시지요."

그리고 사내가 몸을 돌렸으므로 조철봉은 먼저 박 형사를 보았다.

"가보쇼."

의자에 등을 붙인 박 형사가 외면하고 말했다.

"시발, 냄새가 풀풀 난단 말이야."

조철봉이 사내를 따라 들어간 방은 수사과 옆쪽 계장실이었다.

"앉으세요."

사내가 앞쪽 소파를 가리켜 보이며 얼굴에 웃음을 띠었다.

"미안합니다. 고발장이 접수돼서 조사는 해야 되거든요."

"도대체 누가 이런 겁니까?"

"최형섭이라고, 아십니까?"

"모르는 사람입니다."

머리를 저었지만 조철봉은 임기찬의 하수인일 것이라고 생각했다. 그러자 계장이 정색하고 말했다.

"조사를 해보았지만 특별한 사항이 없어서 오늘은 그냥 돌아가셔도 됩니다. 우리야 법대로 시행하는 것뿐이니까 이해하시기 바랍니다."

이미 그들은 다 조사를 해놓았을 것이다. 그리고 오늘 오후에 거물급 변호사인 홍성준의 연락을 받고 심기가 불편해진 것이 틀림없다.

경찰서를 나왔을 때는 저녁 7시가 되어갈 무렵이었다. 다시 박 형사한테 돌아가 형식적이었지만 조사를 받아야 했기 때문이다. 조철봉이 강남역 사거리 근처의 커피숍에 들어섰을 때 기다리고 있던 최갑중은 벌떡 자리에서 일어섰다. 긴장한 표정이었다.

"형님, 어떻게 되었습니까?"

"네 눈치로 알아맞혀 봐."

털썩 앞자리에 앉은 조철봉이 입술 끝을 올리며 웃었다.

"계속 악재가 겹치는군그래."

"윤성희 그년이 재수 없는 년이었습니다. 그래서 그럽니다."

갑중의 시선이 떠나지 않았으므로 조철봉은 입을 열었다.

"아직 증거를 찾지 못해서 조사만 받고 그냥 나왔어. 담당 형사는 억울하면 무고로 고발을 하라는데."

조철봉이 다시 웃었다.

"넌 어떻게 생각하냐?"

"도대체 어느 놈이 그런 겁니까?"

"최형섭이란 놈이다. 내가 주소하고 주민등록번호는 적어왔어."

주머니에서 쪽지를 꺼낸 조철봉이 갑중에게 내밀었다.

"임기찬의 하수인이겠지만 조사해봐."

"고발하실 겁니까?"

"형사는 내가 떳떳하면 당연히 그래야 할 것 아니냐는 식으로 말하더군."

"눈치를 채고 있을까요?"

"내 뒷조사를 다 해보았더군. 갑자기 10억대의 현금을 굴리게 되었으니 수상하겠지. 난 집에 보관하고 있다가 주식에 넣었다고 했지만 말이다."

"자금을 모두 차명으로 해놓은 것이 천만다행입니다."

“앞으로는 너도 조심해야 돼.”

“그래서 일절 모습을 드러내지 않을 작정입니다.”

“이것을 전화위복의 계기로 삼아야 한다.”

그때서야 다가온 종업원에게 커피를 시킨 조철봉이 정색하고 갑중을 보았다.

“나는 이번 일들이 잘 일어났다는 생각이 든다. 나를 재무장하는 계기가 된 것이지.”

“저는 십년감수했습니다.”

갑중은 길게 한숨을 뱉었지만 조철봉의 분위기에 휩쓸려 안도하는 기색이었다.

“형님 연락을 받고 여권부터 찾게 되더라니까요?”

“비겁한 놈.”

“혼자 도망치지는 않습니다.”

“저녁이나 먹자.”

커피를 아직 가져오지 않았는데도 자리에서 일어선 조철봉이 갑중을 보았다.

“말이 나온 김에 한마디 더하겠다. 너하고 나하고는 서로 돕는 관계지만 이용가치가 없어졌을 때 미련 없이 갈라서기로 하자. 물론 그때부터 우리는 서로 모르는 사이야.”

“무슨 그런 말씀을.”

놀란 듯 갑중이 눈을 크게 떴지만 조철봉의 시선을 받더니 입을 다물었다. 조철봉이 갑중과 헤어져 아파트로 돌아왔을 때는 새벽 1시였다. 소주 대여섯 병을 나눠 마셨지만 그냥 피곤하기만 할 뿐이어서 조철봉은 쓰러지듯 응접실의 소파에 앉았다. 그때 탁자 위에 놓인 전화기의 부재중 녹음 버튼에 불이 켜져 있는 것이 보였다. 겨우 손만 뻗어 버튼을 누르자 곧 서경윤의 목소리가 울렸다.

"핸드폰도 꺼놓고 무슨 일이야? 그냥 걱정이 돼서 전화한 거니까 신경쓰지 마."

밤 11시 45분이었다. 그러고는 곧 다른 목소리가 이어졌다.

"오빠, 잘 지내? 별일 없지?"

조철봉은 퍼뜩 눈을 치켜떴다가 쓴웃음을 지었다. 윤성희의 목소리였던 것이다. 녹음은 그것이 전부였다. 전화가 온 시간은 12시 10분이었다.

그룹 비서실의 강재찬 부장은 회사 내에서 조철봉의 배경을 알고 있는 몇 사람 중의 하나였다. 조철봉의 저녁 식사 제의에 선뜻 응한 그는 약속한 일식집에 먼저 와 기다리고 있었다.

"요즘 바쁘지?"

방에서 마주보고 앉았을 때 재찬이 은근한 시선으로 조철봉을 보며 물었다. 그는 조철봉이 마음만 먹는다면 직통으로 회장 면담도 할 수 있는 인물이라는 것을 안다.

"예, 이제 겨우 업무 파악이 되었습니다."

조심스러운 표정으로 말한 조철봉이 마침 들어선 종업원에게 생선회와 술을 시켰다. 시내 중심가에 위치한 이곳의 생선회 가격은 변두리의 두 배가 넘는다. 다시 둘이 되었을 때 재찬의 시선을 받은 조철봉이 얼굴을 펴고 웃었다.

“부장님, 영업소 독립 채산은 언제부터 시행됩니까?”

“으음, 그걸 물으려고 왔군.”

재찬이 따라 웃었다.

“이젠 영업소장에서 독립 채산 방식으로 운영하는 영업소 사장이 되고 싶단 말이지?”

“기업은 이윤 추구가 목적 아닙니까? 독립 채산 방식의 경영은 책임 경영입니다. 공과가 분명하게 나타납니다.”

“이봐, 아는 체하지 마라.”

재찬이 혀를 차며 정색했다.

“영업소 사장으로 분가해 나가려면 회사 재산인 영업소를 먼저 인수해야 돼. 그래야 공평해지는 거야.”

재찬이 눈을 좁혀 뜨고 조철봉을 봤다.

“회사 재산을 당신 마음대로 처분하고 도망치면 우린 어떻게 되겠어?”

조철봉이 머리를 끄덕였다. 당연한 말이다. 첫째 회사 재산에 대한 보증이 있어야 하는 것이다. 그때 종업원이 음식을 가져왔으므로 그들은 말을 그쳤다. 독립 채산 방식의 운영은 몇 년 전부터 논의가 되어 왔지만 새롭게 영업소 사장을 공모하는 것에서부터 영업소 직원의 처우 문제, 본사의 관리체제 구성 문제로 차일피일 미뤄왔던 것이다. 그러나 영업소의 독립 운영은 일반적인 추세였고 그것이 경쟁력을 향상시킨다는 것은 경영진도 알고 있었다. 다만 시기를 선택하지 못하고 있을 뿐이다. 재찬의 술잔에 소주를 따른 조철봉이 시선을 들었다.

“부장님, 먼저 서초영업소를 시범 독립 채산 영업소로 운영하도록 해주시지요. 딱 1년만 말씀입니다."

그러고는 조철봉이 은근하게 웃었다.

"제가 회사 재산에 대한 담보를 내면 되지 않겠습니까?"

"자네가 무슨 돈이 있다고"

재찬이 눈을 치켜떴다.

"이 사람아, 서초영업소의 매장 임대비니, 차량 인수 시 보증금, 그리고 미수금 등을 합하면 30억은 내야 할걸?"

조철봉이 눈만 껌벅였으므로 재찬이 안돼 보였는지 목소리를 낮췄다.

"거기에다 당장에 본사의 지원이 끊길 테니 최소한 석 달간 운영비로 5억은 더 있어야 할 거야."

"자세히 조사하셨군요."

"나야 하는 일이 그런 일 아닌가?"

"제가 30억 담보를 내면 서초영업소를 시범 독립 채산 영업소로 만들어 주실랍니까?"

정색한 조철봉이 묻자 재찬이 들고 있던 술잔을 내려놓았다.

"자네가 그런 돈이 있어?"

"저를 믿고 담보를 해주실 분이 있습니다."

"그렇다면."

재찬이 똑바로 조철봉을 바라보았다.

"나도 윗선에다 가볍게 보고할 수가 있지. 자네 빈말 아니지?"

"그럴 리가 있습니까?"

어깨를 편 조철봉이 이를 드러내고 웃었다.

"제가 왜 빈말을 하겠습니까?"

"최형섭은 부동산 중개인인데 임기찬하고 관계가 있는지는 밝혀내지 못했습니다."

최갑중이 머리를 기울이며 말했다. 오전 10시 회사 근처의 커피숍에는 손님이 그들 둘뿐이었다.

"직원도 없고 혼자서 두 평짜리 중개소를 운영하고 있더만요. 재산도 20평짜리 아파트 전세금 3천뿐입니다."

"돈 먹였군."

쓴웃음을 지은 조철봉이 커피를 한 모금 삼켰다.

"이쪽에서 다시 돈을 먹이도록 해봐. 누군지 분명히 알아야겠다."

"형님, 그럴 필요까지는 없지 않습니까?"

갑중이 이맛살을 찌푸렸다.

"임기찬이 아니면 누구겠습니까?"

"내가 경찰에서 나온 날 밤에 윤성희가 전화 메시지를 남겼더군."

"윤성희가요?"

화들짝 놀란 갑중이 들어 올리던 커피 잔에서 손을 떼었다.

"그 기집애가 왜?"

"생각해 보았더니 협박이었다."

조철봉이 갑중을 향해 빙그레 웃었다.

"'오빠, 잘 지내? 별일 없지?' 했는데, 잘 지내려면 일을 만들지 말라는 것 같았어."

"그것이."

"내가 경찰서에 불려간 것을 아는 것 같았단 말이다."

"그럼, 그것이 최형섭이를."

"최형섭이한테 3천을 줘. 윤성희는 아마 1천쯤 주었을 테니까."

"형님은 윤성희가 시켰다고 믿으시는 것 같군요."

"확실하게 해놓아야 한다."

정색한 조철봉이 갑중을 보았다.

"적을 확실히 알아야 한단 말이야."

"만일 그랬다면 지독한 년이군요."

"그럴 만하지. 나한테서 배웠으니까."

"그렇다면 윤성희가 아직 한국에 있다는 것인데."

갑중이 이를 악물었다.

"잘 됐습니다. 찾아내야지요."

갑중과 헤어진 조철봉이 사무실로 돌아왔을 때 서진호 대리가 다가왔다.

"소장님, 일주일 전에 크로나를 빼간 고객이 반품을 해왔습니다."

시선을 마주친 서진호가 어금니를 물었다. 분하다는 표정이다.

"엔진에 이상이 있습니다, 하지만."

"하지만 뭐야?"

"일주일간 3천 킬로나 뛰었습니다."

"전국 일주를 두 번이나 했군. 엔진 어디가 고장이야?"

"AS에 의뢰했더니 전자 장치에 결함은 있습니다."

"반품 받아줘."

조철봉이 뱉듯이 말하자 서진호는 눈을 둥그렇게 떴다. 그렇게 되면 이제 영업소가 골치 아프게 되는 것이다. 3천 킬로나 주행했으니 이미 중고차가 되어버린 차를 공장 측에서 순순히 받아줄 리가 없다. 그때 서진호가 풀죽은 목소리로 말했다.

"소장님, 그 고객은 계약을 취소하겠다는 겁니다."

"뭐? 교체가 아니고?"

"예, 그래서."

이번에는 조철봉이 어금니를 물고 서진호를 보았다. 매사에 소극적이고 끈질기지 못한 서진호는 항상 실적이 최하위권에 들었다. 그래서 조철봉의 1년 후배인데도 아직 대리인 것이다.

"그 고객이 어디 있어?"

"예. 저기 전시장에."

기가 죽은 서진호가 눈으로 전시장을 가리켰다.

"여자입니다."

"넌 여자하고는 안 되는구나."

자리에서 일어선 조철봉이 이 사이로 말하고는 웃었다. 그래서 임아나를 서진호로부터 인계받기로 했던 것이다.

전시장으로 들어선 조철봉은 소파에 앉아 있는 여자를 보았다. 짧게 자른 머리에 옆얼굴만 드러난 여자는 발자국 소리를 울리며 조철봉이 다가갔어도 머리를 돌리지 않았다. 조철봉은 소파를 돌아 여자의 앞에 섰다. 그리고 그 순간 몸을 굳혔다. 여자의 검은 눈동자가 똑바로 조철봉의 눈을 향하고 있었는데 꾹 다문 입술과 함께 차가운 분위기였다. 만만치 않은 기세였다.

"제가 소장입니다."

던지듯이 말한 조철봉이 털썩 앞쪽 소파에 앉았어도 여자는 눈썹 하나 까닥하지 않았다.

"계약을 파기하시겠다고요?"

"그래요."

여자가 낮게 말하더니 어깨를 펴고 바로 앉았다. 진주색 투피스 차림으로 드러난 무릎 아래의 다리가 미끈했다. 앉은키로 봐도 신장은 1미터 65가 훨씬 넘는 몸매였다.

"지금 환불받아야겠어요."

조금 높아서 울림이 강한 목소리로 여자가 또렷하게 말했다.

"똑같은 이야기를 두 번 하게 만들지는 않으시겠죠?"

"일주일 동안 3천 킬로나 주행하셨던데."

그러고는 조철봉이 은근하게 웃었다.

"그동안에 전자 장치의 고장은 없었겠지요?"

"없었어요."

여자가 무릎 위에 두 손을 깍지 껴 얹으며 말했다. 겹쳐진 열 개의 손가락이 희고 길었으며 손톱에는 살색 매니큐어를 칠했다. 곱게 잘 가꾼 손가락이다. 이미 계약서를 본 터라 조철봉은 여자의 이름이 유혜진이며 28세, 미들랜드 증권 한국지사의 투자 자문역으로 연봉이 2억 5천이라는 것까지 안다. 이 또래의 여자로서는 대단한 위치인 것이다. 조철봉이 천천히 머리를 끄덕였다.

"새 차로 교환도 안 하시는 이유를 알려주시렵니까?"

"첫째, 영업사원의 매너가 불쾌합니다."

여자가 대뜸 말하더니 다시 눈빛이 강해졌다.

"온갖 핑계를 대면서 결함을 인정하려 하지 않았어요."

"그렇습니까?"

"둘째는 물론 차에 대한 신뢰가 없어졌어요. 그런 차를 타고 싶지 않습니다."

"그럼 환불을 받아간다고 치십시다."

조철봉이 부드럽게 말을 이었다.

"지금 말씀하신 담당 영업사원이 이번 일로 질책을 받게 되리라는 건 아시지요?"

"그건 제가 알 바 아닙니다."

"그 친구는 제 입사 1년 후배인데 아직도 대리지요. 그런데 이번 일로 아마 다음 달에는 권고사직을 당할 겁니다."

그러고는 조철봉이 슬쩍 웃었다.

"실적도 최하위권이어서 마침 좋은 이유를 붙여 주셨습니다."

"글쎄 그건 제가 상관할 일이 아니죠."

"그래서 말씀인데요."

조철봉이 이번에는 정색했다.

"우리도 댁 같은 고객은 앞으로의 가능성이 없다는 생각이 듭니다. 그래서 환불을 못 해 드리겠는데요."

여자가 눈을 치켜떴으므로 조철봉은 소파에 등을 붙이고 편하게 앉았다.

"나는 댁과 담당 영업사원의 분쟁으로 이 일을 몰고 갈 작정입니다. 그래서 댁한테 시달린 그 친구는 결국 회사를 그만둬야 할 것이고 당신은 한참 동안 차도 돈도 못 찾게 되겠지요."

"뭐라고요?"

조철봉은 여자의 기세가 조금 꺾인 것을 알 수 있었으므로 다시 웃었다.

"나로서는 최소한 한 가지는 얻게 되는 셈이지요. 잘 하면 지친 당신이 차를 도로 가져가게 될지도 모릅니다."

그러자 여자가 자리에서 일어섰다. 예상했던 대로 늘씬한 체격이었다.

"뭐 이런 회사가 다 있어?"

여자가 다부진 표정으로 조철봉을 쏘아보았다.

"변호사한테 의뢰할 테니까 각오하고 있어야 될 겁니다."

"우리 쪽도 준비하고 있을 테니까."

조철봉이 빙긋 웃었다.

"미들랜드 증권을 상대로 할 테니까 피차 이미지 깨지는 건 마찬가지요."

몸을 돌린 여자가 바람을 일으키며 전시장을 나가자 조철봉은 길게 숨을 뱉었다. 여자의 기세에 반발해 그렇게 행동했지만 만일 그렇게 된다면 이쪽 피해가 더 클 것이다. 어쨌든 오늘 고비를 넘기기는 했다. 사무실로 들어왔을 때 서진호가 주춤대며 다가와 섰다.

"소장님, 어떻게 되었습니까?"

"그 여자한테서 연락이 오면 이번 일로 사직서를 냈다고 해."

조철봉의 손가락이 진호의 코끝을 가리켰다.

"그러고는 네가 언제나 하던 대로 징징거리란 말이다. 그러면 여자는 칼끝을 나에게로 겨누겠지."

"죄송합니다, 소장님."

"미들랜드 증권에서 그 여자가 어떤 위치인지를 알아봐, 가족 관계와 직속상관까지 모두."

"알겠습니다."

기운을 차린 듯 진호가 어깨를 폈으므로 조철봉은 몸을 돌렸다.

비서실의 강재찬이 전화를 해왔을 때는 오후 3시경이었다. 재찬은 조철봉에게 뜸들이지 않고 말했다.

"됐어. 서초영업소를 다음 달부터 독립 채산제로 운영키로 이사회 결정이 났어."

"그렇습니까?"

전화기를 고쳐 쥔 조철봉이 눈을 크게 떴다. 다음 달이면 바로 일주일 후인 것이다.

"자넨 이제 서초영업소 사장이야. 따라서 직원들의 인사권에다 영업소 재정을 모두 책임져야 해."

"알고 있습니다."

이미 본사에 30억의 담보를 제출했다. 사흘 전에 홍성준 변호사를 통해 10억으로 감정 받은 모텔에다 20억 가치의 부동산 네 곳을 담보로 내놓았다. 물론 네 곳의 부동산은 모두 타인 명의로 철저히 세탁을 한 데다 홍성준의 검증까지 거쳤으므로 꼬투리를 잡히지는 않을 것이었다. 재찬이 말을 이었다.

"내일 공문으로 내려갈 거야. 본사에서 서초영업소로 보내지는 마지막 공문이지. 그리고 내일부터 일주일간은 양측의 인수인계로 정신이 없겠군그래."

조철봉은 폐에 가득 숨을 들이마셨다가 길게 내뿜었다. 이것으로 독립이 된 것이다. 그것은 곧 사업체를 설립한 것이나 마찬가지였으니 변신이다. 서초영업소 사장으로 대표이사 등기도 해야 할 것이며 세금을 내고 어음도 발행해야만 한다. 재정을 책임지는 대가로 사업주로서의 권한도 갖게 되는 것이다.

"소장님, 접대비가 부족합니다."

옆쪽에서 다가온 김정필이 말했으므로 조철봉은 머리를 들었다. 오늘이 25일이었으니 한 달에 3백만 원씩 할당되는 영업소의 접대비는 이미 중순경에 다 나갔다. 그래서 다음 달 접대비를 가불해 쓰는 것이 관행이었다.

"그렇군. 앞으로 한 달 접대비를 5백으로 올려야겠어."

조철봉이 혼잣소리처럼 말하자 정필은 그냥 얼굴에 웃음만 띠었다. 1년 전부터 전임 소장 장정수가 본사에 매달리다시피 했어도 접대비는 오르지 않았던 것이다. 조철봉이 정필을 향해 말을 이었다.

"그리고 출장비도 2백에서 5백으로 올려야 현실적이야, 그렇지 않나?"

다음 날 오전에 본사의 공문이 오고 나서야 서초영업소의 분가가 알려졌는데 정보가 빠른 김정필도 전혀 눈치채지 못했을 만큼 보안 유지가 철저했다. 전국의 87개 영업소 중 유일하게 시범 케이스로 독립한 것으로 만일 정보가 사전에 누출되었다면 로비와 반발이 만만치 않았을 것이다. 조철봉이 출장을 핑계로 오전 10시 반이 되어서야 출근한 것은 의도적이었다. 사무실의 동요가 가라앉을 무렵에 등장하는 것이 효과를 극대화시킬 것이었기 때문이다.

아니나 다를까, 조철봉이 사무실로 들어서자 전 직원은 일제히 동작을 멈췄다. 다른 때 같으면 영업을 핑계로 17명 직원 중에서 네댓 명 정도만 남아 있을 사무실에 전 직원이 우글대고 있었던 것이다. 시치미를 뚝 떼고 조철봉이 자리에 앉을 때까지 사무실의 정숙은 유지되었다. 그리고 곧 김정필이 서둘러 다가오리라는 것도 조철봉이 예상한 일이었다.

"소장님, 아니."

앞에 선 김정필이 얼굴을 일그러뜨리며 웃었다.

"앞으로는 어떻게 불러야 합니까?"

"회의실로 전 직원이 모이도록 해, 전화 당번도 필요 없다."

조철봉이 정색하고 말하자 김정필도 금방 얼굴을 굳혔다.

"예, 알겠습니다."

회의실에 전 직원이 모여 앉는 데 걸린 시간은 그로부터 1분도 안 되었다. 전에도 전체 직원회의를 했지만 오늘처럼 긴장되지는 않았다. 여직원들은 물론이고 간부급 남자 직원까지 숨을 죽인 채 조철봉의 입을 바라보는 것이다.

"다 알겠지만 서초영업소는 분리되어 독립 법인이 되었어."

조철봉이 입을 열었다.

"하지만 같은 일을 하고 일하는 멤버도 그대로야, 달라진 점이 있다면."

그러고는 조철봉이 빙긋 웃었다.

"내가 사장이 되었다는 것, 그래서 사업이 안 되면 내가 거지가 된다는 것이지. 말하자면 내가 책임과 권한을 쥐게 되었다는 것인데."

조철봉이 직원들을 훑어보았다.

"내가 소장이 되었을 때 약속한 것이 있을 거야, 실적에 대한 포상은 물론이고 책임도 엄격히 따질 거야, 그러니 여러분도 변신의 각오를 단단히 해주기 바란다."

직원들은 묵묵히 듣고만 있을 뿐 김정필도 나서지 않았다. 다시 조철봉은 말을 이었다.

"독립 법인이 된 이상 지역을 불문하고 상담을 한다. 따라서 국내 전 지역은 물론이고 외국까지 뻗어 나갈 수가 있어."

그러고는 조철봉이 대리급 이상 간부들을 둘러보았다.

"선배로서 충고하는데 성사되지 못할 꿈이라도 갖고 있는 것이 낫다. 서초영업소 지사가 대전이나 제주도, 베이징과 방콕에 세워질 수도 있는 것이니까."

"그럼 상호부터 바꿔야 하는 것 아닙니까?"

그때서야 정필이 말꼬리를 이었으므로 분위기는 슬슬 밝아지기 시작했다. 모두들 처음에는 독립된 후의 타산부터 따졌을 것이었다. 그러다가 자신에게 직접적인 영향이 없다는 것을 느끼게 되면서부터 여유를 갖기 시작했다. 조철봉이 머리를 끄덕였다.

"본사하고 상의해서 이미 결정을 했어. 오성자동차 서비스야."

"그럼 오성자동차 서비스 사장님이시군요."

정필이 대뜸 말했다.

"축하합니다, 사장님."

그러자 누군가가 박수를 쳤고 모두 따랐으므로 회의실 안은 금방 활기로 가득 찼다. 소장 승진 때와는 비교가 안 되는 분위기였다.

서류를 내려놓은 유혜진이 변호사 안현수를 정색하고 보았다.

"그럼 환불받을 가능성이 없단 말인가요?"

"없다는 것이 아니라 시간이 걸릴 것이란 말입니다."

40대 중반의 현수는 민사소송 전문이었는데 부장검사 출신이다. 현수가 찌푸린 얼굴로 말을 이었다.

"거기에다 서초영업소가 본사로부터 분가해서 오성자동차 서비스로 독립되었습니다. 따라서 피해보상 청구를 대성자동차로 해야 할지 분가한 오성자동차 서비스로 해야 할지도 아직 불분명하단 말입니다."

"조철봉이란 사람이 소장 아닌가요?"

"이젠 분가를 해서 사장이 되었지요."

"그럼 그 사람한테 청구를 해주세요."

"그것이."

입맛을 다신 현수의 얼굴이 더 찌푸려졌다.

"그렇게 할 생각이었는데 문제가 조금 있습니다."

"뭔데요?"

"조철봉의 고문 변호사가 홍성준 변호사란 말입니다. 홍성준 씨 아시죠?"

"이름은 들었어요."

"이번 사건처럼 조금 애매한 경우에는 솔직히 내가 조금 밀립니다, 그래서."

"소송에서 진다는 말씀인가요?"

"내가 그렇다고 말한 건 아닙니다. 단지."

"알겠어요."

더 이상 말하기도 귀찮다는 표정이 된 혜진은 자리에서 일어났다.

"사건을 맡지 못하신다고 봐도 되겠지요? 그럼 수임료도 환불해 주세요."

"허어, 참."

얼굴빛이 싹 달라진 현수가 혜진을 쏘아보았다.

"환불이 아주 버릇이 된 분이시군그래."

"못 해주시겠어요?"

"그럼 또 나를 상대로 소송을 걸 거요?"

현수의 목소리가 높아졌으므로 열린 문밖의 사무실에서 사무장이 몸을 돌려 이쪽을 보았다.

"그렇게 세상을 사는 게 아냐."

현수가 아예 작심을 한 듯이 눈을 치켜뜨고는 훈계조로 말했다.

"나도 변호사지만 모든 것을 소송으로 해결하면 안 되는 거야."

"환불해주세요."

"조사비용은 빼고 돌려드리지."

그러고는 현수가 소리쳐 여직원을 부르더니 당장에 수임료를 환불하라고 지시를 했다. 그러나 조사비용으로 수임료의 반을 제한 것은 다분히 감정적이었다. 변호사 사무실을 나온 혜진이 사무실에 도착 했을 때는 오후 3시 반이었다.

"혜진 씨, 30분쯤 전에 전화가 왔었는데."

막 자리에 앉아 컴퓨터를 켠 혜진의 옆으로 김준호 부장이 다가와 섰다.

“조철봉이란 사람이야. 연락처는 안다고 하더구먼.”

눈만 크게 뜬 혜진의 안색을 살핀 준호가 정색했다. 30대 중반의 준호는 미국 생활을 오래 했기 때문인지 특히 여자의 분위기에 민감한 편이다.

“혜진 씨, 뭐 안 좋은 일 있어?”

“아녜요, 그냥 기분이.”

“내가 커피 한 잔 타올까?”

“괜찮아요, 고맙습니다.”

“이번 달 실적은 달성했으니까 며칠 쉬든지, 어때?”

“네, 생각해 볼게요.”

준호가 돌아서자 혜진의 기분이 조금 나아졌다. 준호는 이혼남으로 사내 여직원의 인기를 한몸에 받고 있는 유능한 간부인 것이다. 연봉은 비밀이지만 20억은 넘는다고 소문이 났다. 전화기를 든 혜진은 먼저 심호흡을 했다. 준호와 비교하면 이놈은 바로 쓰레기였다. 이런 놈이 한국인의 얼굴에 먹칠을 하는 것이다.

유혜진의 전화가 왔을 때 조철봉은 새로 꾸민 사장실에 앉아 선물로 들어온 화분을 정리하던 중이었다.

“나, 유혜진입니다.”

대뜸 수화기에서 맑고 높은 목소리가 울려나온 순간 조철봉은 저도 모르게 쓴웃음을 지었다. 목소리와 용모가 생판 다른 사람도 있지만 혜진은 닮았다. 자존심과 우월 의식으로 똘똘 뭉친 고품격의 여자, 그렇다고 공주병 환자는 아닌 전문 직업인, 수준으로 보면 최상류층의 여자라고 볼 수 있을 것이다.

"전화하셨다던데, 무슨 용건이죠?"

혜진이 쏟아붓듯 물었을 때 조철봉은 전의를 가다듬었다. 모든 여자에게는 약한 부분이 있기 마련이다. 그리고 상황은 주어지는 것이 아니라 만드는 것이다.

"차 문제로 상의드릴 일이 있습니다. 오늘 저녁에 시간을 내 주셨으면 좋겠는데."

목소리를 굳힌 조철봉이 말을 이었다.

"7시에 프린스호텔 커피숍에서, 내가 그쪽 회사 근처로 가겠습니다."

"그 일이라면 변호사가 처리할 겁니다."

매몰찬 혜진의 목소리가 울렸으므로 조철봉은 다시 쓴웃음을 지었다.

"그래요? 그렇다면 할 수 없고."

조철봉의 목소리가 차분해졌다.

"나도 내 변호사한테 정식으로 위임하지요. 그럼 전화 끊으십시다."

"도대체 무슨 일인데요?"

그때 다급하게 혜진이 말꼬리를 잡았다.

"전화로 말하면 안 돼요?"

"공장에서 제시한 해결책을 말씀드리려는 건데 만나는 게 낫겠습니다."

"좋아요."

마침내 혜진이 말했을 때 조철봉은 의자에 등을 붙였다. 미국에서 대학을 나온 혜진은 모든 문제를 변호사에게 의뢰하려는 습성이 있다. 그래서 안현수 변호사와 싸우고 지금은 수모감에 빠져 있을 것이었다. 최갑중은 혜진의 사생활은 물론이고 안현수 변호사에게서 수임료를 환불받은 것까지 알아내었다. 지피지기면 백전백승이다.

혜진은 7시 5분에 프린스호텔의 커피숍으로 들어섰는데 남색 투피스 정장 차림이었다. 늘씬한 몸매에다 턱을 조금 치켜든 자세로 당당하게 걸어오는 혜진에게 사내들의 시선이 집중되었다. 28세의 나이에 뉴욕주립대에서 박사 학위를 받고 미들랜드 증권에 특채되어 연봉 2억 5천을 받고 있지만 곧 5억이 되고 10억으로 뛸 신분인 것이다. 조철봉의 앞으로 다가온 혜진은 눈인사만 하고는 앞자리에 앉았는데 분위기는 찬바람이 날 정도였다. 혜진을 맞아 일어섰던 조철봉 또한 표정 없는 얼굴이었다. 종업원이 다가왔으므로 조철봉이 커피를 시키자 혜진은 이쪽을 보지도 않고 오렌지주스를 주문했다.

"차가 오산 공장에 들어가 있습니다."

조철봉이 입을 열었다.

"지금 전자 장치 점검을 하고 있는데 주행 당사자가 현장에 가서 확인만 해주면 환불을 해주기로 결정이 되었습니다."

그 순간 혜진의 얼굴이 조금 풀어지더니 곧 눈을 가늘게 떴다.

"제가 직접 가야 된다고요?"

"당연한 일이죠. 몇 가지만 물어볼 겁니다. 시간도 30분밖에 걸리지 않는다고 했습니다."

"언제 가죠?"

"그건 나한테 연락해주기로 했습니다. 아마 사흘쯤 후가 될 것 같은데."

"가겠어요."

혜진이 머리를 끄덕이자 조철봉은 입술 끝을 올리며 웃었다.

"공장 위치를 모르실 테니까 저하고 같이 가십시다. 어쨌든 제 책임이니까."

조철봉은 혜진의 경계심이 반쯤은 풀어진 것을 느낄 수 있었다. 혜진으로서는 전혀 예상 밖의 결과일 것이다.

"지금 차를 타고 오셨습니까?"

조철봉이 묻자 혜진이 눈을 크게 떴다.

"차라뇨? 택시 타고 왔는데."

"그래서 제가 키를 가져왔지요."

주머니에서 열쇠를 꺼낸 조철봉이 혜진의 앞쪽 탁자 위에 놓았다.

"크로나입니다. 사흘 후에 공장에 가실 때까지 타고 다니다 돌려주시면 됩니다."

"괜찮아요."

혜진이 열쇠를 집어 내밀자 조철봉은 머리를 저었다.

"당연한 서비스니까 받으세요. 환불을 받으실 때까지는 우리 고객이십니다."

"그럼 받겠어요."

경계심이 거의 사라진 혜진의 표정이 이제는 밝아졌다.

"실례지만 처음 전시장에서의 태도와는 다르군요."

"예, 그때는 개인적인 사정이 있어서."

쓴웃음을 지은 조철봉이 시선을 내렸다.

"감정 억제가 안 되었죠. 전처 남편이 감옥에 들어간 바람에…."

시선이 부딪치지는 않았지만 조철봉은 혜진이 바짝 긴장하는 것을 알 수 있었다. 전처와 감옥, 두 단어 때문이다. 조철봉이 혼잣소리처럼 말했다.

"전처 남편한테 보증을 서 주었다가 5억을 날렸거든요."

머리를 든 조철봉이 쓴웃음을 지었다.

"잔뜩 스트레스를 받고 있던 때였습니다. 전처를 믿고 보증을 서주었거든요."

아직 한국인의 관습으로는 만난 지 20분도 안 되어서 전처네, 보증으로 돈을 날렸네 따위의 일신상의 이야기를 꺼내놓는 것은 익숙하지가 않다. 대부분 부담을 느낄 확률이 높은 것이다. 그때 혜진이 정색하고 머리를 끄덕였다.

"그러셨군요. 이해가 됩니다."

"사람 사는 게 다 그렇죠. 그 친구가 돈 빌려갈 때 그렇게 될 줄 누가 알았겠습니까? 잘나가는 회사 대표였는데."

그러고는 조철봉이 풀썩 웃었다.

"이번 사건도 마찬가지죠. 크로나의 전자 장치에 갑자기 이상이 생길 줄 누가 예상이나 했겠습니까?"

"저, 환불 안 하고 그냥 바꾸면 안 될까요?"

불쑥 혜진이 물었을 때 정색한 조철봉이 머리를 저었다.

"그러실 필요 없습니다. 이미 공장에 다 말해 놓았으니까 확인만 하시고 환불받으세요."

"아니, 저는 그냥."

"오늘 저녁 식사나 같이 하십시다."

이번에는 조철봉이 말을 돌렸으므로 혜진이 눈만 깜박이며 시선을 주었다.

"제가 이 근처에 일식요리 잘 하는 곳을 압니다. 제가 저녁 사지요."

"제가 살게요."

마침내 혜진이 결심한 듯 말했다.

"그럼 그곳으로 가요."

"좋습니다, 그럼."

자리에서 일어선 조철봉은 앞장을 섰다. 커피 값을 치르고 호텔 현관으로 나왔을 때 도어맨이 다가왔다.

"차 불러 드릴까요?"

"2357번."

조철봉이 턱으로 앞에 주차된 진주색 크로나를 가리키고는 혜진을 보았다.

"같은 색깔로 가져왔습니다."

혜진이 뽑았던 크로나도 진주색이었던 것이다. 혜진에게서 키를 받은 도어맨이 그들 앞으로 차를 가져왔을 때 조철봉이 말했다.

"이태원 쪽으로 가십시다."

혜진이 운전을 하라는 말이었다. 그리고 조철봉은 옆 좌석에 올랐다.

일식당 은하의 방에 자리 잡고 앉았을 때 혜진이 웃음 띤 얼굴로 조철봉을 보았다.

"우리가 이렇게 마주앉아 저녁을 먹을 줄 예상하지 못했군요."

아까 조철봉이 했던 말을 따라한 것이다. 조철봉은 혜진의 반짝이는 두 눈을 똑바로 보았다. 그러자 온몸에 생기가 일어나면서 심장의 고동이 빨라졌다. 이런 현상은 새로운 여자를 만날 때마다 발생했지만 지금의 강도는 그 어느 때보다도 강하고 높은 것이었다. 음식을 주문하고 나서 조철봉은 지긋한 시선으로 혜진을 보았다.

"솔직히 이혼 후에 나는 한 번도 여자하고 이렇게 단둘이 있어본 적이 없습니다. 혜진 씨가 처음입니다."

놀란 듯 혜진이 눈만 크게 떴을 때 조철봉은 얼굴을 일그러뜨리며 웃었다.

"따라서 나는 혜진 씨한테 고맙다는 말씀을 드려야 합니다. 나한테 이런 의욕을 만들어 주셨으니까요."

세상에서 이런 칭찬을 싫다고 할 여자는 드물다. 생리중이거나 바로 전에 돈을 떼여서 심사가 불안정한 몇몇을 제외하고 대부분의 여자는 아늑한 분위기가 되는 것이다. 아니나다를까 혜진이 멋쩍은 듯 희미하게 다시 웃었다.

"제가 영광이네요. 그런데 무슨 사연이 있기에 그러셨어요?"

"전처는 다른 남자의 아이를 낳았지요."

가볍게 그러나 경망하지는 않게, 거기에다 자조적인 표정이 더해져야 분위기에 맞는 것이다. 조철봉은 자신의 표정을 볼 수 없었지만 혜진의 눈빛을 읽고 적당했다고 느꼈다.

"그게 무슨 말씀인데요?"

조금 주저하는 듯 혜진이 낮게 물었을 때 조철봉은 당당하게 말했다.

"결혼 후에도 첫사랑의 남자를 만났거든요, 그래서."

혜진은 물 잔만 만지작거렸고 조철봉의 말이 이어졌다.

"아이를 낳은 지 1년 만에 사실을 밝히고는 이혼을 요구하더군요. 아이 아빠하고 살겠다면서."

"그럼 지금 감옥에 가 있다는 분."

"그렇습니다."

순간 조철봉의 눈앞에 영일의 얼굴이 떠올랐고 가슴이 조금 쓰렸다가 곧 지워졌다. 이영일은 분명히 나의 아들이다. 내가 이렇게 말한다고 해서 교도소에 박혀 있는 이종학의 아들이 되는 건 아니다. 그때 혜진이 가늘게 숨을 뱉었다.

"아까 그분한테 보증을 서주셨다고 하셨지요? 전처 되시는 분 부탁으로."

이럴 때 학생처럼 예, 하고 대답하는 것은 분위기에 맞지 않는다. 조철봉이 희미하게 머리만 끄덕이자 혜진의 눈빛이 강해졌다.

"그분을 사랑하셨군요."

"내가 부족했으니까 그랬겠지요."

"그래도."

문이 열리더니 종업원이 음식을 들고 왔으므로 둘은 입을 다물었다. 젓가락을 든 조철봉은 이제 화제를 바꿀 때가 되었다고 판단했다. 이렇게 계속되면 지루해지는 것이다. 다시 둘이 되었을 때 조철봉이 회를 집으면서 생각난 듯 말했다.

"참, 내가 주식을 조금 하고 있는데 아무래도 그만둬야 할 것 같아요, 일이 바빠서."

그러고는 정색하고 혜진을 보았다.

"그러나 이것이 우연인지 혜진 씨가 투자 자문역이시더군요. 내 자문역이 돼 주실랍니까?"

"해 드리죠."

제의를 거절할 리가 있겠는가? 선뜻 대답한 혜진이 회를 씹으면서 조철봉을 보았다.

"자금이 얼마나 되시는데요?"

"100억 정도."

그러자 혜진이 입안에 있던 회를 꿀꺽 삼켰다.

"100억이라고요?"

몸을 편 혜진이 갈라진 목소리로 묻더니 곧 웃었다. 믿기지 않는다는 태도였다. 그때 조철봉은 천천히 머리를 끄덕였다.

"정확히 계산하면 105억 정도. 대성과 근대전자의 주식이 대부분이죠."

"그럼, 그것을."

"혜진 씨가 해주신다면 다 맡기겠습니다."

조철봉은 다시 회를 집어 입에 넣고 씹으면서 혜진의 시선이 흔들리는 것을 보았다. 이윽고 회를 삼킨 조철봉이 혜진을 보았다.

"관리해 주실랍니까?"

"정말이세요?"

큰 소리로 물었다가 혜진은 민망한 듯 풀썩 웃었다.

"죄송해요. 그냥 믿기지가 않아서."

"당연하지요. 회사에서도 모두 모르고 있으니까요."

그러고는 조철봉이 일어나 옷걸이에 걸려 있는 저고리에서 주식통

장을 꺼내어 혜진에게 내밀었다.

"이겁니다. 보시지요."

미리 준비해온 것이었으므로 틀릴 리가 없다. 통장을 받아본 혜진이 정색했다.

"부자시네요."

"선친이 물려주신 부동산 덕분이죠. 그것을 몇 년 전부터 주식에 넣었는데 겨우 원금만 유지하고 있습니다."

"제가 정말 해드려요?"

이제는 혜진의 눈빛에 생기가 났다. 더 자세히 표현하면 욕심이 깃든 눈빛이다.

"부탁합시다."

조철봉이 머리를 반쯤 숙여보이자 혜진은 활짝 웃었다.

"오히려 제가 큰 고객을 잡았는데요, 뭘."

최갑중이 조사한 바로는 혜진의 관리 금액은 500억 정도였던 것이다. 그것도 회사에서 배정한 몫이라 이번 100억은 길에서 주운 금덩어리나 같다.

"제가 오늘 한잔 살게요."

혜진이 눈을 반짝이며 말하자 조철봉은 손목시계를 보는 시늉을 했다. 오늘 밤 당장 성사되지 않을 일이라면 이쪽에서 산뜻하게 자르는 것이 훗날을 위해 나은 것이다.

"오늘 밤에 전처를 만나기로 했습니다. 아프다고 연락이 와서."

조철봉은 혜진의 시선에서 적의를 읽고는 시치미를 뚝 떼었다. 전처 서경윤에 대한 적의는 곧 자신에 대한 관심에 비례하는 것이다.

"아직도 그분을 사랑하시는군요."

마침내 혜진이 말했을 때 조철봉은 머리를 저었다.

"아닙니다. 난 그렇게 바보도 아닙니다. 다만."

혜진의 시선을 받은 조철봉이 입술만 비틀며 웃었다.

"그 여자가 가엾을 뿐입니다."

혜진이 말을 잇지 않았으므로 방안에는 한동안 정적이 흘렀다. 불쌍한 서경윤. 말없이 젓가락을 놀리는 혜진의 손가락을 보면서 조철봉은 경윤을 떠올렸다. 오늘 밤은 경윤을 찾아가 쉴 작정이었다. 이제 경윤은 이종학의 면회도 가지 않았으며 얼굴도 환해졌다. 어미의 영향을 받은 영일이도 아직 조철봉을 아저씨라고 부르긴 해도 잘 따른다.

"그럼 내일 다시 만날까요? 정식으로 계약을 해야 되지 않겠습니까?"

문득 머리를 든 조철봉이 물었을 때 혜진이 생각에서 깨어난 듯 멍한 표정이 되었다. 그러고는 곧 머리를 끄덕였다.

"네, 그래요. 회사로 와 주시겠어요?"

"가지요. 그런데 오후 조금 늦은 시간이 될 것 같은데요."

"제가 기다릴게요."

"그럼 내일 술 한잔하지요, 어떻습니까?"

그러자 혜진이 금방 머리를 끄덕였다.

"좋아요. 제가 사는 거예요."

"오늘은 술 안 마셨네."

서경윤은 환한 얼굴로 조철봉을 맞았는데 영일도 달려와 반겼다. 그러나 조철봉이 들고 있는 전자게임기를 받아들고는 뒤도 안 보고 돌아갔다. 조철봉의 저고리를 벗긴 경윤이 바짝 다가섰다.

"저녁상 차려?"

"아니, 먹었어. 그보다도."

조철봉이 슬쩍 경윤의 엉덩이를 쥐었다.

"난 이게 급해."

"미쳤어."

경윤이 몸을 비틀었지만 싫은 기색은 아니다. 저녁 9시 반이었다. 혜진과 헤어진 조철봉은 곧장 이곳으로 온 것이다.

"샤워해, 그동안 애 재울게."

소파에 앉은 조철봉의 양말을 벗기면서 경윤이 말했다. 전에 결혼생활을 할 때에도 하지 않던 짓이었다. 샤워를 하고 나왔을 때 경윤의 말과는 달리 영일은 장난감에 빠져 잠들지 않았다. 식탁에 술상이 차려져 있었다.

"애가 장난감 때문에."

영일을 흘겨본 경윤이 곧 은근하게 웃었다.

"곧 잘 거야. 그동안 우리 술 마셔."

"내가 급하다고 했지 않아?"

이맛살을 찌푸린 조철봉이 경윤에게 한 걸음 다가섰다.

"하루 종일 네 생각만 했단 말이야. 도저히 못 참겠어."

"그럼 미리 전화라도 해줘야지."

"먼저 간단히 화장실에서라도 해."

"간단히는 싫어."

정색한 경윤이 머리를 저었다.

“한 번 끝나면 생각이 없어질걸 뭐.”

“시간은 충분해.”

수건을 던진 조철봉이 화장실을 향해 몸을 돌리며 말했다.

“따라와.”

“아이, 참”

했지만 경윤은 곧 화장실로 따라 들어서더니 웃었다.

“원룸이어서 이런 때 불편해.”

“내가 30평형 아파트로 곧 바꿔줄게.”

변기에 앉은 조철봉도 쓴웃음을 지었다.

“색다른 분위기로군.”

“당신이 무슨 돈이 있다고 그래?”

팬티를 끌어 내리면서 경윤이 부드럽게 말했다. 경윤은 원피스 차림이었는데 팬티만 벗는 것이다.

“돈 다 날렸으면서, 무리하지 마.”

조철봉의 위에 마주보고 앉았고 경윤은 목소리를 낮췄다.

“애가 눈치가 빨라, 빨리 끝내줘.”

“우리가 불륜의 정사를 하는 거냐?”

경윤의 샘은 아직 넘치지는 않았지만 뜨거웠고 젖어 있었다. 합쳐졌을 때 경윤은 낮게 신음을 뱉었는데 제가 먼저 영일을 잊은 모양이었다.

“사랑해.”

허리를 흔들면서 경윤이 헛소리처럼 말했으므로 조철봉은 앞쪽의 거울을 보았다. 경윤의 어깨 위쪽으로 자신의 코 윗부분이 드러나 있었다. 눈이 찌푸려졌고 젖은 머리가 이마 위로 어지럽게 흩어진 것이 자신도 처음 보는 모습이었다. 세차게 허리를 흔들던 경윤의 신음이 더 굵고 빨라졌다.

"괜찮아, TV를 크게 틀었어."

신음을 뱉던 경윤이 허덕이며 말했다.

"나 지금 할게."

경윤이 기를 쓰고 말했으므로 조철봉은 대답 대신 허리를 움켜쥐었다. 거울 속의 사내는 아직도 이쪽을 노려보고 있었지만 눈빛은 더 차갑게 변했다. 불쌍한 놈, 저도 모르게 입술만을 달싹이고 말한 조철봉은 얼굴을 비틀며 웃었다. 절정으로 치솟아 오른 경윤이 몸을 떨기 시작했을 때 화장실 문을 두드리는 소리가 났다. 영일이 눈치챈 것이다.

회의실에 모인 간부사원은 모두 다섯 명이었는데 과장 셋에 대리가 둘이었다. 그러나 영업 위주의 회사 체제여서 다섯 명 모두 팀장으로 각각 두세 명씩 팀원들을 지휘하고 있었다. 조철봉은 내부 조직도 팀별 경쟁 체제로 바꾼 것이다.

중복과 혼선을 방지하려고 팀별로 담당 지역과 단체는 구분해주었다. 공평을 기하기 위해 각 지역과 단체에 대한 매출 평균을 낸 다음에 연고가 많은 팀에 분배해 주는 것을 원칙으로 하되 목표를 균형 있게 설정해준 것이다. 따라서 1팀의 김정필은 4분기 목표가 5백 대였지만 3팀의 박수근은 6백 대였다.

그것은 3팀에게 할당된 서울 남부 지역이 1팀의 서울 북부 지역보다 25퍼센트 가량 높은 평균 실적을 기록하고 있었기 때문이다. 오전 8시 반이었는데 출근하자마자 회의실로 소집된 터라 모두 긴장하고 있었다. 조철봉이 입을 열었다.

"회사에서 아무리 좋은 품질의 멋있는 차를 만들고 광고에다 갖가지 지원책을 내놓아도 결국 마지막에 구매자를 끌어들이는 건 영업사원이야."

간부들은 아직 시큰둥한 표정들이었고 조철봉의 말이 이어졌다.

"영업사원의 능력에 따라 승부가 난다고 해도 과언이 아니지. 그래서 영업사원의 능력을 계발해야 돼."

귀에 못이 박히도록 들어온 말이어서 모두 눈만 껌벅였다. 조철봉이 빙그레 웃었다.

"그래서 난 갖가지 편법과 트릭을 썼지. 사람을 시켜 차 사고를 내기도 하고 몸을 팔기도 했는데."

간부들의 표정에 호기심이 배어나기 시작했고 조철봉의 말이 회의실을 울렸다.

"나는 운 좋게 여기까지 왔지만 혼자서 외줄타기를 하는 기분이었지."

"어쨌든 발군의 실적을 올리셨지요."

분위기를 부드럽게 하려는 듯 김정필이 끼어들었다.

"얼마든지 능력을 계발시킬 수 있다는 증거를 보이시지 않았습니까?"

"그래서 말인데."

조철봉이 정색하고 간부들을 보았다.

"팀별로 목표를 정하면 내가 회사 차원에서 도와주겠다."

눈을 가늘게 뜬 조철봉이 목소리를 낮췄다.

"목표는 크게 정할수록 도움이 된다는 것을 명심하도록. 팀에서 어떤 목표를 정하면 내가 자문 역할을 해주겠다는 말이야. 그리고 물질적인 지원도 다 해줄 테다."

"사장님의 편법 영업을 우리가 대물림한다는 말씀이군요."

다시 정필이 말했을 때 조철봉은 얼굴을 일그러뜨리며 웃었다.

"하지만 당신들의 조건은 나보다 몇 배나 낫지. 난 그때 당신들의 견제에다 소장의 지원도 받지 못했으니까."

"해보겠습니다."

그때 옆쪽에 앉은 박수근이 머리를 들고 말했다.

"물론 실적에 대한 포상도 확실하겠지요?"

"물론이야."

조철봉이 이번에 분당영업소에서 자원해 온 박수근을 정색하고 보았다. 박수근은 김정필과 동년배였으나 대용자동차에서 옮겨온 바람에 직급은 대리였다. 그래서 이번에 조철봉이 과장으로 진급을 시켜줬다.

"실적에 대한 성과급은 물론이고 연말에는 실적평가를 한 다음에 조직개편을 한다. 적자를 낸 팀은 분해되어 재편성이 되어야겠지."

부드럽게 말했지만 회의실의 분위기는 다시 가라앉았다. 간부들의 얼굴을 둘러본 조철봉은 소리 죽여 숨을 뱉었다. 조직은 결코 의리나 충성심 따위로 유지되지 않는 것이다.

오후 5시 정각이 되었을 때 조철봉은 미들랜드 증권 건물의 로비로 들어섰다.

"투자 자문역 유혜진 씨하고 약속이 되어 있는데요."

로비 안쪽의 안내석으로 다가간 조철봉이 말했을 때 여직원은 반색을 했다.

"기다리고 계십니다. 10층으로 올라가시면 됩니다."

자리에서 일어선 여직원은 조철봉을 엘리베이터 앞에까지 안내를 했다. 엘리베이터를 탄 조철봉이 10층에서 내렸을 때 연락을 받은 유혜진이 복도에서 환한 얼굴로 맞았다.

"어서 오세요. 지점장님도 기다리고 계세요."

혜진은 지점장에게도 미리 보고를 한 것이다.

"뭐, 지점장까지 만날 필요가 있습니까?"

"아녜요. 조 사장님은 이제 VIP 고객이 되셨습니다."

앞장선 혜진이 흰 이를 드러내고 웃었다.

"제 체면도 살려주셨고요."

"차값 환불받으려다가 알게 된 고객이라고 했습니까?"

"아녜요."

금방 눈 밑이 붉어진 혜진이 머리를 저으며 웃었다.

"그냥 차 사려다가 만났다고 했어요."

"그러실 줄 알았습니다. 나도 그렇게 말을 맞추지요."

지점장실은 복도 끝에 있었는데 그들이 들어서자 두 사내가 자리에서 일어났다. 두 사람 모두 서양인이다.

"어서 오십시오."

회색 머리칼에 장신인 사내가 다가와 손을 내밀면서 유창한 한국어로 말했다.

"만나게 되어서 영광입니다. 제가 지점장 로널드 베이든입니다."

“조철봉입니다.”

“이쪽은 중역 샘 노튼입니다.”

그들과 악수를 나눈 조철봉은 혜진과 나란히 소파에 앉았다. 미들랜드 증권은 미국계 회사로 공격적인 마케팅으로 유명했고 특히 주식에 강했다. 한국 주식시장에도 개입하여 외국계 큰손으로 활약하고 있는 것이다.

“미스 유한테서 말씀 들었습니다. 오성자동차 서비스를 운영하고 계신다고요.”

베이든의 은근한 시선을 받은 조철봉은 이미 이쪽의 뒷조사를 다 해 놓았다는 것을 느낄 수 있었다.

“운영한 지 얼마 되지 않습니다.”

“어쨌든 거래 관계를 맺어주셔서 감사드립니다.”

“아니 천만에요, 오히려 제가.”

그러고는 조철봉이 힐끗 옆에 앉은 유혜진을 보았다.

“저에게 유혜진 씨를 만난 것은 행운이었습니다. 마침 주식을 옮길 생각이었거든요.”

“그렇습니까?”

베이든이 큰 입을 벌리고 웃었다.

“미스 유는 조 사장님의 기대에 어긋나지 않을 것입니다.”

지점장실에서 대리인 계약을 마치고 나왔을 때는 그로부터 30분쯤이 지난 후였다. 베이든과 노튼은 엘리베이터 앞까지 조철봉을 배웅했고 혜진은 로비까지 따라 내려왔다. 로비에 나와 섰을 때 혜진이 조철봉을 보았다. 정색한 얼굴이다.

“저, 오늘 저녁에 제가 한잔 사도 되죠?”

“아니, 내가 오늘 직원들하고 약속이 있어서요.”

반걸음쯤 다가선 조철봉이 혜진을 내려다보았다. 큰 키여서 혜진의 눈동자는 바로 밑쪽에 떠 있었는데 옅은 향내가 맡아졌다. 조철봉이 혜진의 물기에 젖은 입술을 내려다보며 말했다.

“다음 기회에 하죠. 앞으로 자주 만나게 될 테니까.”

혜진은 자산 관리인이 된 것이다. 따라서 급하게 서두를 필요는 없다.

“여섯 살 때 이민을 갔더군요.”

조철봉이 자리에 앉자마자 최갑중이 말했다. 갑중은 역삼동의 룸카페에 먼저 와 기다리고 있었던 것이다. 탁자 위에는 이미 술과 안주가 차려져 있었으므로 조철봉은 잔에 양주를 따랐다.

“지금 안국동의 30평형 아파트에서 혼자 살고 있는데 일주일간 따라다녀 보았습니다만 뒤가 깨끗합니다.”

뒤가 깨끗하다는 갑중의 표현은 남자관계가 없다는 말이다. 갑중은 그동안 유혜진의 뒷조사를 한 것이다. 조철봉이 잠자코 잔을 비웠을 때 갑중이 술을 채웠다.

“형님, 이번 여자는 괜찮습니다. 다른 여자하고는 질이 다릅니다.”

“질이라니?”

술잔을 든 조철봉이 눈을 좁혀 떴다.

“네가 그 여자 안으로 들어가 봤어?”

“솔직히.”

여전히 정색한 갑중이 말을 이었다.

"형님하고는 수준 차가 납니다. 그 여자는 완전히 정상에다가 하이 '소사티'여서."

"소사티가 뭐냐?"

"상류계급이란 말씀이오."

"영어 공부 좀 했군."

"그런 건 기본 아닙니까?"

조철봉도 정색하고 단숨에 술을 삼켰다.

"내 수준이 떨어진다는 말이군."

"꼭 영어 잘한다고 수준이 높은 건 아닙니다. 다만."

얼굴을 굳힌 갑중이 조철봉을 똑바로 보았다.

"형님 생각해서 하는 말입니다. 또 상처 입으실 가능성이 많다는 말씀입니다."

"내가 상처를 입었다구? 도대체 누구한테 상처를 입었단 말이냐?"

조철봉이 다시 눈을 가늘게 뜨고 갑중을 노려보았다.

"윤성희? 아니면 임아나? 아니면 서경윤이? 어디 또 없나?"

"모두 다요."

자르듯 말한 갑중이 기를 쓰고 조철봉의 시선을 받았다.

"나만큼 형님을 아는 사람은 없을 겁니다. 어쩌면 형님보다 내가 형님을 더 잘 아는지도 모릅니다."

"말 길게 하는데도 앞뒤가 잘 맞는구나. 많이 늘었다."

"형님은 여자를 겪을수록 더 삭막해져 갑디다. 나한테는 그것이 보여요."

“이제는 문자까지 쓰는군.”

“어쨌든 이번 여자는 주식 관리를 시켰다니 업무로만 만나세요. 절대로 윤성희처럼 만들면 안 됩니다.”

“네놈이 그것 때문에 말을 길게 늘어놓았군.”

입맛을 다신 조철봉이 다시 잔에 술을 채우고는 한 번에 마셨다.

“내가 요즘 삭막하게 보이더냐?”

갑중이 대답하지 않았으므로 조철봉은 쓴웃음을 지었다. 맞는 말이었기 때문이다. 윤성희에게 당한 후에 계속해서 좋지 않은 사건만 일어났으니 갑중도 불안했을 것이다.

“걱정하지 마라. 그렇게는 안 될 테니까.”

달래듯이 말한 조철봉이 덧붙였다.

“그리고 난 상처를 받은 적 없다. 진즉부터 면역이 되어 있어서 기대도 하지 않고 있었으니까.”

갑중이 눈만 껌벅이고 있었으므로 조철봉은 입맛을 다셨다. 지금도 갑중은 사람을 풀어 윤성희를 추적하고 있는 것이다. 그것은 성희가 이쪽의 약점을 알고 있는 유일한 사람이기 때문이다. 갑중은 지난번 경찰에 고발장을 낸 최형섭이란 부동산 중개인이 윤성희의 사주를 받았다고 믿고 있었다. 조철봉이 경찰서에서 나온 날 밤에 성희가 전화메모를 남긴 것이 그 증거라는 것이다. 그러나 최형섭은 갑중이 현금 2천만 원까지 제시했는데도 아직 입을 열지 않았다.

조철봉이 포장마차 안으로 들어선 순간 주인이 퍼뜩 눈을 치켜떴다가 내렸다. 끝자리에 앉은 조철봉이 포장마차 안을 둘러보는 시늉을 했다. 밤 11시면 붐빌 시간인데도 손님이 그 혼자뿐이었던 것이다.

"소주 한 병, 그리고 안주는 이것하고 이것."

눈앞에 보이는 안주를 아무렇게나 시킨 조철봉이 어깨를 늘어뜨리면서 길게 숨을 뱉었다. 이곳은 지난번에 최갑중과 같이 들어왔다가 주인한테 어묵 국물을 뒤집어쓴 곳이다. 술김에 돈을 줄 테니 주인한테 같이 나가자고 했다가 봉변을 당한 것이다. 주인이 잠자코 곰장어와 대합 안주를 준비하는 동안 조철봉은 안주 없이 소주를 석 잔 마셨다. 갑중과 헤어져 택시를 잡으려다가 문득 가까운 이곳에 들르고 싶었던 것이다.

소주 한 병에 어묵 국물 몇 모금만 떠 넣고 마셨을 때야 안주가 앞에 놓였다. 주인은 계속 눈을 내리깔고 있었는데 지난번의 일을 떠올리는지 얼굴이 굳어져 있었다. 그날은 윤성희가 도망친 다음 날이었고 낮에 오준병과 실랑이까지 한 터라 심사가 어지러운 상태였다.

"소주 한 병 더 주시오."

조철봉이 말했을 때 여자는 마개를 딴 술병을 앞에 내려놓았다.

"아주머니, 내가 삭막해 보입니까?"

불쑥 조철봉이 묻자 여자가 시선을 들었다. 눈을 크게 뜨고 있었지만 화를 낸 것 같지는 않다. 여자가 대답하지 않았으므로 조철봉은 쓴웃음을 지었다.

"그날은 내 처가 돈을 갖고 도망을 쳤습니다. 그래서…."

술잔을 든 조철봉이 한 모금에 삼키고는 곰장어 안주를 노려보았다.

"아주머니한테 화풀이를 한 겁니다. 미안합니다."

"괜찮아요."

처음으로 여자가 입을 열었으므로 조철봉은 머리를 들었다. 여자가 화장기 없는 얼굴을 펴고 웃었다.

"저도 미안해요. 그냥 농담으로 받아들이지 못해서요."

"그땐 진담이었어요."

정색한 조철봉이 여자를 보았다.

"혼자 집으로 돌아가기가 겁이 났습니다. 그래서 누군가 옆에 있어주기를 바랐던 겁니다."

다시 술잔을 든 조철봉이 얼굴을 일그러뜨렸다.

"난 떠난 여자는 찾지 않습니다. 다만 밤에 혼자 있는 것이 싫을 뿐이지요."

"아이는 없으세요?"

여자가 관심을 보이기 시작했고 조철봉의 가슴이 뛰었다.

"아이가 하나 있었지요."

"그런데 부인되시는 분이 데려갔나요?"

"당연히 그랬지요. 제 자식인데."

조철봉이 눈만 깜박이는 여자를 똑바로 바라보았다.

"아이 혈액형이 이상해서 캐물으니까 결국 실토를 하더군요. 다른 놈의 자식이라고. 그래서 이렇게 된 겁니다."

"어머나, 세상에.'

"그래도 그냥 살아보려고 했는데 나 모르게 집이고 땅이고 모두 팔아서 아이하고 미국으로 도망을 쳤더군요."

"세상에나."

여자의 눈이 반짝였고 조철봉의 가슴은 더 뛰었다. 갑중과 함께 있는 동안 쌓였던 스트레스가 어느덧 사라지면서 새로운 기대감이 차오르는 것이다. 어깨를 늘어뜨린 조철봉은 길게 숨을 뱉었다. 이 순간의 내가 본연의 조철봉이다. 머리를 든 조철봉이 여자를 보았다.

"다시 그날처럼 말해도 되겠습니까? 사례는 해 드리겠습니다."

그 순간 여자가 시선만 준 채 눈썹하나 깜박이지 않았으므로 조철봉은 아래쪽을 보았다. 여자의 손은 가지런히 도마 뒤에 놓여 있었는데 날이 시퍼런 식칼이 손에서 가까웠다. 조철봉이 시선을 들었을 때 여자가 입을 열었다.

"내키기만 하면 거저라도 드리겠는데 안 되겠네요."

그러고는 여자가 부드럽게 웃었다.

"다른 곳에서 알아보시면 성공 확률이 높을 거예요. 기운내세요."

"아니, 괜찮습니다."

조철봉이 따라 웃었다.

"짐작하고 계시겠지만 크게 기대하고 있지도 않았거든요."

"댁 같은 분을 자주 만나요."

정색한 여자가 조철봉을 보았다.

"대개가 사기꾼이죠."

조철봉의 시선이 다시 식칼로 내려갔다가 올라왔다.

"그렇습니까? 유형이 대개 비슷하던가요?"

"아니, 각기 달라요. 하지만."

여자가 눈을 좁혀 뜨고 말을 이었다.

"이런 곳에서 시달리다 보니까 감이 오더군요. 지가 아무리 진지한 얼굴을 하고 그럴 듯한 말을 꾸며대더라도 말이죠."

"신통방통하십시다."

조금 여유를 찾은 조철봉이 빈 잔에 술을 채우고는 한 모금에 삼켰다. 어느덧 술기운이 싹 달아났다. 길게 더운 숨을 뱉은 조철봉이 여자를 보았다.

"다 감언이설로 어떻게 한번 자빠뜨려볼까 하고 치근거렸겠지요?"

"그래요."

여자의 얼굴에 희미한 웃음기가 떠올랐다.

"아저씨는 방법이 독특했지만 비슷했어요."

"이런 일을 하면서 산전수전 다 겪으셨을 것 같기에 이해가 빠르실 줄 알았는데, 내 제의가 독특했지만 당신이 손해 볼 일은 조금도 없다고 생각했기 때문에."

그러고는 조철봉이 빙긋 웃었다.

"긴말 치우고, 내가 조금 전에 무슨 생각을 했는지 알려 드릴까요?"

여자가 잠자코 있었으므로 조철봉은 상체를 앞으로 기울였다. 두 눈이 번들거리고 있었다.

"내가 지난번에 2백을 제의한 것 같은데 당신 눈앞에서 2백짜리 수표를 꺼내어 좍좍 찢어버리고 싶은 충동이 일어납디다."

주머니에서 지갑을 꺼낸 조철봉이 혼잣소리처럼 말했다.

"하지만 이제는 그런 객기도 없어졌어. 그리고 이따위 말도 안 되는 대화는 구역질이 나."

"뭐가 말이 안 돼요?"

여자가 묻자 조철봉은 퍼뜩 시선을 들었다. 여자의 입에서 처음으로 현실적인 내용이 나왔기 때문이다.

그리고 기선이 이쪽으로 돌려졌다는 감을 잡을 수가 있었다. 이쪽도

감이다. 12시가 다 되어가고 있었지만 손님은 들어오지 않았다.

"그만 둡시다. 얼맙니까?"

지갑을 펴면서 물었을 때 여자는 눈만 치켜뜨고 대답하지 않았다. 금방 머릿속을 비우고 계산을 할 수는 없는 노릇이다. 조철봉은 지갑에 들어 있는 돈을 모두 꺼내어 탁자 위에 세로로 세웠다. 수표가 20여 장에 만 원권이 40, 50장은 된다.

"한 말씀 충고를 해드리지. 서로 간에 이름도 내력도, 성품도 모르는 사이에서 가장 확실한 보증은 돈이오. 그래서 난 돈부터 제의를 했던 것인데, 하지만."

조철봉이 돈을 탁자 위에 가볍게 두드려 고르게 세웠다.

"기본이 다른 사람에게는 통하지 않겠지요. 나는 그것도 압니다."

그러자 여자가 입을 열었다.

"더러워요. 돈 안 받을 테니까 나가세요."

다시 포장마차에서 쫓겨난 조철봉은 거리에 나서자 어깨를 펴고 심호흡을 했다. 매연이 섞여 있었지만 서늘한 밤공기가 폐에 가득 들어찼다가 비워질 때 기분이 개운해졌다. 전 같았으면 바보 같은 년이라고 투덜거렸겠지만 전혀 그런 생각이 들지 않았다. 그렇다고 여자를 이해한다든가 존경하는 마음이 드는 것도 아니다. 그저 거래를 청했다가 거절을 당했을 뿐인 것이다. 조건이 맞지 않았다고 투덜대기만 하는 장사꾼은 병신이다. 아파트로 돌아왔을 때는 새벽 1시 반이었다. 사지가 오그라드는 것처럼 피곤했으므로 샤워를 마치고 바로 침대에 누웠던 조철봉은 겨우 눈을 떴다.

그러고는 손을 뻗쳐 전화기의 부재중 녹음 버튼을 눌렀다. 녹음은 3

개가 되어 있었는데 첫 번째는 최갑중이 그냥 찾는 전화였고 두 번째는 어머니가 연락하라는 내용이었다. 세 번째로 저장된 목소리가 울려 나왔을 때 조철봉은 얼굴을 일그러뜨리며 웃었다. 윤성희의 목소리였던 것이다. 성희의 또렷하지만 나긋나긋한 목소리가 방을 울렸다.

"오빠, 잘 지내지?"

성희가 바로 옆에 있는 것처럼 말을 이었다.

"오빠, 아직도 내가 가져간 돈에 미련이 있어? 오빠답지 않게 왜 그래?"

이제는 눈을 동그랗게 뜬 성희의 얼굴이 보이는 것 같았다.

"난 오빠가 돈을 어떻게 모았는지 다 알고 있지 않아? 거기에다 오준병한테 내가 연락이라도 하면 어쩌려구?"

그러고는 성희가 낮게 웃었다.

"오빠, 그만해둬. 그리고 사랑해."

녹음이 끝났을 때 조철봉은 손을 뻗쳐 되감기를 한 다음에 성희의 목소리를 다시 들었다. 조철봉은 한동안 천장을 바라보며 누워 있었다. 주위는 조용했고 멀리서 경찰차의 사이렌이 희미하게 울리고 있었다.

다음 날 아침 7시가 되었을 때 연락을 받은 최갑중이 셔츠 바람으로 달려왔다. 세수도 안 했는지 얼굴도 부스스했다.

"형님, 무슨 일입니까?"

안으로 들어서자마자 묻는 갑중은 불안한 기색이었다. 조철봉은 갑중이 소파에 앉았을 때 전화기의 버튼을 눌렀다. 그러자 성희의 목소리가 울려나왔고 갑중은 침을 꿀꺽 삼켰다. 이윽고 녹음이 끊겼을 때 조철봉이 입을 열었다.

"이 자식이 지금 우리를 감시하고 있는 것 같다. 돈이 얼마가 들더라도 이 자식을 찾아."

"진즉 그랬어야 했습니다."

흥분한 갑중이 눈을 부릅떴다.

"당장 이 전화의 발신자 추적부터 해야 되겠습니다. 이런 겁대가리 없는 년이."

"전문가를 찾아서 일을 맡겨라. 보수는 원하는 이상으로 주고."

"전문가가 있습니다. 며칠 안 걸립니다."

"찾으면 가만두고 나한테 먼저 연락하라고 해."

"알겠습니다."

자리를 차고 일어선 갑중이 조철봉을 노려보았다.

"그러게 내가 뭐라고 했습니까? 진즉 일을 시작했어야지요."

"아직 늦지 않았어."

입맛을 다신 조철봉이 쓴웃음을 지었다.

"하나씩 확실하게 정리를 해야겠다."

갑중이 서둘러 아파트를 나갔을 때 조철봉은 옷장의 서랍을 열었다. 그러고는 안에 가득 쌓인 성희의 옷가지를 꺼내어 방바닥에 쌓았다. 옷장 서랍 두 개를 비운 그는 신발장에 넣어진 성희의 구두와 가방도 꺼내 놓았다. 지금까지 보관하고 있었던 것이다. 쓰레기 봉지를 꺼내온 조철봉은 잠자코 옷과 신발을 눌러 담았는데 20킬로짜리로 네 개나 되었다.

"사장님께서 도와주셔야 되겠습니다."

책상 앞으로 다가선 박수근이 불쑥 말했으므로 조철봉은 시선을 들었다.

"뭔데?"

"이번에 동주통상에서 노후 차 교체를 하는데 물량이 승용차 15대에다 출 · 퇴근용 버스가 3대입니다."

동주통상은 매출 순위가 50위권 안에 들어가는 무역회사로서 박수근이 대용자동차에서 근무할 때 몇 번 오더를 따낸 적이 있다고 했다. 박수근이 말을 이었다.

"지금 대용자동차는 물론이고 우리 대성에서도 서너 개 영업소가 로비를 하고 있습니다. 동주통상 총무부가 열쇠를 쥐고 있거든요."

"총무부장이 책임자인가?"

"총무담당 상무가 최종 결정권자인데요."

"어떻게 도와줘야 돼?"

"총무부 과장은 불러낼 수 있습니다. 하지만 그 윗선에 손이 닿지 않아서."

"과장을 통해 닿을 수는 없나?"

"그건 힘듭니다."

조철봉이 머리를 끄덕였다. 과장이 밀어붙이면 윗선이 의심부터 하는 것이 당연하다. 위에서 내려오는 것이 무난하고 실무자와 결정권자가 같이 밀어주는 방법이 가장 바람직하다.

"기한은 언제까지야?"

"일주일 남았습니다."

"그럼 내가 윗선을 알아볼 테니까."

목소리를 낮춘 조철봉이 수근을 보았다.

"동주통상 분위기는 어때? 로비가 통할 것 같나?"

"과장은 통할 것 같지만 그 윗선은 확실히 모르겠습니다."

책상에 바짝 붙어 선 수근도 목소리를 낮췄다.

"제가 대용에 있을 적에 과장한테 봉투 하나 주고 승용차 한 대를 판 적이 있거든요."

"알았어. 내가 알아보지."

대기업의 회사 차 구매는 대개 회사의 정책적 방침에 따라 결정이 되는 것이다. 오너와 친분이 있는 자동차 회사와 연결이 되든지, 또는 협력 관계가 있는 회사라면 말할 필요도 없다. 그러나 동주통상은 그러한 조건에 해당이 되지 않았다. 그야말로 무주공산이었으니 자동차 회사 영업사원들이 떼를 지어 달려드는 것이 당연했다. 수근이 돌아갔을 때 조철봉은 전화기를 들었다. 동주통상의 내막을 알아보려는 것이다.

오후 4시가 되었을 때 강난주가 다가왔는데 손에는 결재서류를 들었다. 시치미를 뚝 뗀 얼굴로 다가온 난주가 서류를 조철봉의 앞에다 펼쳐 놓았다.

"박 과장이 접대비를 현금으로 100하고 카드 결제 100을 신청했어요."

동주통상 몫이었지만 조철봉은 쓴웃음을 지었다. 박수근은 이미 자신에게 내막을 설명한 터라 동주통상의 과장 로비용으로 금방 신청을 한 것이다. 이제는 되건 안 되건 부담도 적었다. 조철봉이 잠자코 서류에 사인을 했을 때 난주가 속삭이듯 말했다.

"저, 말씀드릴 것이 있어요."

머리를 든 조철봉은 난주의 시선이 얼른 내려지는 것을 보았다. 동글납작한 얼굴은 귀염성이 있었고, 가운 밑의 가슴은 풍만하게 솟아올랐다.

"그럼 그 일식집에 가 있어."

조철봉이 서류를 넘겨주며 낮게 말했다.

"내가 바로 갈 테니까."

몸을 돌린 난주는 조금 어색하게 걸었는데 이쪽의 시선을 의식했기 때문일 것이다. 난주에게는 지금도 정보비를 주고 있었지만 지난번에 만난 이후로는 정보를 듣지 못했다. 조철봉은 앞쪽 자리로 돌아간 난주가 서류를 옆자리의 여직원에게 넘기고는 사무실을 나가는 것을 보았다. 곧장 일식집으로 가는 것이다.

조철봉이 방으로 들어서자 강난주는 자리에서 일어나 맞았는데 수줍은 듯 시선이 내려져 있었다. 오후 4시 반이어서 일식당 안에는 손님이 하나도 없는 데다 주방도 비어 있었지만 종업원이 금방 들어와 주문을 받아갔다.

"그래, 무슨 일이야?"

물 잔을 쥐고 한 모금 삼킨 조철봉이 물었을 때 난주가 머리를 들었다.

"분위기가 좋지 않아요. 내년에는 다른 곳으로 옮기겠다는 사람들이 많아요."

조철봉이 머리만 끄덕였고 난주는 말을 이었다.

"비전이 없다고들 해요. 스트레스만 많이 받고요."

"그렇겠지."

다시 머리를 끄덕인 조철봉이 난주를 보았다.

"누가 주동자야?"

"과장들도 대놓고 말은 않지만 다 그런 분위기인 것 같고 대리급이나 사원들은 모여서 그런 말들을 해요."

"성과에 대해서 포상한다는 방침에도 불만이 있겠구먼?"

"비전이 없는데 포상금 몇 푼 받아서 도움이 안 된다고 하더군요."

"고맙다."

마침내 조철봉이 난주를 치하했다. 그때 방문이 열리더니 종업원이 생선회와 찬을 가득 담아들고 들어섰다. 다른 때 같으면 차례로 내올 것이지만 손님도 없는 터라 귀찮은 모양이었다. 종업원이 나갔을 때 난주가 다시 입을 열었다.

"어떡해요? 몇 명은 벌써 직장을 알아보고 다니는 것 같던데요."

"어차피 다시 시작할 참인데 잘되었다고 생각해야지."

회를 집으면서 조철봉이 쓴웃음을 지었다. 그러나 난주의 말은 충격이었다. 영업소의 독립이 사원들에게는 비전이 사라진 것이 됐다. 대성자동차 서초영업소 사원으로 근무할 때는 대성자동차라는 거대한 기업의 일원이라는 자부심이 있었을 것이다. 거기에다 설령 실적이 미달되거나 문제가 발생했을 때도 처리에 여유가 있었다. 타 영업소로 전출이 되거나 본사 발령을 받고 옮겨갈 수가 있었기 때문이다. 또한 승진에도 길이 넓어서 과장에서 소장으로, 본사 부장 등으로 가능성이 열려 있었다. 머리를 든 조철봉이 난주의 눈을 들여다보았다. 난주는 탐색하는 듯한 시선을 주고 있다가 입술만 펴면서 희미하게 웃었다.

"의욕은 곧 실적으로 나타난다. 그래서 이번 달 실적이 저조했었구나."

"겉으로만 일하는 척하지 모두 마음이 떠 있다고요."

"독립된 후에 겪어야만 하는 시련인 것 같다, 감수해야지."

"제가 도와드릴 일 있어요?"

난주가 묻자 조철봉이 처음으로 환하게 웃었다.

"어때? 지난번처럼 이곳에서 한번 해볼까, 스릴이 있던데."

그러자 난주의 얼굴이 순식간에 붉어졌다. 그러나 시선은 내리지 않았다.

"싫어요, 이곳에서는."

"그래, 이번에는 분위기를 바꿔보자."

"오늘 밤 집에 안 들어가도 돼요."

"좋아, 그럼 오늘 저녁 퇴근하고 프린스호텔 라운지로 와, 8시에."

손목시계를 내려다본 조철봉이 젓가락을 내려놓자 이맛살을 찌푸린 난주가 어깨를 흔들었다.

"싫어요. 벌써 가시게요?"

"넌 천천히 이것 먹고 들어와. 난 회사에서 처리할 일이 있어."

자리에서 일어선 조철봉은 난주에게 다가가 가볍게 입을 맞췄다. 난주는 가만있었다.

"신입사원 모집 광고를 내야겠어."

김정필이 다가와 섰을 때 조철봉은 쪽지를 내밀었다.

"일간지에다 5단쯤의 규격으로 5번쯤 싣도록 해."

“아니 20명이나 모집합니까?”

쪽지를 들여다본 정필이 눈을 둥그렇게 떴다. 영업직 15명에 사무직 5명을 모집한다는 내용이었으니 지금의 오성서비스 직원보다도 많은 인원이다.

“그래, 20명이야.”

머리를 끄덕인 조철봉이 눈을 치켜떠 위층을 가리켰다.

“2층 사무실도 다음 달에 빈다니까 그곳도 임대하겠어. 그럼 충분하겠지.”

“사장님.”

정필이 책상에 바짝 다가와 섰다.

“너무 많지 않습니까? 그럼 직원이 40명이 됩니다. 한 달 인건비만 해도.”

“실적만 올라가면 얼마든지 인건비는 남는다. 영업직이라는 것이 그렇지 않아?”

정색한 조철봉이 정필을 보았다.

“차 5대를 팔면 영업사원 한 사람의 인건비가 떨어진다. 물론 그 이상이 되면 회사 몫이 되고.”

“그렇긴 합니다만.”

“물론 기본급은 보장해 주겠어. 그것도 최고 수준으로.”

조철봉이 정필이 들고 있는 쪽지를 눈으로 가리켰다.

“그대로 광고를 내도록 해. 서류와 면접심사로 바로 채용할 테니까.”

아직도 멍한 표정의 정필이 돌아서자 조철봉은 소리 죽여 숨을 뱉었다. 난주의 정보가 없었더라면 현재 상태에서 그대로 안주할 뻔했던 것이다. 그러고는 뒤늦게 사태를 파악하고 허둥대었겠지. 의자에 등을 붙였던 조철봉은 앞쪽 문으로 난주가 들어오는 것을 보았다. 힐끗 이쪽에다 시선을 주었던 난주는 시치미를 뚝 뗀 얼굴로 자리에 앉더니 곧 컴퓨터의 자판을 두드리기 시작했다. 문제가 발생했을 때 그에 대처하는 자세에 따라서 결과는 달라지는 법이다. 조철봉은 난주의 등에 시선을 준 채 입술을 구부리며 웃었다. 악재는 겹친다고 투덜대면 틀림없이 그대로 되는 것이다. 궁지에 몰렸을 때는 해법을 찾기 전에 먼저 이것으로 어떤 이득이 발생했는가를 찾아야 한다. 그러면 꼭 찾아낼 수 있다. 그 다음에 해법을 연구하면 일이 수월해진다. 이것이 조철봉식 생존의 방식이다.

조철봉이 약속 시간보다 10분쯤 늦게 프린스호텔의 라운지에 도착했을 때 난주는 먼저와 기다리고 있었다.

"사원모집 광고를 내신다고요?"

난주가 동그란 눈을 더 크게 뜨고 웃었다.

"직원들이 술렁거리고 있어요. 20명을 모집하면 두 배로 늘어나거든요."

"그럼 지금 직원들이 다 나가도 그럭저럭 꾸려갈 수 있는 거지."

"제 이야기를 듣고 그렇게 결정하신 거예요?"

"그래."

정색한 조철봉이 머리를 끄덕였다.

"네 덕분이다. 내가 방심하고 있었어."

"사무실 2층도 임대한다면서요?"

"너하고 헤어지고 나서 바로 건물주를 만나 계약했어."

"사무실 분위기가 조금 달라졌어요."

"앞으로 많이 달라져야 될 거야. 그렇지 않으면 내가 먼저 내보낼 테니까."

그러고는 조철봉이 손목시계를 보는 시늉을 했다.

"저녁을 먹을까?"

"아까 일식집에서 먹었지 않아요? 술이나 실컷 마셔요."

난주가 거침없이 말했다.

"오늘 밤은 시간이 많거든요."

전에는 난주의 벗은 몸을 보지 못했다. 일식집에서 그저 팬티만 내리고 행사를 치렀기 때문이다. 그래서 화장실을 나온 난주가 타월로 앞쪽을 커튼처럼 가리고 다가왔을 때 조철봉이 서둘러 말했다.

"타월 내려."

"싫어요."

하지만 난주는 눈을 장난스럽게 치켜뜨고 앞에서 멈춰 섰다. 그냥 침대로 뛰어들면 될 것을 멈춰 선 것은 벗을 수도 있다는 표시가 아니겠는가?

"내려라. 네 몸을 보고 싶다."

침대에 기대앉은 조철봉이 달래듯이 말하자 난주는 두 손을 들고 타월을 떨어뜨렸다.

"으음."

조철봉은 저도 모르게 탄성을 뱉었다. 난주는 키가 별로 크지 않았고 항상 가운 차림이어서 볼륨만 풍부하다고 느꼈을 뿐이었다. 그러나 실오라기 하나 걸치지 않은 난주의 알몸은 그야말로 중세 유럽 여인의 그림처럼 풍만했던 것이다. 가슴은 탱탱하게 솟아올랐고 아랫배는 두툼했지만 육감적이었으며 허벅지는 탄력이 넘쳐흘렀다. 조철봉의 시선이 허벅지 사이의 짙은 숲으로 옮겨졌다. 난주는 조철봉의 시선을 당당하게 받고 있었는데 이제는 두 손을 허리에다 붙이고는 두 다리를 조금 벌리기까지 했다.

"이제 됐어요?"

"아니, 아직."

이제는 난주의 짙은 숲 복판에 파인 샘까지 다 드러났으므로 조철봉은 침을 삼켰다.

"이제 그만."

난주가 침대로 다가오면서 웃었다. 꾸밈없는 웃음이었고 전혀 부끄럼을 보이지 않는 것도 조철봉에게는 강한 자극이 되어왔다. 조철봉의 옆으로 바짝 붙은 난주가 이미 발기된 남성을 움켜쥐었다.

"나도 처음 보는 거예요, 이것을."

얼굴을 조철봉의 가슴에 붙인 난주가 콧바람을 불며 말했다.

"그때 일식집에서는 흥분은 되었지만 여운을 즐길 수가 없었어요, 그쵸?"

"넌 프로 같구나."

조철봉이 난주의 가슴을 가득 움켜쥐었지만 끝에 닿지는 않았다.

"전 내숭 떠는 것 싫어요."

두 손으로 남성을 쓸어 올리면서 난주가 숨 가쁜 목소리로 말했다.

"그렇다고 아무한테나 주진 않아요."

손을 뻗쳐 난주의 샘을 건드린 조철봉은 이미 넘쳐나고 있는 것을 알았다.

"오늘은 천천히 애무해줘요, 제 성감대는 무릎하고 허벅지 안쪽이라고요."

난주가 몸을 눕히면서 조철봉의 손을 끌어 허벅지 안쪽에다 붙였다.

"그리고 제 거기는 끝 쪽을 살짝 건드려줘요, 아주 살짝."

쓴웃음을 지은 조철봉은 난주의 무릎과 허벅지 안쪽을 애무하기 시작했다. 그리고 샘의 끝부분을 가끔씩 아주 살짝 건드렸다. 난주는 신음을 뱉기 시작했는데 오늘은 거침이 없었다. 호텔방 안이었기 때문일 것이다. 허리를 들썩이며 비명 같은 신음을 뱉던 난주가 애무만으로 절정에 올라 늘어졌으나 조철봉은 애무의 손길을 늦추지 않았다. 부탁대로 여운을 길게 느끼도록 하려는 것이다. 이윽고 가라앉아가던 난주의 몸이 다시 들썩이기 시작했을 때 조철봉이 상체를 세웠다. 눈치를 챈 난주가 다리를 벌리면서 두 팔로 조철봉의 목을 감아 안았다. 겨우 눈을 뜬 난주가 초점을 잃은 눈동자로 조철봉을 보았다.

"죽여줘요, 어서."

조철봉은 몸을 합치면서 저도 모르게 길게 숨을 뱉었다. 이번에는 문득 유혜진의 얼굴이 떠올랐기 때문이다. 버릇이다.

유혜진이 찾아왔을 때는 오후 6시경이었는데 조철봉은 신입사원 면접을 하던 중이었다. 신문뿐만 아니라 인터넷에도 광고를 내서 20명 모집에 응시자가 1,000명이 넘었던 것이다.

"신입사원 모집을 하시는가 보죠?"

사장실의 소파에 앉으며 혜진이 묻자 조철봉은 빙긋 웃었다.

"기존 사원들에게 자극을 주려는 의도였는데 막상 모집을 하다 보니 인재가 많습니다."

"인원이 늘어나면 우선 자금 부담이 클 텐데요."

"운영 자금 여유는 있습니다."

그러자 혜진이 머리를 끄덕였다.

"중간보고를 드리려고 왔어요. 맡기신 자금을 한국전자와 미도상사의 주식에 분산 투자했습니다."

혜진이 가방에서 서류를 꺼내 탁자 위에 내려놓았다.

"자료를 가져왔습니다. 장래성이 있는 회사입니다."

"어쨌든 맡겼으니 소신껏 운용하세요."

서류를 집으면서 조철봉이 다시 웃음 띤 얼굴로 혜진을 보았다.

"그런데 이번 크로나는 말썽을 일으키지 않던가요?"

"아주 좋아요."

혜진이 따라 웃었다.

"그 어떤 차보다도."

혜진은 결국 환불을 받지 않고 새 크로나로 바꿔 탄 것이다. 저녁을 같이 먹기로 미리 약속을 한 터라 둘은 같이 사무실을 나섰다.

"오늘은 제가 살 테니까 가만 계세요."

차에 올랐을 때 혜진이 말했다. 조철봉은 회사에다 차를 두고 혜진의 차에 탔다. 혜진은 오늘 밤색 정장 차림으로 입술에는 진홍색 루주를 칠했다. 핸들을 잡은 손가락 끝에도 살빛 매니큐어가 칠해져 있다.

"저녁을 산다고 해도 두 번이나 바람맞히셔서 속상했어요."

혜진이 차분해진 얼굴로 입을 열었다. 퇴근 시간이어서 강남의 도로는 막히기 시작해고 차는 신호에 걸려 멈춰 있었다.

"그래서 그동안 조 사장님에 대한 연구를 좀 했죠. 저한테는 요긴한 시간이 되었어요."

"흥미가 일어나는군."

머리를 돌린 조철봉이 혜진을 보았다. 윤곽이 뚜렷한 옆모습이 그림같이 고왔으므로 조철봉의 가슴이 뛰었다. 진홍빛 루주를 칠한 윗입술이 약간 솟아오른 것도 자극적이다.

"고객에 대한 자료를 수집하는 건 나도 익숙해져 있는데, 특히 사생활을 알면 큰 도움이 되지요."

"자수성가하신 분이더군요."

"부친이 물려준 부동산은 애초부터 없었던 거지. 다 내가 긁어모은 돈이오."

"우린 그런 건 상관 안 해요."

"압니다."

차는 두 번째 신호를 받고서야 사거리를 건너 달리기 시작했고 혜진은 올림픽도로 쪽으로 핸들을 틀었다.

"오성서비스는 현재 상태로는 장래성이 희박하다는 결론이 나왔어요. 이것은 회사에서 고객을 위한 서비스 차원에서 검토한 것입니다."

"고맙군."

앞쪽을 본 채 조철봉은 쓴웃음을 지었다.

"역시 외국계 회사는 다르군."

"계속 투자를 하실 건가요?"

"물론."

조철봉이 자르듯 말했다.

"난 오성서비스로 승부를 걸 작정이오."

"그렇지만 시장이."

그때 조철봉이 손을 뻗어 핸들 위에 놓인 혜진의 손을 쥐었다.

"이제 그만."

"여기예요."

유혜진이 차를 세운 곳은 미사리 끝 쪽의 양식당 앞이었다. 휘황하게 밝혀진 네온간판 밑에 생음악 가수의 사진이 붙어 있고 선전문구가 어지럽게 적혀 있었지만 식당 안은 한산했다. 창가에 자리 잡고 앉았을 때 혜진이 웃음 띤 얼굴로 조철봉을 보았다.

"솔직히 서울 교외에서 아는 곳은 이곳뿐이에요. 직원들하고 와 보았거든요."

"분위기는 좋군."

주위를 둘러본 조철봉이 따라 웃었다.

"손님들도 없어서 시끄럽지 않고."

"랍스터 요리가 괜찮았어요."

"술안주로 좋지요."

서둘러 다가온 종업원에게 바닷가재 요리를 시킨 혜진이 조철봉을 보았다.

"양주 드시겠지요?"

머리를 끄덕인 조철봉이 종업원에게 양주를 시키고 나서 담배를 꺼내 물었다.

콧대가 센 혜진이 이렇게 서비스를 하는 것은 물론 거금을 관리하도록 맡겼기 때문이다. 오직 거래 관계에서의 접대뿐인 것이다. 조철봉은 앞에 앉은 혜진을 정색하고 보았다. 혜진은 용모도 뛰어났지만 장점은 재능이었다. 미국에서 학위를 받고 30세도 안 된 나이에 연봉 2억 5천의 투자 자문역이 된다는 것은 아마 사법고시에 합격한 것만큼이나 드문 경우가 될 것이다. 이제까지 숱한 여자를 겪었지만 혜진은 전혀 다른 유형이다. 최갑중의 분석대로 질이 다른 여자였으며 하이 '소사이어티'였고 나하고는 어울리지 않는다는 말도 맞다. 담배연기를 길게 내뿜은 조철봉이 입을 열었다.

"혜진 씨, 나는 당신을 두고 보겠어."

눈만 둥그렇게 떠 보인 혜진을 향해 조철봉이 희미하게 웃었다.

"서둘지 않겠다는 말도 됩니다. 당신을 아끼고 싶다는 뜻으로 해석해도 되고."

"무슨 말씀인데요?"

"전시장에서 처음 혜진 씨를 보았을 때 먼저 성욕이 불끈 치밀어 올랐지. 그건 내 본능이라 어쩔 수 없었고."

혜진의 눈이 가늘어지면서 입술 끝이 올라갔지만 입은 닫힌 채였다. 조철봉이 말을 이었다.

"난 여자를 거래 상대로만 취급했습니다. 준 만큼 받아내었고 믿지를 않았으니 배신당한 적도 없는 셈이지."

"삭막하군요."

"그렇지. 내 후배 놈도 그런 말을 하더군. 그놈이 조금 더 유식했다면 피해 의식이네, 방어 본능, 그리고 겁쟁이라고 할 수도 있었지."

"실제로 그러세요?"

"앞뒤를 많이 계산하니까."

내 바닥을 너는 모른다. 혜진의 검은 눈동자를 똑바로 보면서 조철봉은 속으로 말했다. 내가 계산 안 한 적이 한 번이라도 있었던가? 윤성희에게조차도 계산기를 두드렸으니 떨어져나간 것은 당연했다. 그러면서도 나는 끊임없이 상대방에게 타산 없는 감정을 바라고 있다.

"그럼 지금 감정은 어떠세요?"

종업원이 다가와 먼저 술과 안주를 내려놓고 있었지만 혜진이 거침없이 물었다. 조철봉이 잔에 양주를 채우고는 혜진의 앞에도 내려놓았다.

"아까 말한 대로 두고 볼 참이오."

잔을 들어 한 모금 술을 삼킨 조철봉이 이를 드러내고 웃었다.

"내 적응력과 자제력은 뛰어난 편이지."

"술맛이 날 것 같네요."

혜진이 술잔을 들었지만 마시지는 않았다.

"그럼 저도 두고 볼까요, 조철봉 씨를?"

혜진이 조철봉처럼 소리 없이 웃었다.

"그렇게 미리 다 이야기 해주셔서 들통이 나면 어떡하죠?"

지금까지 만난 한국 남자 중에서 조철봉은 가장 능력이 있는 편이다. 이혼했다는 경력은 문제가 되지 않는다. 조철봉이 어떻게 부를 축적했는지도 혜진은 상관하지 않았다.

현재가 중요할 뿐이다. 조철봉은 100억대의 자금을 맡긴 VIP 고객인 것이다. 조철봉은 전처를 위해 전처 남편의 부채 보증까지 서주는 통 큰 사내였다. 혜진은 흘끗 조철봉에게 시선을 주었다. 그리고 이 남자는 솔직하다.

거침없이 던지는 말이 가끔 섬뜩하게 들리긴 했어도 강한 자극으로 전해져 온다. 우습게보았던 한국 남자에 대한 선입견이 조철봉에 의해서 변하고 있는 것을 혜진은 스스로 느끼는 중이었다.

"여자 친구는 있으세요?"

그렇게 물었던 혜진은 곧 후회했지만 이미 늦었다. 조철봉이 거침없이 머리를 끄덕였기 때문이다.

"많습니다."

아마 조철봉이 그렇게 물었다면 자신도 같은 대답을 했을 것이라고 혜진은 자위했다. 그때 조철봉이 덧붙였다.

"모두가 섹스 파트너지만."

"오직."

"그렇죠."

그때 랍스터 요리가 나왔으므로 둘의 대화는 멈췄다. 하긴 그렇다. 가재의 다릿살부터 떼어 먹으면서 혜진이 생각했다. 여자들이 없다는 것이 오히려 비정상이 아니겠는가? 아무리 대화거리를 찾지 못했다고 해도 내 질문은 역시 우문이었다. 조철봉은 여자를 거래 상대로만 취급했다고도 하지 않았던가?

준 만큼 받아내고 믿지를 않아서 배신당한 적이 없다고도 했다. 조철봉은 이마를 스치고 지나는 혜진의 시선을 느끼면서 잠자코 식사를 했다. 영원한 것은 아무것도 없다. 요즘 들어 나는 더 삭막해진다. 이번에는 조철봉의 시선이 혜진의 얼굴을 스치고 지나갔다. 두고 보겠다는 말은 무르익을 때까지 뜸을 들이겠다는 뜻일 뿐이다. 아꼈다가 죽 되고 늑장부리다가는 버스 놓친다.

다음 날 아침, 출근한 조철봉의 앞으로 박수근이 다가와 섰다. 어젯밤 과음했는지 눈이 아직도 충혈되어 있다.

"사장님, 동주통상의 한 상무가 한국자동차의 강남영업소장하고 동문이랍니다."

박수근이 술 냄새를 의식했는지 입을 옆쪽으로 돌린 채 말을 이었다.

"그래서 한국자동차 강남영업소로 오더가 떨어진다고 소문이 났습니다."

조철봉이 눈만 크게 뜨고 있었으므로 박수근은 불안한 표정이 되었다.

"한국자동차는 버스가 약하기 때문에 저희들은 버스를 공략하는 것이 낫다고 생각합니다만."

"다른 정보는 없나?"

"그렇게 소문이 났기 때문인지 경쟁업체가 다 떨어져 나갔습니다."

머리를 끄덕인 조철봉은 시선을 돌렸다. 박수근은 접대비로 타간 돈을 다른 곳에 쓰고 아예 동주통상 오더는 포기했을지도 모른다.

"알았어, 내가 알아볼 테니까."

조철봉이 말하자 박수근은 어깨를 늘어뜨렸다. 기가 죽은 표정이었다.

"어쨌든 끝까지 최선을 다하겠습니다."

박수근이 돌아섰을 때 조철봉은 쓴웃음을 지었다. 대용자동차 영업소에서 근무하던 박수근은 고객 정보를 몽땅 빼내왔지만 양에 비하여 실속이 적었다. 그리고 박수근은 포커광이어서 언제나 돈이 궁색했다.

능력이 있다손 치더라도 요주의 인물로 간주해야 한다. 전화기를 든 조철봉이 다이얼을 눌렀을 때 곧 응답이 들렸다.

"그렇지 않아도 전화하려고 했습니다."

최갑중의 목소리였다.

"한창남은 약점이 거의 없습니다. 술도, 여자도, 도박하고도 담을 쌓고 지내는 데다 인맥 따위도 무시하는 놈입니다. 아주 꽉 막힌 성격이지만 업무 능력은 뛰어나서 사주의 신임을 받고 있습니다."

최갑중이 찌푸린 얼굴로 말했다. 회사 근처의 커피숍 안이었다. 조철봉은 지금 갑중으로부터 동주통상 상무인 한창남의 정보를 듣고 있는 중이다.

"그자의 약점을 잡아서 오더를 따낼 생각은 안 하시는 게 나을 겁니다, 형님."

갑중이 충고하듯 말했을 때 조철봉은 어깨를 들썩이며 코웃음을 쳤다.

"궁즉통(窮卽通)이라는 말이 있다. 넌 요즘 배가 부른 것 같구나."

"형님, 그렇지만."

"한창남의 마누라 뒷조사를 해라. 오늘 중으로 끝내."

조철봉이 눈을 치켜떴다.

"그쪽도 약점이 없으면 어머니도 좋고 딸도 좋아. 털면 먼지 안 나는 놈은 없다."

"알겠습니다."

입맛을 다신 갑중이 퍼뜩 머리를 들고 조철봉을 보았다.

"오늘 최형섭을 직접 만나실 겁니까?"

"어제 약속을 했어."

"그놈이 3천도 거절하는 걸 보면 윤성희한테 그 이상을 받은 것 같습니다."

"내가 알아서 할 테니까."

자리에서 일어선 조철봉이 정색하고 갑중을 내려다보았다.

"너도 긴장하지 않으면 죽는다. 그런 각오로 세상을 살아야 돼, 인마."

"저는 먹고 살 만큼 되었으니까, 슬슬 다른 일을 해볼까 합니다만."

갑중이 따라 일어서며 말했지만 시선을 마주치지는 않았다.

"그래서 나이트클럽이나 하나 차리려고."

"당분간 이 일이나 해."

손끝으로 갑중의 코끝을 겨냥한 조철봉이 다시 얼굴을 굳혔다.

"내가 허락할 때까지 나서면 안 된다. 명심해라."

갑중과 헤어진 조철봉이 성북동의 부동산 사무실에 도착한 것은 그로부터 세 시간쯤 후인 오후 1시 정각이었다. 2평 정도의 사무실에는 50대쯤으로 보이는 사내가 혼자 앉아 있었는데 들어서는 조철봉을 보더니 누구냐고 묻지도 않았다. 이미 조철봉을 알고 있는 눈치였다.

"최형섭 씨 맞습니까?"

조철봉이 묻자 그때서야 사내가 엉거주춤 자리에서 일어섰다.

"그렇습니다."

"내가 조철봉이오."

"앉으시지요."

최형섭은 마른 체격에 반백의 머리숱이 많았고 주름진 피부는 검었다. 눈매가 매서운 데다 엷은 입술이 꾹 닫혀 있어서 첫인상만 봐도 보통내기가 아니었다. 낡은 비닐소파에 마주보고 앉았을 때 조철봉이 표정 없는 얼굴로 형섭을 보았다.

"윤성희한테서 얼마 처먹었어?"

불쑥 그렇게 뱉은 순간 형섭의 눈초리가 대번에 치켜 올라갔다.

"뭐라고? 아니, 이 어린 자식이."

보통 사람 같으면 이렇게 즉각적인 대응은 힘든 법이다. 형섭은 대비하고 있었다기보다 반응이 빠른 성격으로 보였다. 반응이 빠르다는 것은 곧 임기응변이 뛰어나다는 것을 나타낸다. 형섭이 더 말을 잇기 전에 조철봉이 가로막았다.

"윤성희가 40억 현금을 사기쳐먹고 도망쳤다는 사실은 모르고 있겠지, 너는."

"뭐? 너라고?"

조철봉은 형섭의 눈동자가 흔들리는 것을 보았다. 조철봉이 머리를 끄덕였다.

"현금 40억이야. 그래서 내 입을 막으려고 그러는 거다. 너한테 푼돈이나 주고."

"이놈이 정말."

눈을 부릅뜬 형섭이 어깨까지 부풀렸으나 그 이상의 반응은 보이지 않았다. 조철봉이 다시 후려치듯 말했다.

"넌 윤성희의 공범으로 몰릴 수가 있어. 그년이 조선족으로 이쪽저쪽에다 사기를 치고 다닌다는 것을 아마 잘 알고 있겠지. 곧 40억 사기에 대한 고소장이 제출될 테니 그때 경찰서에서 보자고. 네가 그년 말을 듣고 날 무고했다는 것까지 곧 밝혀질 테니까."

그러고는 조철봉이 자리를 차고 일어섰다.

"우리가 널 찾은 건 어떻게든 돈을 되찾을 목적이었지만 포기했어. 그래서 너한테 알려주려고 온 거다."

"도대체 무슨 귀신 씻나락 까먹는 소리를 하는지."

따라 일어선 형섭이 으르렁거렸지만 기세가 눈에 띄게 죽어 있다는 것을 조철봉은 보았다. 부동산 문을 거칠게 열어젖히고 밖으로 나온 조철봉은 심호흡을 했다. 이것으로 정리를 한 것이다. 만나서 돈을 되찾겠다는 계획의 반쯤은 성희에 대한 미련이 있었기 때문이다. 그러나 이제 모든 것을 지웠다. 그러고는 정리를 형섭에게 맡긴 것이다. 형섭이 성희의 사주를 받고 있다면 가만있을 인간이 아니었다. 성희가 40억 현금을 쥐고 있는 데다 조선족이라는 약점까지 알게 되었으니 흡혈귀처럼 달려들어 피를 빨아먹을 것이다.

회사로 돌아왔을 때는 오후 5시가 되어 있었는데 기다리고 있었다는 듯이 김정필이 조철봉의 뒤를 따라 사장실로 들어섰다.

"사장님, 본사에서 신입사원 교육은 시켜주겠지만 경비를 받아야겠다고 합니다."

정색한 정필이 말을 이었다.

"분가를 했으니 그래야 당연하다는 겁니다. 그것이 회사 방침이라는데요."

"할 수 없지."

조철봉은 머리를 끄덕였다.

"오히려 잘되었어. 그러면 우리는 어느 지역이건 구속받지 않고 판매할 명분도 설 테니까."

신입사원 20명은 내일부터 본사의 사원 연수원에서 한 달 과정의 연수를 받을 예정이다. 정필의 시선을 받은 조철봉이 희미하게 웃었다.

"오성자동차 서비스가 곧 모든 영업소 중 가장 뛰어난 실적을 올린 판매 회사가 될 거다. 그것이 내 1차 목표다."

너무 허황했는지 정필이 입만 조금 벌렸을 때 조철봉은 말을 이었다.

"그 다음에 내 2차 목표를 말해주지. 지금은 네가 1차 목표만으로도 기가 질린 것 같으니까 말이야."

정필이 휘청거리는 걸음으로 방을 나갔을 때 조철봉은 길게 숨을 뱉었다. 사원이 단숨에 두 배로 늘어났으니 최소한 매출액은 50퍼센트 이상 증가해야 되는 것이다.

그러나 오히려 매출액은 평균 대비 30퍼센트 가깝게 하락한 데다 시장 상황도 좋지 않았다. 외국의 대형 자동차 회사가 적극적으로 판매에 나서는 바람에 시장은 더욱 경쟁이 치열해진 것이다. 퇴근 무렵이 되었을 때 갑중은 전화를 해왔는데 목소리는 활기에 차 있었다.

"형님, 과연 허점이 있구만요."

갑중이 대뜸 말하고는 낮게 웃었다.

"한창남의 와이프가 지금 친정에 머문 지 한 달째랍니다. 그래서 동네 사람들한테 수소문을 해봤더니 싸우고 나온 모양이라고 하는데요."

"옳지, 그뿐이냐?"

"어디 그것뿐이겠습니까? 와이프가 바람을 피웠다는 소문도 있습니다. 카바레를 자주 다닌다고도 하고요."

"와이프 친정이 어디냐?"

전화기를 고쳐 쥔 조철봉의 눈이 번들거렸다.

"잘 가는 카바레는 어디고?"

조철봉이 들어섰을 때는 저녁 8시 반이었으니 좀처럼 드문 일이었다. 전에 같이 살 적에도 이런 일은 거의 없었던 것이다. 그러나 서경윤은 오늘은 웬일이냐고 묻지도 않았다.

"영일아, 게임기 사 왔다."

이제는 제법 반기는 영일에게 새로 나온 게임기를 건네준 조철봉이 털썩 소파에 앉았다.

"옷 벗고 씻어."

뒤에서 저고리를 벗기며 경윤이 부드럽게 말했다.

"저녁 차릴까?"

"먹었어."

경윤이 이제는 바지 혁대를 풀었으므로 조철봉은 엉덩이만 들었다. 그러고는 문득 경윤의 화장기가 없는 맨 얼굴을 들여다보았다. 옷 벗기기에 열중한 경윤은 아직 이쪽의 시선을 느끼지 못하고 있다. 이곳은 지쳤을 때 찾아오는 곳일 뿐으로 미련이나 애정이 남아 있는 것은 아니다. 경윤이 어떻게 오해를 하건 자유지만 나는 언제든지 이곳을 떠날 준비가 되어 있는 사람이다. 바지를 벗겨 든 경윤의 시선과 그때서야 마주쳤으므로 조철봉은 빙긋 웃었다. 몸을 세운 경윤도 따라 웃는다.

"왜 웃어?"

경윤이 물었으므로 조철봉은 다시 웃었다.

"너하고 같이 있으면 편안해져."

"나도 그래."

그러고는 경윤이 구석에서 게임기에 정신이 팔려 있는 영일을 힐끔 보았다.

"영일이도 자기를 좋아해."

머리를 끄덕인 조철봉은 자리에서 일어섰다. 화장실로 들어가 샤워기의 찬물을 머리끝부터 맞으면서 조철봉은 앞으로는 슬슬 거리를 둬야겠다고 마음먹었다. 이곳은 고속도로 휴게소 같은 역할 이상도 이하도 아닌 것이다. 한번 배신한 경윤에게 내가 다시 돌아가 정착하다니 천만의 말씀이다. 이것으로 경윤에 대한 계산은 끝났고 욕심을 부린다면 가끔씩 휴게소에 들러 피로를 풀면서 간식을 먹게 되는 것뿐이다. 문에서 가벼운 노크 소리가 들리더니 경윤이 머리만을 안으로 내밀었다.

"술상 차릴까?"

경윤의 눈이 생기 있게 반짝였다.

"매운탕 끓여서."

"그래."

조철봉이 알몸을 내보이며 활짝 웃었다.

"한잔하고 쉬면 피로가 싹 가시겠다."

문이 닫혔을 때 조철봉은 샤워기의 물을 얼굴로 받으면서 소리 없이 웃었다. 여자는 강한 남자에게 끌리는 것이다. 한 걸음 더 나아간다면 여자가 승자를 택하는 것이 정상이다. 눈을 치켜뜬 조철봉이 앞쪽의 벽을 노려보았다. 만일의 경우 경윤이 이종학이 부도를 맞은 이유를 알게 되더라도 그것은 변치 않을 것이었다. 그날 밤, 매운탕 안주로 얼큰하게 취한 둘은 침대에서 한바탕 엉키고 난 후에 나란히 누워 천장을 보았다.

"자기야, 영일이 호적을 다시 바꿔줘야 되지 않을까?"

가쁜 숨을 고른 경윤이 물었을 때 조철봉의 시선에 초점이 잡혀졌다. 영일은 이종학의 아들로 입적이 되어 이름이 이영일인 것이다.

"그래야겠지."

조철봉이 팔을 뻗어 경윤의 허리를 당겨 안았다. 땀이 배어 끈적였지만 경윤의 매끄러운 피부가 다시 빈틈없이 조철봉의 몸에 붙었다.

"내가 친자 확인을 해줄 테니까."

그럴 것 없이 다시 결혼을 하면 수속이 더 쉽겠지만 조철봉은 입을 다물었다. 그러자 경윤이 머리를 끄덕였다.

"아직 어릴 때 해야 돼."

영일은 성이 세 번 바뀌는 셈이다.

4. 대망

좋아하는 블루스 음악이 흘러나왔으므로 차화영은 이맛살을 찌푸렸다. 오늘은 물은 좋은데도 일진이 나쁜 날이 될 모양이었다. 목요일이어서 손님이 홀에 가득 차 있는 데다 남자들이 3할 정도 더 많았다.

이런 조건은 여자들에게 선택의 여지를 늘려준다. 또 대충 둘러보아도 남자들의 수준까지 높은 편이다. 쓴웃음을 지은 화영은 맥주잔을 쥐었다. 같이 온 오형자는 벌써 30분 전에 부킹이 되어서 나간 후에 돌아오지도 않는다.

한 모금 맥주를 삼킨 화영은 시치미를 뚝 뗀 얼굴로 플로어를 보는 시늉을 했다. 한 시간 동안 부킹이 네 번이나 들어왔으니 웨이터가 나름대로 노력한 셈이었다.

그러나 모두 마음에 들지 않아서 딱 한 번씩만 손을 잡아주고 갈라섰다. 입맛을 다신 화영의 시선이 플로어의 중심 부근에서 멈췄다. 넷 중에서 그중 제일 나은 세 번째 사내가 여자를 부둥켜안고 있었던 것이다.

여자는 멀리서 보아도 싸구려 원피스에 머리 모양도 엉망이었지만 몸매는 봐줄 만했다. 불끈 화가 치밀어 오른 화영이 시선을 돌렸을 때였다.

담당 웨이터가 이쪽으로 다가왔는데 뒤를 따르는 사내는 장신에 세련된 차림이었다. 실내는 어두웠지만 화영은 사내의 반듯한 용모까지 볼 수 있었고 그 순간 가슴이 뛰었다. 화영쯤 되면 킹카를 대번에 알아볼 수 있는 것이다. 다가선 웨이터가 화영에게로 허리를 숙이고는 귓속말을 막 시작하려는 순간이었다.

"아, 됐어. 내가 할게."

털썩 앞자리에 앉은 사내가 소리쳐 웨이터를 만류하더니 화영에게로 머리를 돌리고는 싱긋 웃었다. 밝은 웃음이어서 조금 긴장하고 있던 화영의 가슴이 편해졌다. 호감이 가는 인상이었고 그것을 스스로도 의식한 사내의 태도는 당당했다.

"난 조철봉이라고 합니다, 자동차 판매 회사 사장이죠."

소음이 컸으므로 사내가 탁자 위로 상체를 굽히고 말했다.

"괜찮으시다면 같이 나가실까요?"

"좋아요."

사내의 시원스러운 행동에 더욱 부담이 없어진 화영이 먼저 자리에서 일어섰다. 사내는 그야말로 군계일학이었고 자신도 플로어의 어느 여자에게도 처지지는 않을 테니 시선이 모일 것이었다. 플로어로 나가 손을 잡은 순간 화영은 사내가 춤에 별로 익숙지 않은 것을 알 수 있었다.

그러나 그것이 오히려 화영의 가슴을 더 뜨겁게 달구었다. 이 정도의 조건에 춤까지 잘 춘다면 의심을 받을 만했기 때문이다. 화영의 허리를 감아 안은 사내가 바짝 몸을 붙이더니 다시 빙긋 웃었다.

"내가 아마추어인 것을 벌써 짐작하고 계시지요?"

"어머, 그러세요?"

사내의 허벅지에 아랫배를 바짝 붙이면서 화영도 따라 웃었다.

"전 프로이신 줄 알았는데."

그 순간 사내의 다리 사이에서 쇳덩이처럼 딱딱한 물체가 화영의 허벅지를 스치고 지나갔다. 가슴이 철렁 내려앉는 것 같은 충격이 왔으므로 화영은 저도 모르게 마른침을 삼켰다.

"미안합니다."

화영의 몸을 당긴 사내가 옆쪽으로 스텝을 밟으면서 귀에 대고 말했다. 그때 다시 쇳덩이가 더 세게 허벅지를 찌르고 지났고 뜨거운 입김이 화영의 뺨을 덮었다.

"나는 도무지 점잖게 춤을 출 수가 없을 것 같습니다."

사내가 귀에 더운 숨을 내뿜으며 말했을 때 화영은 달아올랐다. 이렇게 순식간에 허물어지는 것은 처음이다. 그래서 기를 쓰고 말했다.

"괜찮아요. 신경쓰지 마세요."

조철봉은 목덜미에 닿은 화영의 입김이 덥고 가빠지는 것을 알 수 있었다. 화영은 동주통상 한창남 상무의 부인이며 42세다. 이곳 국빈 나이트클럽에는 한 달에 세 번 정도는 꼭 오는 단골인 것이다.

거기에다 눈만 맞으면 2차를 나갔는데 그날로 끝을 냈지 결코 다음날로 이어지지도 않는다는 것까지 알아내었다. 블루스를 두 곡 추고 나서 자리로 돌아왔을 때 조철봉이 턱으로 뒤쪽을 가리켰다.

"내 자리로 가실랍니까? 나도 친구하고 같이 왔지만 그놈은 벌써 부킹이 되어서 혼자 남았습니다."

오형자는 아직도 돌아오지 않았는데 그쪽도 이야기가 진해진 것 같았다. 같이 들어왔다가 따로 나가는 경우도 많았으므로 화영은 머리를 끄덕였다.

"좋아요. 그쪽으로 가요."

뒤쪽 좌석은 칸막이가 되어 있는 데다 탁자가 넓었고 의자도 소파형이었다. 그리고 양주를 마셔야만 하고 안주도 기본이 2개여서 앞쪽보다 3배 이상 술값이 나왔지만 빈자리는 보이지 않았다. 뒤쪽 좌석으로 돌아온 조철봉은 화영과 나란히 앉았다.

"참, 자동차 회사에 다니신다고 했죠?"

화영이 생각난 듯 물었을 때 조철봉은 주머니에서 명함을 꺼내 내밀었다.

"여기 명함입니다."

명함을 받아 쥔 화영의 얼굴에 웃음이 번졌으나 조철봉은 정색했다. 화영의 긴장은 조금 더 풀어졌을 것이었다. 이 시점에서는 서로 상대에게 얼마나 깊게, 빨리 신뢰를 심어 주느냐가 중요하다. 홀에 가득 찬 소음 속에서 겪는 이런 상황에서 시간제한은 3분이다. 3분 안에 상대의 방어벽을 흩트려 놓아야지 그 이상이 되면 소음과 어지러운 분위기에 서로가 지치게 되어 성사 가능성은 급격히 떨어지는 것이다. 조철봉은 탁자 밑으로 손을 뻗쳐 화영의 손을 쥐었다.

"내 와이프는 작년에 암으로 죽었습니다. 거의 1년이 되었지요."

소리치듯 말한 조철봉이 화영의 손을 끌어 딱딱하게 솟아오른 심벌 위에 올려놓았다. 찔끔 놀란 화영이 손을 빼내려고 힘을 썼으나 오히려 조철봉의 완력에 더 세게 붙었다. 이런 때 와이프는 없는 것이 낫고 죽은 것은 더 좋다. 조철봉이 화영의 귀에 대고 말했다.

"내일 아침이면 당신의 얼굴도 잊게 되겠지만 오늘 밤은 참을 수가 없습니다."

"좋아요. 하지만 이 손 놓아요."

화영이 조철봉을 향해 눈을 흘겼다.

"손 아파 죽겠어요."

그러자 조철봉이 손을 떼더니 등을 들어 올려 웨이터를 불렀다.

"저쪽 테이블 계산까지."

멀리서 눈치를 살피던 웨이터가 금방 다가왔을 때 조철봉이 말하자 화영은 머리를 저었다.

"저쪽은 그냥 두세요. 제 친구가 계산할 테니까."

그러고는 눈으로 웨이터를 가리켰다.

"대신 웨이터한테 팁이나 많이 주세요."

조철봉은 계산 외에 웨이터에게 만 원권을 다섯 장 팁으로 건네주었다. 이런 때 팁으로 수표를 준다면 받는 놈이야 겉으로 자지러지겠지만 속으로 웃는다. 그리고 그것을 보는 상대는 십중팔구 거부감을 느끼게 되는 것이다. 나이트클럽을 나왔을 때 주차요원이 다가왔다.

"몇 번이십니까?"

"4285."

만 원을 팁으로 건네준 조철봉이 턱으로 앞쪽을 가리켰다.

"기사가 있을 거야, 찾아봐."

"예, 사장님."

그때 화영이 조철봉의 팔을 끼었다. 현관의 불빛에 눈가의 주름이 드러났다.

"어디로 모실까요?"

앞쪽을 바라보며 묻는 기사는 최갑중이다. 갑중이 오늘은 기사 역할을 하고 있는 것이다.

"삼성동 사거리에서 내려주고 자네는 돌아가."

조철봉이 부드럽게 말하고는 흘끗 옆에 앉은 화영을 보았다. 화영은 조금 긴장한 표정이 되어 있었는데 갑중의 출현 때문이다. 이런 상황에서는 새로운 얼굴이 부담스러운 것이다. 삼성동 사거리까지는 차로 5분 거리밖에 되지 않았다. 차가 길가에 멈췄을 때 조철봉이 갑중에게 10만 원권 수표를 내밀었다.

"오늘 수고했어. 기다리게 해서 미안해."

"아닙니다, 사장님."

수표를 받아 쥔 갑중이 머리를 돌려 조철봉을 보았지만 화영에게는 시선을 주지 않았다.

"난 차 한 잔하고 갈 테니까 먼저 가."

"예, 사장님."

차에서 내린 조철봉이 옆에 선 화영의 팔을 잡았다.

"저기로 갑시다."

조철봉이 가리킨 곳은 뒤쪽 골목 안의 모텔이다. 화영은 조철봉이 끄는 대로 골목 안으로 들어서더니 손목시계를 보는 시늉을 했다.

"12시까지는 들어가야 돼요."

"그럼 돌아가는 시간을 한 시간 잡는다면 여유가 한 시간뿐이네. 서

둘러야겠어."

그러자 화영이 피식 웃었다.

"한 시간이면 충분하지 뭘."

"난 부족해."

모텔 안으로 들어선 조철봉이 열쇠를 받을 때 화영은 엘리베이터 앞에서 기다리고 있었다. 이쪽에다 등을 보이고 선 가장 적당한 위치와 자세였다. 둘이서 엘리베이터에 올랐을 때에도 화영은 문 쪽에 바짝 붙어서 조철봉을 외면했다. 엘리베이터에 장치된 감시 카메라를 주의하는 것이다. 그러나 방으로 들어선 화영의 태도는 순식간에 변했다. 가방을 의자 위에 던지더니 블라우스 단추를 서둘러 풀면서 조철봉을 보았다.

"자기는 프로 같아."

"용감할 뿐이야. 오해하지 마."

저고리를 벗으면서 조철봉이 얼굴을 펴고 웃었다.

"하고 싶어서 눈에 보이는 게 없었거든."

바지를 끌어내린 조철봉이 눈으로 자신의 팬티를 가리켰다.

"이놈이 서둘면 그렇게 돼."

그러자 화영이 짧게 웃더니 다가와 조철봉의 남성을 두 손으로 감싸쥐었다. 이미 화영은 브래지어와 팬티 차림이 되어 있었는데 몸매가 풍만했다.

"나도 급했어."

조철봉은 화영의 입술을 빨면서 한 손으로 팬티를 끌어내렸다. 화영도 분주히 손을 놀려 조철봉의 팬티를 내린다.

"조금 늦어도 돼."

입술이 떼어졌을 때 화영이 헐떡이며 말했다. 조철봉의 손끝에 닿은 화영의 샘은 이미 넘쳐나고 있었다.

"거칠게 해줘, 아주 세게."

화영이 선 채로 조철봉의 남성을 잡아 샘에 붙이면서 말했다.

"춤 출 때처럼 그렇게 해봐."

조철봉은 화영을 안은 채 하체를 비틀었다. 뜨거운 남성이 허벅지 안쪽과 샘을 스치고 지났을 때 화영은 신음했다. 그러고는 두 팔로 조철봉의 목을 감아 안았다. 조철봉은 화영의 두 다리를 들어 올리고는 선 채로 샘에 들어섰다. 화영이 긴 신음을 뱉으며 허리를 바짝 붙이더니 조철봉의 귀를 입술로 물었다.

"날 죽여 봐, 어서."

조철봉은 화영을 안은 채로 방바닥에 그대로 거칠게 쓰러졌다. 요란한 소리가 났다.

성생활에 자꾸 새로운 자극을 찾다보면 어지간한 분위기에는 만족하지 못하게 된다. 나이트클럽에 출입하면서 화영은 한 남자에 집착하지 않겠다고 다짐했다.

그것은 친구들의 조언이 있기도 했지만 스스로도 그럴 성품이 아니었기 때문이다. 한 번 놀고는 잊는다. 그리고 다음 날 아침에는 정숙한 주부로 돌아가는 것이다.

화영은 물론이고 클럽에 출입하는 친구들 모두는 그렇게 산뜻하게 처신하는 것을 자랑스럽게 생각했으며 그래서인지 이제까지 한 번도 뒤탈이 일어나지 않았다. 그러나 탈은 안에서 생겨나고 있었는데 그것은 바로 섹스 문제였다. 스쳐 지나는 남자들과 자극적인 섹스를 하다 보니 이제는 어지간한 자세나 테크닉으로는 만족하지 못하게 된 것이다. 남편인 한창남과 섹스를 하고 난 다음 날은 꼭 나이트를 찾아 전날 밤 찌뿌드드해진 몸을 풀게 된 것도 그런 이유에서였다.

한창남과는 만족하지 못하게 되어버린 것이다. 방바닥에 쓰러진 화영의 몸은 뜨겁게 달아올랐다. 양탄자의 거친 촉감이 등을 자극하는 것도 좋았고 조철봉의 거친 몸짓도 마음에 들었다. 조철봉의 몸은 힘찬 데다 샘이 아프도록 충실했던 것이다. 마음껏 탄성을 뱉으며 조철봉의 몸짓에 맞추던 화영은 문득 이대로 시간이 정지되었으면 좋겠다는 생각이 들었다.

이 남자는 편안한 데다 강하다. 체위를 바꾸는 테크닉도 전혀 부자연스럽지 않은 것이다. 화영을 일으켜 세운 조철봉이 침대에 두 손을 짚고 엎드리게 한 다음 뒤에서 시작했을 때였다. 온몸이 떨리기 시작하면서 머릿속이 하얗게 비워졌으므로 화영은 이를 악물었다. 절정으로 치솟고 있는 것이다. 침대 시트를 움켜쥔 화영은 이로 베개를 물어뜯었다. 그리고 베개에다 입을 막은 채 목청껏 신음을 뱉어냈다. 그때 눈을 감고 있던 화영은 불빛이 눈꺼풀 위로 번쩍이는 것을 느꼈다.

"눈을 떠."

입술로 귀를 문 조철봉이 헐떡이며 말했으므로 화영은 눈을 떴다. 그러자 이번에는 눈앞에서 불빛이 환하게 번쩍였다.

"폼 좋다."

앞쪽에서 사내의 목소리가 울렸으나 화영은 아직 정신이 돌아오지 않았고 눈은 떴지만 초점도 잡혀있지 않았다. 다시 불빛이 번쩍였을 때에야 화영은 앞쪽에 웅크리고 앉은 사내의 모습을 보고는 눈을 크게 떴다. 그러나 아직 조철봉이 뒤에서 부둥켜안고 있는 터라 그 자세 그대로였다. 다시 불빛이 번쩍였고 화영은 앞의 사내가 얼굴에다 카메라를 붙이고 있는 것을 보았다. 카메라의 플래시가 계속해서 터지고 있는 것이다.

"아앗!"

비명을 지른 화영이 발버둥쳤지만 아직 조철봉의 몸은 떼어지지도 않았다.

"놔! 놔!"

시트에 얼굴을 묻었다가 몸을 비틀며 화영은 아우성을 쳤다. 그 사이에도 플래시는 계속해서 터졌고 나중에 화영이 흐느껴 울자 조철봉의 몸이 떨어졌다.

"16장이나 찍었네."

화영이 시트로 몸을 가리면서 침대 구석에 웅크리고 앉았을 때 사내가 카메라를 내려다보며 말했다. 그리고 사내가 화영을 향해 카메라를 정조준했으나 셔터를 누른 순간 화영은 머리를 숙여버렸다.

"이미 늦었어."

비웃듯이 말한 사내가 조철봉의 운전사라는 것을 화영은 그제야 깨닫고 눈을 부릅떴다. 하얗게 질린 화영이 시선을 돌렸을 때 조철봉은 팬티만 걸치고 막 의자에 앉는 참이었다. 의자에 등을 붙이고 앉은 조철봉이 사내에게 말했다.

"다 찍었으면 나가."

"알겠습니다, 형님."

머리를 숙인 사내가 방을 나갔을 때 조철봉이 머리를 돌려 화영을 보았다. 얼굴에 희미한 웃음기가 떠올라 있다.

"절정에 올랐다가 갑자기 떨어지는 기분이 어때?"

화영이 눈을 부릅떴지만 아직 말은 뱉지 않았다. 그 대신 몸이 떨리기 시작했는데 두려움 때문이 아니다. 분했던 것이다. 조철봉이 다시 말했다.

"난 아직 하지도 않았어. 어쩐지 손해를 본 기분이야."

"넌 누구야?"

마침내 화영이 갈라진 목소리로 물었을 때 조철봉은 정색했다.

"난 조철봉이다. 아까 명함까지 주었지 않아? 내일 확인해 봐, 틀림없을 테니까."

"목적이 뭐냐고?"

"옳지, 금방 말이 통하는군."

의자에서 일어선 조철봉이 다가와 침대 끝에 앉았으므로 화영은 벽에 등을 붙였다. 시선을 휘둘러 팬티를 찾았지만 어디에 떨어뜨렸는지 알 수가 없다. 그때 조철봉의 은근한 시선이 화영의 드러난 어깨에 옮겨졌다.

"날 치한으로 보지 마. 그저 서로 돕자는 것뿐이니까."

"내가 당할 것 같아? 널 고발할 거야."

화영이 말을 이었다.

"남편 겁나서 내가 너 하자는 대로 할 것 같으냐? 천만의 말씀이다."

"네 남편 한창남은 쉬쉬하면서 얼른 수습부터 하려고 들겠지. 회사에

창피해서 아무 소리 못하고 해달라는 대로 해줄 거야."

그 순간 화영이 다시 눈을 치켜떴다. 그리고 입술을 부풀리며 웃었다.

"잘 아는구먼. 그럼 내가 널 협박범으로 고발할 것도 알겠지?"

"그래서 서로 돕자는 거야."

조철봉이 부드럽게 말했다.

"난 네 갈증을 풀어주고 너는 내 사업을 도와주고."

침대로 올라온 조철봉이 팔베개를 하고 누웠으므로 화영은 다시 몸을 웅크렸다.

"네 남편한테 내 회사 차를 뽑으라고 부탁만 하면 돼. 아마 네 남편은 네 청을 거절하지 못할 테니까."

화영이 눈만 껌벅이는 것을 보면 전혀 예상 밖의 주문이었던 것이 분명했다. 조철봉이 말을 이었다.

"차를 팔아야 돼. 네 남편 회사에서 이번에 꽤 많은 차량을 교체하거든."

"미친놈이군."

마침내 화영이 혼잣소리처럼 말한 순간 조철봉이 시트를 움켜쥐더니 거칠게 잡아 벗겼다. 아직도 알몸인 화영이 두 무릎 사이로 몸을 웅크렸을 때 조철봉은 와락 허리를 안아 침대 위에 굴렸다.

"놔, 이 자식아!"

화영이 악을 썼지만 조철봉은 싱긋 웃었다.

"이럴 때 놓으면 정말 미친놈이지."

버둥거리는 화영의 두 다리를 힘을 써 벌린 조철봉이 몸을 올렸다.

“사진 찍은 것은 과정을 단축시킨 것뿐이야. 난 솔직히 협박할 의도는 없었어.”

조철봉의 입술이 귀에 닿았을 때 버둥거리던 화영의 몸놀림이 조금 약해졌다.

“한창남한테 접근할 방법이 없었어. 너무 꽉 막혀 있어서 말이야.”

화영의 귓불을 씹으면서 조철봉이 말했다.

“성사만 시켜주면 일주일에 한 번쯤은 이렇게 무료 봉사를 해줄 수 있어.”

“미친놈.”

했지만 화영은 더 이상 몸을 비틀지 않았다.

“팬티를 내려줘.”

조철봉이 귓불에 대고 말하자 화영은 가만있었다. 그러나 이미 샘으로 뻗어 내려간 조철봉의 손끝은 흠뻑 젖었다.

“어서 내려.”

다시 조철봉이 말했을 때 화영은 팬티를 내려주었다.

커피숍으로 들어선 윤성희는 거침없는 걸음으로 최형섭에게로 다가갔다. 대전역 근처의 유동인구가 많은 거리여서 커피숍 안에도 손님들이 혼잡했다.

“무슨 일이시죠?”

앞쪽 자리에 앉은 성희가 대뜸 그렇게 물었을 때 형섭은 먼저 물부터 한 모금 삼켰다. 이제까지 성희가 전화를 걸어야 연락이 되었고, 만난 것은 한 번뿐이었던 것이다.

"문제가 생겼어요."

형섭이 눈을 가늘게 뜨고 성희를 보았다. 20년이 넘도록 중개사를 해온 소득 중의 하나가 첫눈에 상대방의 주머니 사정을 알아맞히는 것이었다. 그런데 성희는 볼수록 부티가 난다. 성희의 시선을 받은 형섭이 헛기침을 했다.

"내가 무고죄를 덮어쓰게 되었습니다. 저쪽에서 원체 유명한 변호사를 쓰는 데다 증거가 하나도 나오지 않아서."

"그래서요?"

싸늘한 성희의 말에 반발하듯 형섭의 어깨가 부풀려졌다.

"내가 무고죄로 들어가면 어떻게 먹고 삽니까? 최소한 1년은 살아야 된단 말입니다."

"그래서요?"

"보상금 3억을 주셔야겠습니다."

눈을 치켜뜬 형섭이 성희를 똑바로 보았다.

"내가 말씀드리지 않으려고 했는데 내가 그놈들한테 요즘 얼마나 시달리고 있는지 아십니까? 그놈들은 돈을 찾으려고 악을 쓰고 있단 말입니다."

형섭이 성희의 반응을 살피려는 듯 말을 멈추고는 시선을 떼지 않았다. 그러나 성희의 표정에 변화가 없자 형섭이 불끈 눈썹을 치켜 올렸다.

"40억을 사기당했다고 하더군요. 거기에다 그쪽은 불법 체류를 하고 있는 조선족이시라고."

"그래서 나한테 협박을 하려고 오신 것이군요?"

성희가 낮게 말했지만 형섭은 똑똑히 들었다. 형섭이 쓴웃음을 지었다.

"협박이라니요? 난 보상을 받으려는 것뿐입니다."

"그럼 왜 저분들을 데려왔어요?"

성희가 턱을 들어 옆 좌석을 가리켰을 때 옆 좌석에 앉아 서로 얼굴만 바라보고 있던 두 사내가 일제히 이쪽으로 머리를 돌렸다. 형섭 또래인 50대쯤의 사내들이었는데 두 사람 모두 인상이 불량했다.

"허어, 나아 참."

의자에 등을 붙인 형섭이 주머니에서 담배를 꺼내더니 입에 물었다.

"좋게 대하려고 했더니 안 되겠구먼, 이 아가씨 말이야."

형섭은 사내들의 존재를 부인하지 않은 것이다. 사내들도 이제는 노골적으로 성희에게 몸을 돌리고 있다.

"자, 어떻게 하실 거요? 가만 생각하니까 3억은 안 되겠어. 10억은 받아내야겠어."

눈을 치켜뜬 형섭이 으르렁거렸다.

"저 사람들은 모두 경찰 계통에 있는 사람들이야. 아가씨는 순순히 말을 듣는 것이 신상에 이로와."

"더러운 놈들."

성희가 이 사이로 말했으므로 형섭은 기가 막힌다는 듯이 입을 쩍 벌렸다.

"허, 이게 간이 부었네그려."

"이걸 잡아가자고."

사내 하나가 거들었을 때 성희가 손을 들었다. 형섭은 종업원을 부르는 줄만 알았다. 그러나 다음 순간 이쪽저쪽에서 사내들이 일어섰으므로 형섭은 눈을 둥그렇게 떴다. 일어선 사내들은 모두 젊었고 숫자는 6, 7명이 되었는데 기세가 사나웠다. 순식간에 다가온 사내들이 형섭 일행에게 주먹질과 발길질을 시작했다. 커피숍 안은 난장판이 되었다.

"최형섭은 눈알 하나가 터진 중상을 입었고 다른 두 놈도 팔다리가 부러진 중상입니다."

최갑중이 신바람이 난 듯 목소리를 높였다가 조철봉의 눈치를 보더니 헛기침을 했다.

"최형섭이 그놈이 윤성희를 우습게 본 것이죠. 윤성희가 누굽니까? 천하의…."

하고는 말을 그쳤는데 그대로 두었다면 천하의 사기꾼 조철봉을 등쳐먹은 여자라고 했을 것이었다. 회사 근처의 커피숍 안이다. 오전 10시여서 손님은 그들 둘뿐이었다. 갑중이 말을 이었다.

"윤성희는 최형섭이 만나자는 연락을 받고는 미리 약속 장소에 주먹들을 대기시켜 놓은 것입니다. 돈만 주면 이유를 알 것도 없이 청부를 맡는 놈들을 금방 구할 수가 있지요."

"…."

"그것도 모르고 최형섭이는 일당 두 놈을 데리고 협박을 했으니 사람 우습게 되었습니다."

갑중은 사람을 시켜 형섭을 미행했으니 얽히고설켰지만 결국 성희의 은신처를 알아내었다. 형섭은 성희에게 당하고 성희는 이쪽에 꼬리를 잡힌 셈이 된 것이다. 조철봉은 입을 닫고만 있었으나 갑중은 그것을 계속하라는 뜻으로 받아들였다.

"성희가 대단하더랍니다. 최형섭이 마구 얻어터질 적에 성희는 유유히 일어나 커피숍을 나가더라는데요. 아주 영화의 한 장면 같더랍니다."

성희는 대전 시내에 30평형 아파트에 전세로 살고 있었는데 아파트 단지 내의 슈퍼에서는 직장에 다니는 착실하고 예쁜 아가씨로 소문이 나 있다는 것이다.

"형님, 어떻게 하실랍니까?"

마침내 답답해진 갑중이 물었을 때 조철봉은 계산서를 집어 들었다.

"계속 감시를 해."

"언제 내려가실랍니까?"

"시간이 나면."

조철봉이 자리에서 일어서자 갑중의 얼굴에는 실망의 기색이 역력하게 드러났다.

"돈 다 쓰기 전에 잡아야 할 것 아닙니까?"

"뭘 하고 돌아다니는지 알아봐."

자르듯 말한 조철봉은 커피숍을 나와 저도 모르게 심호흡을 했다. 가슴이 답답했던 것이다. 회사로 돌아왔을 때 영업 3팀의 박수근이 다가와 섰다. 눈이 둥그레져 있는 것이 놀란 것 같기도 했고 화가 난 표정 같게도 보였다.

"사장님, 동주통상 한 상무한테서 전화가 왔습니다."

조철봉은 눈만 치켜떴으므로 수근이 말을 이었다.

"견적서를 갖고 오늘 오후에 들어오라는데요. 직접 상무실로 오라는 겁니다."

"그럼 가봐야지."

의자에 등을 붙인 조철봉이 정색했다.

"견적서 준비해놔. 내가 들어갈 테니까."

"사장님, 어떻게."

"뭐가 어떻게란 말이야?"

"어떻게 된 일입니까?"

"정책적으로 결정을 한 모양이야."

그러고는 조철봉이 시선을 내렸으므로 수근은 멈칫거리다가 몸을 돌렸다. 궁금해서 몸살이 나겠지만 한창남과 얽힌 사연을 말해줄 수는 없는 노릇이다. 또한 만일에 한창남이 이쪽을 봐준다는 소문이 나기라도 하면 일이 틀어질 수도 있는 것이다. 조철봉은 손을 뻗어 전화기를 쥐었다. 다이얼을 누르자 곧 신호가 울리더니 차화영이 응답했다.

"나 철봉이야."

조철봉이 부드럽게 말했다.

"당신이 좋아하는 뜨거운 철봉."

그러자 송화기에서 가벼운 웃음소리가 울렸다.

"자긴 정말 미쳤어."

이제는 너가 자기로 변해 있다.

한창남은 둥글게 살찐 얼굴에 머리숱이 적어서 이마가 이쪽까지 넓어졌고 눈이 가늘었다. 전체적인 인상이 호인처럼 보였지만 어딘지 유약한 느낌도 왔다. 꼼꼼하고 치밀한 성품이라는 평이 어울리는 모습이었다. 조철봉이 방으로 들어서자 창남은 자리에서 일어나 맞았다. 동주통상의 상무실 안이다.

"영준 엄마의 친구 동생 되신다고요?"

조철봉의 명함을 받은 창남이 먼저 물었는데 의심쩍은 표정이었다.

"예, 그렇습니다."

소파의 앞쪽에 앉은 조철봉이 똑바로 창남을 보았다. 차화영은 아직도 친정에 있었지만 창남에 대한 영향력은 대단했다. 만일 이야기가 잘 안 풀리면 그곳에서 당장 전화를 하라는 것이었다.

"제 사촌누나하고 친구가 되시지요. 어렸을 때 만나고 얼마 전에 우연히 누님을 만나게 되었습니다."

"허, 그래요?"

"처음에는 모르고 지나쳤는데 누님이 먼저 저를 알아보시더라니까요."

창남이 이제는 건성으로 머리만 끄덕였으나 아직도 미심쩍은 표정이다. 조철봉이 헛기침을 했다.

"뭔가 찝찝하신 것 같은데 제가 자동차판매업을 하고 있지만 차 안 사셔도 괜찮습니다."

"아니, 그게 아니고."

쓴웃음을 지은 창남이 자리를 고쳐 앉았다. 조철봉이 이렇게 나올 줄은 예상하지 못했을 것이다. 조철봉은 정색하고 창남을 보았다.

"솔직히 말씀드려서 누님을 나이트클럽에서 만났습니다. 한바탕 같이 춤을 추고 나서야 누님이 먼저 저를 알아보신 것이지요."

조철봉은 나이트클럽이란 단어가 나왔을 때 금방 하얗게 굳어졌던 창남의 얼굴이 나중에 풀리는 것을 보았다. 어깨를 편 조철봉이 말을 이었다.

"저도 그랬지만 누님도 창피하셨을 겁니다. 그래서 저한테 뭘 하고 있느냐고 자꾸 물으시더니 형님한테 가보라고 하시더군요."

조철봉은 자연스럽게 형님 호칭을 썼다.

"형님이 부담 느끼실 건 없습니다. 누님이 자꾸 저한테 가보라고 해서 이렇게 온 것이니까요."

"그런데."

침을 삼키고 난 창남이 조심스러운 시선으로 조철봉을 보았다.

"그, 영준 엄마가 나이트클럽에 자주 가나?"

그러자 퍼뜩 시선을 들었던 조철봉이 입맛을 다셨다.

"차를 안 사도 좋으니까 형님한테 까놓고 말씀드리지요. 누님은 그곳 단골이셨어요. 웨이터가 오늘 2차로 나갈 여자가 있다고 해서 누님을 만난 겁니다."

얼굴이 다시 굳어진 창남이 가는 눈만 껌벅였고 조철봉은 말을 이었다.

"누님이 지금 친정에 가 계신 것도 압니다. 저한테 다 이야기해주시더군요."

"뭐라고 하던가?"

"형님이 누님한테 꽃병을 던져서 상처가 났다면서요?"

"아니, 그게."

창남이 눈을 치켜떴다.

"벽에다 던진 것이 파편이 튄 거야."

"전 누님한테 돌아가라고 했습니다. 나이트클럽 같은 곳을 들락거리면 꼭 뒤탈이 나거든요."

이를 악문 창남이 머리를 끄덕였을 때 조철봉이 입맛을 다셨다.

"저한테는 안 간다고 약속을 했지만 불안합니다. 어쨌든 형님 만나서 반가웠습니다."

조철봉이 일어서자 창남이 놀란 듯 말했다.

"이봐, 어디가? 계약해야지."

계약은 일사불란하게 진행되었는데 한창남은 담당 과장만 불러들이더니 그냥 계약서를 작성하라고만 했던 것이다. 그러자 놀랍게도 과장은 군소리 한 번 하지 않고 시선 한 번 들지 않고서 계약서를 작성했다. 승용차 18대에다 버스 3대인 대형 오더였다. 승용차는 대형 크로나급이 3대, 중형 하이나가 10대, 밴이 5대였고 버스는 45인승 리무진 버스였으니 아마 영업소 시절이었다면 담당자는 포상에다 특진이 보장되었을 것이다. 납기까지 결정하고 동주통상을 대표해서 창남이 사인을 하는 것으로 계약은 10분도 되지 않아서 끝났다. 창남은 대량 오더에 따르는 가격 흥정도 하지 않은 것이다.

"그럼 김 과장은 나가봐."

창남이 퉁명스럽게 말하자 계약서를 움켜쥔 조철봉 또래의 과장이 벌떡 일어섰다. 실무담당 과장이니 납품이나 결제는 이자를 통해야만 할 것이다.

"참."

창남이 막 몸을 돌리려는 과장을 불러 세웠다. 눈을 가늘게 뜬 창남이 긴장한 표정의 과장을 보았다.

"차 구입 문제로 말이 많아서 내가 직접 결정한 것이니까 그런 줄 알도록."

"예, 상무님."

"사장께는 내가 직접 보고하겠고 만일 더 이상 이상한 말이 나오면 총무부는 부장 이하 모두 책임을 져야 될 거야."

"알겠습니다, 상무님."

몸이 뻣뻣해진 과장이 이상한 걸음으로 방을 나갔을 때 조철봉은 소리 죽여 숨을 뱉었다. 유약하게만 보였던 창남에게 카리스마가 숨겨져 있었던 것이다. 부하에게 이런 태도로 나서려면 자신이 떳떳해야만 한다. 또한 상사의 신임이 바탕에 깔려 있어야만 하는데 창남은 양쪽 모두를 겸비하고 있는 것처럼 느껴졌다. 머리를 돌린 창남이 조철봉을 보았다.

"말이 많았는데 잘 되었어. 내가 한국자동차 영업소장하고 고교 동문이어서 오더가 그쪽으로 떨어진다는 소문이 나 있었거든."

"그렇습니까?"

"그런데 내가 조 사장한테 부탁이 있어."

"그냥 철봉이라고 부르십시오, 형님."

"좋아, 그건 그러도록 하고."

정색한 창남이 침을 삼켰다.

"그, 아까, 영준 엄마를 2차로 데려갈 여자가 있다고 해서 만났다고 했는데."

"예, 형님."

"영준 엄마가 그곳에서 그렇게 소문이 났나?"

창남의 얼굴이 다시 딱딱하게 굳어져 있었으므로 조철봉은 가슴을 폈다.

"형님, 누님이 저를 위해 이렇게 오더를 연결해 주셨지만 형님 가정을 위해서라도 솔직히 말씀드리는 것이 낫겠다는 생각이 듭니다."

"그래, 고맙네, 철봉이."

"누님은 거기 단골이시고 웨이터한테 물어보았더니 2차를 서너 번 나가신 것 같습니다."

"으으음."

"그런데 뒤가 깨끗하시답니다. 한 번 파트너를 했으면 다시 만나지 않는다고 하더군요."

창남이 다시 헛기침만 했으므로 조철봉이 말을 이었다.

"제 생각입니다만 누님은 중심을 못 잡고 방황하고 계시는 것 같습니다. 그날은 누님이 형님 이야기를 하면서 우시더군요. 그런데 나오면서도 절대로 나쁜 짓은 하지 않았다고 저한테 말씀하셨지만 웨이터 말하고는 다르던데요."

"아냐, 나쁜 짓을 할 여자는 아냐."

갑자기 창남이 눈을 크게 뜨고 말했다.

"자네가 웨이터 말만 믿고 있는 거야."

"따 내셨군요, 사장님."

계약서를 받아 쥔 박수근이 감탄한 표정으로 말했지만 곧 얼굴이 굳어졌다.

동주통상에서 대량 오더는 따 냈지만 박수근은 접대비만 200만 원을 썼을 뿐 아무 도움도 주지 않은 것이다.

"자네가 정보를 주었기 때문이지. 어쨌든 수고했어."

조철봉이 부드럽게 말하면서 서류를 펼치자 박수근은 물러갔다. 네가 한 일이 하나도 없지 않으냐는 눈치를 보였다가는 주둥이를 놀려 해코지를 할 수도 있는 것이다.

사장이 동주통상 상무하고 직접 딜을 했다고 퍼뜨리면 일이 틀어질 수도 있다.

조철봉이 국제호텔의 커피숍에 들어섰을 때는 저녁 7시 정각이었다.

유혜진은 미리 와서 기다리고 있었는데 진청색 투피스 차림으로 흰 얼굴이 더 두드러졌고 몸매는 더 날씬하게 보였다. 오늘은 같이 저녁을 먹기로 약속이 된 날이다.

"친구 데려왔어요. 지금 화장실에 갔는데."

흘끗 입구 쪽에 시선을 준 혜진이 고른 이를 드러내고 웃었다.

"정말 괜찮죠?"

"물론."

조철봉이 머리를 끄덕였다. 혜진은 친구를 데려가도 좋겠느냐고 양해를 구했지만 저희들끼리는 다 약속이 되어 있을 것이었다. 그런 제의를 거부할 남자는 드물다.

또한 여자의 호기심과 허영심은 어느 구석에라도 남아 있는 것이라고 조철봉은 믿어왔다. 혜진은 100억 원대 자금을 맡긴 자신에 대해서 자랑을 했고 친구는 호기심이 일어났을 것이었다.

혜진에 대해서는 여느 여자와는 다르게 접근하는 중이었지만 딱 정한 방법이 없는 터라 사건이 필요하기도 한 참이었다. 만날 때마다 직접적인 자극을 주면 쉽게 지치는 법이다.

지금 대전에서 요조숙녀 행세를 하고 자빠져 있는 윤성희와의 관계를 언제나 반면교사로 삼아야만 할 것이었다.

철저하라. 절대로 마음을 열지 말라. 겉만 가지고도 얼마든지 여자를 끌어들일 수가 있지 않은가 말이다. 합일(合一)을 위한답시고 더 욕심을 부리면 안 된다. 인생은 어차피 혼자서 가는 외로운 행로, 외로움에 익숙해지면 궁상을 떨지 않아도 나름대로의 만족감을 얻게 될 것이다.

"저기 오네요."

혜진이 말했으므로 조철봉은 머리를 들었다. 기대는 하지 않았다.

백발백중 여자는 친구를 데려올 때 자신보다 처지는 등급을 선발해 왔기 때문이다. 만일 그러지 않다면 뜻(?)이 없거나 멍청해서 분별을 못하거나 사타구니를 꽉 틀어 잡힌 형편의 세 가지 경우뿐이다.

그런데 조철봉은 숨을 들이켰다. 다가오는 여자는 최소한 혜진의 등급은 되었기 때문이다. 일단 외모가 그랬다. 파마한 긴 머리가 어깨 위로 흘러내렸고 붉은 계통의 원피스를 입었는데 늘씬한 키에 어울렸다. 더구나 맑은 눈에 이목구비가 반듯한 미인이다. 조철봉과 시선이 마주쳤을 때 여자는 싱긋 웃었는데 자연스러웠다.

"얜 내 친구, 이재희."

혜진이 앞에 선 여자를 소개하자 조철봉은 자리에서 일어섰다.

"그리고 여긴 내 애인 조철봉 씨."

조철봉은 혜진이 자신을 애인이라고 소개한 사실에 주목했다. 친구

와 같이 있으면 저도 모르게 내면이 드러나게 되는 것이다.

"둘 다 미인이어서 내가 남자들의 원성을 듣게 되겠는데."

마주보고 앉았을 때 조철봉은 그렇게 말했는데 어느 사이에 혜진이 자신의 옆자리로 옮겨왔기 때문이다. 그런데 이 행위는 미리 기획한 것 같지가 않다.

"말씀 많이 들었어요."

이재희의 목소리는 약간 콧소리가 섞인 저음이었다. 세상에는 용모와 맞지 않는 목소리가 많았지만 재희는 딱 맞았다. 그러고 보면 혜진의 맑고 높아서 울림이 있는 목소리도 용모와 맞는다.

"재희는 워싱턴에 살아요. 나하고 학교 동창인데 이번에 놀러왔어."

혜진이 설명하자 재희는 웃기만 했다.

"학교 다닐 때는 재희가 퀸이었어요."

머리를 끄덕인 조철봉이 재희를 다시 보고서 그럴만하다는 생각이 들었다. 화사한 데다 혜진과 비교하면 볼륨이 더 있다. 미국인들이 좋아할 스타일이었다.

"난 조그만 무역업체를 운영하고 있어요."

재희가 웃음 띤 얼굴로 조철봉을 보았다.

"그래서 놀러온 김에 일도 하려고요."

"어쨌든 잘 오셨습니다."

조철봉이 부드러운 시선으로 두 여자를 번갈아 보았다.

"자, 그럼 우리 식사하러 나가실까?"

깨끗하고 맛있는 한정식 음식점에서 기분 좋게 식사를 마치고 강남의 나이트클럽에 들어간 것은 밤 9시 반이었다. 그동안 적당히 술을 마시면서 신상 이야기가 오간 덕분에 조철봉은 재희의 신상을 대충 알게 되었다. 재희는 3년 전에 미국인과 결혼했다가 결혼 2년 만인 작년에 이혼을 했고 아이는 갖지 않았다는 것이다. 미국인 남편은 잘나가는 사업가로 억만장자였는데 재희에게 상당한 재산을 위자료로 떼어준 모양이었다. 재희가 하고 있는 사업은 화장품과 건설 자재를 한국에서 수입해서 미국 판매업체에 넘기는 것이었다. 나이트클럽 카프리는 오픈한지 얼마 되지 않은, 회원제 클럽으로 조단호텔이 직영하는 곳이다. 그래서 장안에 품격이 높기로 소문이 나 있지만 아마 반년도 못 가 이름을 바꾸고 내부 장식을 다시 해야 될 것이었다. 물이 더럽혀지는 주기가 점점 빨라지고 있기 때문이다. 그러나 어쨌든 카프리의 홀 안에 자리 잡고 앉았을 때 혜진과 재희는 만족한 표정이었다. 분위기 좋은 곳에 안내되면 덩달아서 격이 높아지는 듯한 착각은 누구나 갖기 마련이다. 술과 안주를 시키고 나서 조철봉이 알맞게 어두운 홀 안을 둘러보며 웃었다.

"자, 파트너는 얼마든지 있는 데다 필요한 것이 있으면 말씀만 하시지. 다 준비되어 있으니까."

100평쯤 되는 홀 안에는 외국인과 내국인이 반반씩이었고 얼핏 보았지만 수준도 다양했다. 플로어에는 이미 5, 6쌍의 남녀가 블루스를 추는 중이다.

"춤추실래요?"

갑자기 재희가 몸을 일으키며 묻더니 슬쩍 혜진을 보았다.

"혜진아, 괜찮지?"

혜진이 웃음 띤 얼굴로 끄덕였을 때 조철봉은 자리에서 일어섰다. 재희는 이미 식당에서 양주를 7, 8잔을 마셨지만 멀쩡하기는 했다. 플로어에서 허리를 안았을 때 재희가 얼굴을 조철봉의 어깨에 붙였다. 입술이 조철봉의 귀 쪽을 향해 있다.

"혜진이하고는 플라토닉하다면서요? 아끼고 싶어서 그래요?"

재희가 배를 딱 붙였으므로 조철봉의 다리가 자연히 깊게 밀착되었다. 조철봉이 짧게 웃었다. 아래쪽의 기둥이 이미 뜨겁게 세워져서 재희의 아래쪽을 스치고 있었던 것이다.

"그래서 혜진이 확인해 보라고 한 거야?"

"내가 확인해 보고 싶어서."

"어쩐지 둘이 공모한 것 같은 냄새가 나는데."

그러자 재희가 딱 붙인 배를 가볍게 비틀었고 조철봉의 기둥에 강한 자극이 왔다. 조철봉은 재희의 허리를 당겨 안았다. 혜진이 이 장면을 보고 있을 것이다.

조철봉이 머리를 숙여 재희의 귀에 입술을 붙였다.

"당신은 섹시해. 당신과의 섹스를 위해서라면 이 순간 모든 것을 다 버려도 좋을 만큼."

재희가 자극이 온 듯 목을 움츠렸으나 붙인 배는 떼지 않았다. 그들은 플로어 안쪽의 더 짙은 어둠 속에 들어가 있었으므로 혜진에게는 희미한 윤곽만 보일 것이었다. 조철봉이 말을 이었다.

"아까 식당에서 당신이 보내는 눈빛을 읽을 수가 있었지. 설령 당신이 혜진과 장난으로 날 유혹하려는 계획을 세웠다고 해도 그 눈빛은 진정이었어. 욕정으로 끓고 있었다고."

"스릴이 있잖아요?"

배를 비비면서 재희가 말했고 그 순간 조철봉의 남성은 터질 듯이 팽창되었다. 재희가 더운 입김을 뱉으며 말했다.

"계획은 없어요. 그저 당신과 한번 즐기고 싶어."

"그럼 먼저 당신하고 즐겨보기로 할까?"

"혜진한테는 비밀로 해."

이제는 재희가 가슴까지 비비면서 말했다.

"나, 정말 장난 아냐. 계획을 짠 것도 아니고."

"글쎄, 안다니까."

"내가 먼저 컨디션이 좋지 않다고 하고 나갈게. 난 리츠호텔 1212호실에 있어."

"리츠호텔 1212호실."

"12시까지는 올 수 있지?"

"그야 혜진이하고는 플라토닉하니까."

그 순간 재희가 손을 뻗쳐 조철봉의 남성을 세게 쥐었다. 흠칫 놀란 조철봉이 엉거주춤 엉덩이를 뒤로 빼자 재희가 흰 이를 드러내고 웃었다.

"강하고 뜨거워."

"내가 조철봉이다. 그것이 철봉 같다는 뜻이지."

"날 기다리게 하지 마. 혜진이가 눈치채지 못하게 하고."

"알았어."

몸을 뗀 그들이 자리로 돌아왔을 때 혜진은 웃었으나 표정이 금방 굳어졌다.

"뜨겁게 추더구나, 둘이."

혜진이 말하더니 술잔을 쥐었다. 그사이에 술병의 술이 꽤 비워져 있었다. 재희가 컨디션이 안 좋다면서 나간 것은 그로부터 30분쯤이 지난 후였다. 문밖까지 재희를 배웅하고 돌아온 혜진이 조철봉을 빤히 보았다.

"걔 뜨겁지?"

"그렇더군."

정색한 조철봉이 술잔을 쥐었다.

"남자들이 좋아할 타입이야."

"자기도 그런 것 같던데."

이제 혜진은 자연스럽게 반말을 썼고 호칭도 자기로 변했다. 재희와 동석한 분위기에 젖었기 때문인지도 몰랐다.

"걔 돈 많아. 위자료로 5천만 불을 받았다는 소문을 들었어."

머리를 끄덕인 조철봉이 한 모금에 술을 삼켰다.

"나더러 자기 방으로 오라고 하더군. 리츠호텔 1212호실이지?"

혜진이 눈만 깜박였을 때 조철봉은 이를 드러내며 소리 없이 웃었다.

"12시까지."

"걔가 그러리라고 생각했어."

손끝으로 탁자를 가볍게 두드리면서 혜진이 시선을 내린 채 말했다.

"자기 반응을 보고 싶었던 거야."

"네가 더 나쁜 놈이야."

정색한 조철봉이 혜진을 쏘아보았다.

"셋 중 너만 트릭을 쓴 거다."

"미안해."

혜진이 다시 시선을 내렸다.

"자신이 없어서 그런가 봐."

조철봉은 심호흡을 하고는 다시 술잔을 들었다.

이제까지 상대방에게 거의 한 번도 속마음을 보이지 않았던 조철봉이다. 만약 있다면 유일한 심복인 최갑중 한 사람뿐일 것이지만 그것도 알맹이는 안 보여줬다. 따라서 여자에 대해서는 철저히 위장하고 위선을 떨었는데 혜진에게도 마찬가지였다. 다른 점이 있다면 적극 공세로 나가지 않고 조금 물러나 지켜본다는 자세를 취한 것이었다.

그것은 첫째로 자신의 재산을 관리하는 투자 자문역 역할을 하고 있는 터라 제 부하를 건드리지 않는다는 평소의 버릇이 나왔기 때문이었고 둘째는 요즘 연거푸 일어난 사태도 원인 제공을 했다. 윤성희의 배신과 정체를 알게 된 임아나가 떠나간 사건이다.

한 모금에 술을 삼킨 조철봉이 지긋한 눈빛으로 혜진을 보았다. 재희의 등장으로 둘 사이의 분위기는 급속히 진전되었다. 조철봉의 동물적인 반사 신경은 혜진에게 새로운 행동이 필요하다는 것을 감지해 내었다. 그것도 강한 놈으로, 이대로 내버려두면 안 되는 것이다.

"난 요즘 여자를 가까이 한 지 오래되었어."

얼굴을 굳힌 조철봉이 혜진을 똑바로 보면서 말했다.

"솔직히 말해서 이혼하고 몇 년 동안 거의 성생활을 하지 않은 거지."

그러나 그 순간 조철봉의 머릿속으로 수십 명이나 되는 여자들의 나신이 스치고 지나갔다. 모두 특색이 있는 몸이었고 바로 엊그제 동주통상 한창남의 아내 차화영과의 기억이 새로워졌다. 혜진의 시선을 받은 조철봉이 말을 이었다.

"섹스는 몸과 감정이 일치가 되어야 한다고 믿어왔거든. 우습겠지만 난 본능만으로 짐승처럼 부딪치는 그런 섹스는 싫었다."

그러고는 조철봉이 어색한 웃음을 띠어보였는데 잘 어울렸다. 실제로는 그 반대였기 때문이다. 여자의 속마음이야 어떻든 행위에 들어가면 몸이 따라오기 마련이고 나중에는 모든 것을 잊고서 허리를 요동치며 신음을 뱉는 것이다. 마음이 있고 자시고 간에 일을 마친 후에는 얼른 떨어지고 싶은 것도 똑 같았다. 그때 혜진이 입을 열었다.

"우리 나가요, 답답해."

"그래, 나가자."

조철봉이 금방 머리를 끄덕였다. 혜진이 자신의 말을 다 믿었다고는 생각하지 않았다. 하나도 믿지 않았을지 모르지만 분위기를 깨지 않은 것만은 확실했다. 그래서 클럽을 나와 택시로 근처의 호텔까지 간 다음에 키를 받아들고 방안으로 들어설 때까지 혜진은 잠자코 옆에 붙어 따라왔다. 엘리베이터를 기다리는 10초쯤의 시간이 제일 어색했는데 혜진은 그동안 조철봉과 나란히 서서 숫자판만 보고 있었다.

방으로 들어선 조철봉의 어깨가 저도 모르게 늘어졌다. 다른 여자들하고 입장을 할 적에도 비슷한 현상이 일어났지만 혜진의 경우는 제일 심한 축에 들 것이었다. 혜진이 주춤대며 방 복판에 섰으므로 조철봉은 다가가 허리를 당겨 안았다. 재료는 준비가 되었으니 지금부터는 주방장의 솜씨 여하에 따라 작품이 결정되는 것이다.

"나는 너 같은 여자를 만난 적이 없어."

이것은 재료를 일단 데치는 것이라고 볼 수 있었다. 조철봉의 입술이 먼저 혜진의 콧등에 닿았다.

"나도 떨려."

살살 데쳐야지, 끓는 물에 푹 삶으면 재료 버린다. 그때 혜진의 손이 조철봉의 허리를 안았다. 목을 감지 않고 허리를 두른 것만 봐도 분위기를 읽을 수 있다. 적당하게 익어가는 것이다. 조철봉의 입술이 혜진의 위쪽 입술을 물었다. 그러자 옅은 오렌지 맛이 느껴졌다.

조철봉은 혜진의 몸을 한 발짝씩 침대 쪽을 향해 뒤로 밀었다. 혜진의 입술이 열리면서 말랑한 혀가 내밀어졌고 다리가 침대에 닿았을 때는 이미 스커트의 지퍼가 내려지는 중이었다.

"아, 잠깐."

밀려 침대에 주저앉았을 때 놀란 듯 혜진이 머리를 틀고 말했지만 곧 눕혀졌다. 조철봉은 혜진이 그냥 한 말이란 것을 알고 있는 것이다. 스커트가 벗겨져나가고 곧 팬티가 끌려 내려지는 동안 혜진은 두 팔로 조철봉의 목을 안은 채 허리를 틀어 벗겨지는 것을 도왔다. 이미 숨결은 뜨거웠으며 얼굴은 붉게 상기되었고 눈의 초점은 흐려지기 시작했다. 조철봉은 심호흡을 했다. 저도 모르게 서둘고 있었기 때문이다.

그래서 혜진을 눕힌 채로 천천히 재킷을 벗겨 의자 위에 걸쳤으며 브래지어도 차분하게 풀어 팬티와 함께 의자 위에 놓았다. 그동안 혜진은 손으로 숲을 가렸다가 가슴이 드러났을 때 다시 손을 올렸다가 했지만 옷이 다 벗겨졌을 때 시트를 들치곤 안으로 들어갔다.

"불 끌까?"

넥타이를 풀며 조철봉이 물었으나 혜진은 시트를 뒤집어 쓴 채로 대답하지 않았다. 곧 알몸이 된 조철봉은 방의 불을 그대로 두고는 혜진의 몸을 안았다. 혜진도 곧 조철봉을 안았는데 몸이 뜨거웠다.

"혜진 씨 몸이 아름답다."

잘 들리지도 않겠지만 이런 말은 양념 효과가 있다. 이를테면 멸치국물을 우려내는 경우와 비슷하다. 혜진은 조철봉의 목을 팔로 감은 채 가만있었으나 하반신이 딱 붙어왔다. 이미 준비가 되었다는 신호였다. 그러나 조철봉은 천천히 혜진의 몸을 애무하기 시작했다. 입술과 손으로 정성들여 얼굴에서부터 가슴, 그리고 아래쪽으로 내려가는 동안 혜진은 달아오르기 시작했다. 조철봉의 혀가 혜진의 발목에까지 내려갔을 때에는 참지 못하는 듯 상체를 벌떡 일으키기까지 했다.

"어서, 이제 그만."

이런 경우는 여자가 더 성급해질 수도 있다는 것을 조철봉은 안다. 그래서 조철봉의 혀와 손이 위쪽으로 다시 옮겨졌을 때 혜진은 절정에 닿아버렸다. 신음과 함께 온몸을 뻗는 혜진의 몸은 침과 땀으로 번들거리고 있었다. 조철봉은 혜진을 빈틈없이 안은 채 귀에다 대고 말했다.

"혜진아, 널 사랑해."

두 눈을 감고 있던 혜진이 대답 대신 목을 감은 팔에 불끈 힘을 주었다가 다시 늘어졌다. 그러나 이 말은 두고두고 기억될 것이었다. 혜진의 신음이 가늘어졌을 때 조철봉은 상체를 올렸다. 그러고는 자세를 취하자 혜진이 눈을 떴다. 초점 없는 시선이었지만 받아들이겠다는 표시로 다리가 벌어졌다. 조철봉은 혜진과 합쳐졌을 때 다시 심호흡을 했다.

혜진의 신음이 갑자기 높아지기 시작했고 이번에는 반응이 더 격렬해졌다. 아직 행위에 익숙지 않아서 가끔 치고받는 동작이 어긋났어도 그것이 오히려 조철봉에게 신선함을 느끼게 해주었다. 예상했던 대로 혜진의 절정은 금방 다시 왔고 이제는 온몸을 떨면서 가라앉았다. 목에서는 앓는 듯한 신음이 쉴 새 없이 뱉어지고 있다.

"난 이런 느낌은 처음이다."

안은 채 혜진의 절정을 지키면서 조철봉이 귀에 대고 속삭였다. 혜진이 대답하지 않았지만 조철봉은 말을 이었다.

"넌 보석 같은 몸을 갖고 있구나."

그때 혜진이 행사 후 처음으로 입을 열었다. 그러나 아직도 눈을 감은 채였다.

"철봉 씨, 사랑해."

그것은 진심처럼 느껴졌으므로 조철봉의 얼굴이 부드럽게 펴졌다.

최갑중이 점잔을 빼고 사장실에 들어섰을 때는 정확히 9시 정각이었다.

"형님, 꽤 그럴듯한 회사로 보이는데요. 직원이 몇 명이나 됩니까?"

털썩 소파에 앉은 갑중이 감탄한 표정으로 물었다. 갑중을 회사로 부른 것은 오늘이 처음이다.

"40명이다."

서류를 덮은 조철봉이 정색하고 앞쪽의 갑중을 보았다.

"그중 반이 신입사원이야."

"인건비가 많이 나오겠는데요."

갑중이 아는 척했다.

"신입사원이 제 밥값을 하려면 최소한 몇 년이 걸린다면서요?"

"그래서 매출을 더 올려야 돼."

탁자 위로 상반신을 굽힌 조철봉이 똑바로 갑중을 보았다.

"네가 할일이 있다."

"말씀만 하십시오, 형님."

"내가 지금까지는 우연히 걸려든 건수만 물었는데 앞으로는 방법을 바꿀 작정이야."

"어떻게 말입니까?"

어느덧 긴장한 갑중이 묻자 조철봉은 목소리를 낮췄다.

"적극적으로 나서겠단 말이다."

"적극적이라면…."

"내가 먼저 그물을 치는 거지. 낚시에 미끼를 끼우고 물속에 넣는다는 거야."

"그렇군요."

갑중은 아직 실감이 나지 않는 눈치였다. 이러나저러나 사기치는 것은 마찬가지라고 생각하기 때문일 것이다. 조철봉의 말이 이어졌다.

"너는 앞으로 내 회사의 특수팀장이야. 네 팀원으로 세 명쯤을 데리고 일해야 될 테니까 팀원을 채우도록."

"거창한데요."

갑중의 눈동자에 생기가 돌았다.

"용만이하고 규철이를 당장에라도 불러 올 수가 있습니다. 펄쩍 뛰면서 좋아할 겁니다."

"목표는 자동차 판매야. 내 지시를 받지 않고 딴 지랄을 하면 그날로 죽일 테니까 단단히 교육시켜."

"물론입니다, 형님."

"약점 있는 인간들이 특수팀의 공략 대상이다, 알아들어?"

"당근이죠."

어느덧 분위기에 휩싸인 갑중의 눈동자가 빠르게 흔들렸다. 오늘은 조철봉의 회사를 방문하는 터라 고급 정장 차림에 귀고리는 달지 않았다.

"그런데 그런 인간들이야 서울 바닥에 가득 깔려 있지만 어떻게 찾습니까?"

갑중이 묻자 조철봉이 주머니에서 서류를 꺼내 내밀었다.

"이번에 국세청에서 직업에 비해 세금을 적게 낸 사람들의 명단이야. 1차로 뽑아낸 명단만 500명이나 되니까 특수팀의 목표는 최고급형 크로나 500대로 잡아라."

"나아 참."

서류를 받아든 갑중이 얼굴을 일그러뜨리며 웃었다.

"별놈의 목표가 다 있군요, 형님."

"최소한 500대야, 인마."

"수당은 어떻게 됩니까?"

"기본급이 너는 월 500, 네 팀원은 300이고 활동비는 별도다. 그리고 실적에 따라서 보너스를 준다."

"좋습니다."

갑중이 주먹을 불끈 쥐었다가 펴더니 결의에 찬 얼굴로 조철봉을 보았다.

"오늘 저녁까지 팀원 셋을 채워서 형님께 신고를 하지요. 일할 맛이 납니다."

"대망을 품도록 해."

갑중의 시선을 받은 조철봉도 정색했다.

"너희들 앞길은 창창하게 열려 있단 말이다."

"잠깐 보십시다."

아파트 문에 키를 꽂았던 윤성희는 뒤에서 사내의 목소리가 울렸을 때 정지된 사진처럼 그 자세 그대로 몇 초 동안 서 있었다. 그러고는 천천히 머리를 돌렸다. 사내 둘이 바짝 다가서 있었는데 두 사람 모두 평범한 용모에 표정도 없다. 그것이 오히려 가슴을 더 답답하게 만들었다. 성희는 눈을 치켜떴다.

"왜 그러시죠?"

"왜 그러다니? 다 알면서 왜 이러시나?"

사내 하나가 이맛살을 찌푸리더니 주머니에서 신분증을 꺼내 보였다. 경찰관 신분증이다.

"사기로 수배 중이십니다. 자, 가십시다."

"어디로요?"

"서울로 가야지, 우린 서울 영동서에서 왔어."

사내가 옆쪽으로 비켜섰을 때 다른 사내는 수갑을 꺼내더니 익숙한 솜씨로 성희의 팔에 수갑을 채웠다.

"이것보세요, 잠깐만요."

수갑이 채워졌을 때 성희의 자세는 흐트러졌다. 오후 2시여서 아파트 복도에는 인적이 없었고 아래쪽 놀이터에서 아이들의 목소리만 가늘게 울려왔다.

"저, 잠깐만 집에 들어갔다가 나오게 해주세요."

"그러지."

선임자로 보이는 40대 중반쯤의 사내가 선선히 머리를 끄덕였다.

"10분 시간을 줄 테니까 허튼 수작은 마."

성희는 사내들과 함께 아파트 안으로 들어섰다. 지난번 최형섭의 사건이 일어난 다음 날에 아파트를 이곳으로 옮기고는 아무한테도 전화하지 않았으며 단지 내에 있는 슈퍼와 비디오가게만 들락거렸을 뿐이었다. 나름대로 철저하게 조심을 했는데도 형사라고 자칭한 이놈들한테 걸려들었다.

"빨리 준비해."

털썩 소파에 앉은 선임자가 뱉듯이 말했고 다른 사내는 현관 앞을 지키고 섰다. 이곳은 10층이어서 뛰어내릴 수도 없다.

"형은 살아야 될 거야, 일단 사기친 돈에 대해서 재판을 받을 테니까."

선임자가 안방에 들어가 있는 성희에게 말했다.

"사기친 돈은 미리 다 빼돌렸을 테니까 몸으로 때워야겠지. 한 3년 썩으면 돼."

"오준병 씨가 고발했어요?"

성희가 안방에서 물었으나 선임자는 대답하지 않았다. 안방에서 가방을 들고 나온 성희가 선임자 앞에 섰다.

"이 가방에 헌 수표로 5억 들었어요. 이것 가지시고 눈감아주실 수 있어요?"

"허, 이 여자 좀 보게."

선임자가 누런 이를 보이며 동료를 향해 웃었다.

"한국에서 못된 버릇만 배웠구먼."

"이것 남았어요, 아니 지난번 아파트 전세금 8천에다 이곳 전세금 1억까지 합하면 1억 8천이 더 나오네요."

"그래서?"

"그것까지 다 빼서 드릴 테니까 눈감아 주세요."

"두 달 동안에 33억에서 6억 8천만 남았단 말이야?"

"나머지는 중국으로 다 보냈어요. 그리고 그동안 쓴 돈도 있고."

"경찰까지 매수하려고 했으니 죄질이 불량하군, 5년은 틀림없이 살게 될 거야."

정색한 선임자가 담배를 꺼내 물더니 아파트를 둘러보았다.

"그동안 사기쳐서 호강하고 살았구먼그래. 이제 그 죗값을 받아야지."

"봐주세요, 아저씨."

털썩 응접실 바닥에 주저앉은 윤성희가 눈물이 가득 찬 눈으로 사내를 보았다.

"원하시는 건 다 해드릴게요."

"원하는 건 다 해준다고?"

사내가 얼굴을 일그러뜨리며 웃었다.

"의미심장한 말씀이군그래."

"그래요, 다 해드릴게요."

윤성희의 눈에서 눈물이 흘러내렸다.

"경찰서에 안 가게만 해주세요."

"지금 날 뭘로 보고 있지?"

정색한 사내가 눈을 가늘게 뜨고 성희를 보았다.

"가만 보니까 우리를 협박범쯤으로 생각하고 있는 모양인데 공갈쳐서 돈이나 뜯어가려는 사기꾼으로 말이야."

"아녜요, 아녜요."

성희가 세차게 머리를 저었다.

"그렇지 않아요, 아저씨."

"자, 그럼 가실까?"

자리에서 일어선 사내의 눈빛이 차가워졌다.

"넌 이미 상부에 보고까지 되어서 우리를 매수해도 소용없어. 일어나."

"아저씨!"

절망으로 가슴이 미어진 성희가 흐느껴 울더니 사내의 바지를 움켜쥐었다.

"아저씨, 살려주세요."

"참고로 말해주는데."

사내가 낮지만 분명한 목소리로 말했다.

"사기쳐 먹은 돈을 다 게워내고 나서 피해자와 합의를 한다면 형량이 가벼워질 거야. 하지만."

성희의 손을 떼어낸 사내가 어깨를 잡아 일으켰다.

"6억 원만 게워내고 27억 원은 꿀꺽 삼켰다니 5년간 감옥에서 썩고 나올 만하네. 그 돈 생각하고 기운을 내."

잠자코 있던 다른 사내까지 다가와 끌었으므로 성희는 결국 아파트를 나왔다. 아파트 현관 앞에는 이미 승합차 한 대가 대기하고 있었는데 그들을 태우자 곧 출발했다.

"6억 원만 남았다는군."

선임자인 사내가 운전자에게 말하고는 웃었다.

"27억 원은 다 중국으로 보냈다는 거야."

"당근이지. 누가 호락호락 게워내려고 하겠어? 나 같아도 돈 숨겨두고 몇 년 살다가 나오겠다."

운전자가 따라 웃으며 말했다.

"보냈는지 안 보냈는지도 금방 체크가 돼."

선임자가 옆에 앉은 성희에게로 머리를 돌리고 말했다.

"우리가 그렇게 호락호락 넘어갈 것 같으냐?"

"고소인이 누군가요? 오준병 씨인가요?"

불쑥 성희가 묻자 사내가 쓴웃음을 지었다.

"왜? 다시 미인계를 써보려고? 이젠 먹히지 않을걸."

"만나게 해주세요. 제가 할 말이 있다고 전해주세요."

"때가 되면 만나게 돼. 우리가 호텔 종업원이냐? 네가 시키는 대로 하게?"

"그리고 조철봉 씨도 아시죠?"

눈을 치켜뜬 성희가 사내를 보았다.

"그 사람도 날 고소했겠지요?"

"그래서?"

"내가 그 사람의 행각을 샅샅이 알고 있어요. 그 사람 굉장한 사기꾼입니다."

"허어, 그래?"

사내가 호기심이 일어난다는 듯이 눈을 크게 떴고 운전자도 백미러로 성희를 보았다. 성희가 말을 이었다.

"오준병 씨 건도 조철봉이 계획을 짜놓은 것입니다. 난 조철봉이 시킨 대로만 했을 뿐입니다."

"나아 참."

입맛을 다신 사내가 성희를 흘겨보았다.

"누구한테 뒤집어 씌우려는 거야, 증거가 있어?"

"경찰에 가서 다 털어놓겠어요."

성희가 어금니를 물었다.

"증거도 있어요. 내 말을 믿게 되실 겁니다."

"그래? 그럼 여기서 털어놓아 봐."

어느덧 정색한 사내가 옆에 놓인 가방에서 녹음기를 꺼내더니 스위치를 켰다.

"조서 쓸 때 참고할 테니까 처음부터 차근차근 이야기해."

국도를 달려가는 차 안은 조용해졌고 성희의 열띤 목소리만 울려나오기 시작했다. 성희가 이야기를 마쳤을 때는 그로부터 30분쯤 지난 후였다.

"그래, 수고했어."

듣기만 하던 사내가 머리를 끄덕이며 녹음기의 스위치를 껐을 때 성희는 창밖을 보았다. 차는 어느덧 한적한 산길을 달려가는 중이었는데 차량은 물론이고 사람의 자취도 보이지 않았다. 국도를 벗어난 것이다.

"지금 어디로 가는 거죠?"

당황한 성희가 묻자 사내는 빙그레 웃었다.

"경찰서라고 했지 않아?"

"그런데 이 길은."

"다 왔어. 바로 저기야."

사내가 손을 들어 앞쪽을 가리켰다. 산속에 세워진 외딴 집으로, 사방은 숲으로 둘러싸여 지붕만 겨우 드러났다.

"저기가 경찰 본부다."

정색한 사내가 말했을 때 운전사와 다른 사내가 킥킥대며 웃었다. 그제야 눈치를 챈 성희의 얼굴이 하얗게 굳어졌다.

"당, 당신들은."

"우리가 누굴까?"

사내가 눈을 크게 떠보였다.

"알아맞히면 만 원 주지."

"날 어떻게 하려고."

성희의 목소리가 떨렸다. 사내들이 경찰이 아닌 것을 안 순간부터 겁에 질린 것이다. 성희에게는 차라리 경찰이 더 나았다.

"이것 보세요, 나는."

"닥쳐, 이년아."

사내가 후려치듯이 성희의 말을 잘랐다.

"5년 감옥 문제가 아니야. 이제는 살아서 저곳을 나오느냐, 아니면 죽어서 산속에 묻히느냐를 결정해야 된단 말이다."

차가 외딴집의 마당에 멈춰 섰는데 엔진을 끄고 나자 주위는 금방 집고 무거운 적막으로 덮였다.

"이곳은 사람이 오지 않는 곳이다."

차에서 내리며 사내가 말했다.

"네년을 이곳에 파묻더라도 찾을 사람도 없겠지만 찾아내지도 못 해."

"돈 다 내면 보내 주실 거죠?"

차에서 내리지도 않고 성희가 물었을 때 밖에 서 있던 세 사내가 서로의 얼굴을 돌아보았다. 그러더니 선임자가 성희를 정색하고 보았다.

"얼마 남아 있어?"

"30억쯤."

"어디에다 두었는데?"

"먼저 보내준다고 약속해주세요."

"약속 안 하면 안 내놓겠다고?"

"그게 아니라."

"아직도 정신을 못 차렸군."

사내가 팔을 뻗어 성희의 멱살을 움켜쥐더니 우악스럽게 차 밖으로 끌어냈다.

"다 내놓고 처분만 바라야 돼, 이 병신아, 알겠어?"

"알겠어요."

"뭐, 싱겁게 끝내지 말고 며칠 데리고 놀다가 슬슬 작업을 시작하지."

운전사가 성희의 위아래를 지긋한 시선으로 훑어보며 말했다.

"그것, 몸매도 쓸 만한 것 같은데 며칠 회포나 풀자고, 우리."

"다 내놓을 테니까 살려주세요."

성희가 선임자의 팔에 매달려 울먹였다.

"다 드리면 되잖아요. 그리고 절 추방하면 아무한테도 선생님들 이야기를 할 수 없지 않아요?"

"어디, 돈을 어디에다 감춰 두었는지 그것부터 듣자."

선임자가 성희를 집 쪽으로 밀며 말했다.

"이상입니다."

녹음기의 스위치를 누른 이용만이 조철봉을 보았다.

"지금은 잠도 잘 자고 밥도 잘 먹습니다."

조철봉이 쓴웃음을 짓자 용만은 말을 이었다.

"자꾸 내보내달라고 조르는데요, 사장님."

"당분간은 그곳에 두도록 해."

의자에 등을 붙인 조철봉이 담배를 꺼내 물면서 말했다.

"아직 내가 개입되어 있는 건 모르겠지?"

"전혀 모릅니다."

용만은 윤성희를 납치해 올 때 운전사 역할을 맡았던 최갑중의 부하인 것이다. 또한 나머지 두 사람은 이번에 최갑중의 특수팀원이 된 심규철과 이문석이다. 담배 연기를 길게 뱉은 조철봉이 탁자 위에 놓인 녹음기를 보았다. 조금 전까지 그는 윤성희가 낱낱이 밝힌 자신의 사기 행각을 들었던 것이다. 윤성희는 용만 일행에게 이곳저곳에 숨겨놓았던 현금 29억 7천만 원을 토해 놓았지만 아직도 산속의 별장에 닷새째 갇혀 있다.

"사장님."

침묵이 계속되자 조바심이 난 용만이 헛기침을 하고 조철봉을 불렀다. 우람한 체격에 험상궂은 용모와는 다르게 성격이 차분하고 생각이 깊어서 조철봉은 용만에게 성희의 일을 맡긴 것이다. 셋 중 이문석은 나이가 10년쯤 연상이어서 수사관 선임자 역할을 했을 뿐이다.

"별장에서 둘이 지키고 있어야 해서 다른 일을 못 합니다. 갑중 형의 일을 도와야 할 텐데요."

"내일 중으로 결정할 테니까."

생각에서 깨어난 듯 조철봉의 시선에 초점이 잡혔다.

"내려가 있어라, 그리고."

조철봉이 탁자 옆에 놓인 두 개의 가방 중에서 한 개를 열더니 수표 세 뭉치를 꺼내 내밀었다.

"이건 너희들 이번 일의 수당이다. 30억을 찾았으니 3억이야. 1억씩 나눠 갖도록."

"사장님, 이렇게 안 주셔도 저희들은."

당황한 용만이 몸까지 뒤로 젖히더니 얼굴이 빳빳하게 굳어졌다.

"사장님 돈 찾으신 것 아닙니까? 저희들은 월급 받는 것만으로도."

"특수팀은 일이 잘 끝나면 10퍼센트 수당을 받는다. 받아."

정색한 조철봉이 수표 뭉치를 용만의 앞에 밀어놓았다.

"나는 돈 관계는 정확하다. 그러니 너희들도 그것을 철저히 지키도록."

"예, 하지만."

조철봉의 눈짓을 본 용만이 수표 뭉치를 집었다.

"감사합니다, 사장님."

"그 여자가 나가면 입을 열 것 같으냐?"

조철봉이 묻자 용만은 다시 긴장하더니 금방 대답했다.

"예, 녹음 내용을 들으셨듯이 위험합니다."

"네 생각은 어떠냐?"

"중국으로 추방시키더라도 경찰에 다 불 것 같습니다, 그래서."

힐끗 조철봉의 눈치를 살핀 용만이 말을 이었다.

"누가 찾을 사람도 없으니까 아예 산속에다 묻어버리는 것이 낫지 않을까요?"

"그게 나을까?"

"독종입니다. 저희한테 꼬리를 살살 치는 것을 보면 보통이 아닙니다."

"내가 개입되었다는 것을 알았다면 돈을 토해내었을까?"

그 순간, 용만이 머리를 한쪽으로 기울였다가 조철봉을 보았다.

"글쎄요, 그것은."

조철봉도 대답을 기대하지도 않았다는 듯이 머리를 끄덕였다.

"알았다. 가서 기다려라."

김건수의 생활신조는 악착같이 벌고 기를 쓰고 안 쓴다는 것이었다. 그래서 건설회사 생활 25년 만에 15층짜리 빌딩 1동에 아파트 5채, 전국 각지의 토지 2만여 평을 소유하게 되었는데 시가로 계산하면 250억 원이 넘었다.

구조 조정에 걸려 건설회사에서 잘릴 때까지 그는 회사에서도 소문난 구두쇠였는데 하청회사에서 리베이트로 준 돈을 손에 쥐게 되었을 때에도 절대로 내놓지 않고 저 혼자 다 먹었다. 그는 부하 직원들이 대놓고 무시를 해도 의연했다. 친구들과 만날 때도 마찬가지였다.

그는 제각기 밥벌이를 하게 된 친구들을 만나기 시작한 지 30년이 넘도록 한 번도 밥을 산 적이 없을 정도다. 지갑에는 겨우 차비만 달랑 넣고 다니는 데다 카드 따위는 전혀 사용치를 않는 터라 그저 입만 가지고 어울리는 것이었다. 친구들이 경멸하고 떨어져 나가도 그는 까딱하지 않았다.

왜냐하면 친구 중에서 그가 제일 부자가 되어 있었기 때문이다. 그래서 얻어먹으면서도 거드름을 피웠고 없는 놈을 무시했다. 가끔 어려운 친구들이 연락을 해오는 경우가 있었지만 그때는 아예 만나주지도 않았다. 그런 김건수가 이번 국세청 발표에 걸린 것은 원숭이가 나무에서 떨어진 경우라고 볼 수 있다.

부동산 대부분을 친가와 처가의 먼 친척 명의로 등기해놓고 그들에게는 제각기 법적 장치를 이중삼중으로 잠가놓아 완벽하게 위장해 오던 김건수였다. 그런데 올해 초에 처가 쪽 친척 하나가 대전의 부동산을 사채업자에게 담보로 내놓고 1억 원을 빌려 쓴 사건이 발생했던 것이다.

물론 사채업자는 그 부동산을 어쩌지 못하고 결국 처가 친척이 사기죄로 구속되어 징역형을 받게 되었는데 그때부터 잘 관리되던 김건수의 부동산 정책에 차질이 일어났다. 먼저 김건수의 처가 반란을 일으켰다. 이혼을 요구하면서 재산의 반을 내놓지 않으면 국세청에 고발하겠다고 협박을 한 것이다.

그러나 김건수가 누구인가. 지방의 고급 공무원인 처남의 약점을 샅샅이 알고 있는 터라 불을 불로 꺼버렸다. 처남의 약점들을 조목조목 적어서 처가에 보낸 것으로 무마가 된 것이다.

하지만 김건수는 처가 앞으로 등기해놓은 모든 부동산을 정리해야만 했다. 그쪽 분위기가 심상치 않았기 때문이다.

또한 이 기회에 아예 친가 쪽 부동산도 정리하려고 수속을 밟는 도중에 국세청의 감시망에 걸려든 것이다.

"국세청 자료보다 3배는 더 많습니다. 친가 쪽으로 옮긴 부동산은 전혀 나오지 않았거든요."

최갑중이 탁자 위에 놓인 서류를 짚으며 말했다. 김건수에 대해서 조사를 해오는 데 딱 사흘이 걸린 것이다.

"처가 쪽 한 사람이 국세청에 제보를 해서 들통이 난 것이지 그렇지 않았다면 이것도 넘어갈 뻔했습니다."

"사흘 동안 꽤 많이 조사했구나, 사생활까지 말이야."

조철봉의 칭찬을 받은 최갑중이 어깨를 폈다.

"김건수가 원체 인심을 잃어서요. 슬쩍 말을 던져도 모두 술술 불어주었습니다. 다만 제보자는 비밀로 해달라더군요."

그러고는 갑중이 정색했다.

"처가 쪽이나 친가 쪽도 정보를 주는 조건으로 보상을 원하고 있었습니다. 아예 김건수와 인연을 끊어도 좋다는 겁니다."

"좋아, 그럼 첫 목표는 김건수다."

조철봉이 서류를 손바닥으로 짚었다.

"구체적인 계획을 세우기로 하지."

"크로나 한두 대로는 양에 안 찹니다."

눈을 치켜뜬 갑중이 조철봉을 보았다.

"목표를 수정하셔야겠어요, 형님."

"아니, 2만 4천 원 주셔야지."

대머리가 돈을 세더니 눈을 치켜뜨고 김건수를 보았다.

"2만 2천 원 주시면 어떻게 합니까?"

"잔돈이 없어서."

"만 원권 내시오, 바꿔드릴게."

사람들의 시선이 모였고 대머리는 건수의 코끝에 불쑥 손바닥을 내밀었다.

"자, 어서."

"나아 참."

건수가 주위를 둘러보았지만 모두 냉담한 표정이다. 특히 기원 주인인 박 씨는 고소하다는 듯 입가에 희미한 웃음까지 흘리고 있었다. 마침내 건수는 지갑에서 네 번을 접은 만 원권을 꺼내 내밀었다.

"댁이 6급 맞소?"

시비 걸 듯 묻자 만 원권을 낚아채 간 대머리가 기다렸다는 듯이 맞받았다.

"그럼 댁은 8급 맞소?"

점당 천 원짜리 내기 바둑에서 대머리한테 24점을 진 것이다. 5급 실력이었으나 초면인 대머리한테 8급이라고 속이고 붙었다가 박살이 났다. 놈은 적어도 4급 실력은 되었던 것이다. 대머리가 잔돈을 건네주더니 둘러선 사내들에게 말했다.

"나가서 쇠주나 한잔합시다, 내가 살게."

사내들이 흩어지자 건수는 자리에서 일어났다. 저녁 6시 반이 되어 가고 있어서 출출했지만 술 생각도 났다. 그러나 오늘은 술을 살 만한 놈도 보이지 않는다. 그렇다고 집에 들어가 부어터진 마누라한테서 저녁밥을 얻어먹을 생각을 하니 이맛살부터 찌푸려졌다. 스포츠신문의 오늘의 운세에는 동남쪽이 길하고 재물이 들어온다고 나왔지만 말짱 꽝이었다. 기원을 나온 건수는 잠시 주위를 둘러보았다. 이곳은 사당동이니 서울 중심에서 동남향이 맞는가를 보려는 것이다. 건수가 논현동 시장 근처의 식당에 들어섰을 때는 저녁 7시 반이었다. 이미 식당 안에는 손님들이 서너 팀 차 있었고 최 씨는 분주했다. 홀이 5평도 안 되었지만 주방 아줌마 하나하고 둘이서 꾸려가는 식당이라 손님이 세 팀만 와도 최 씨는 바쁜 것이다.

"어머, 어서 오세요, 김 이사님."

최 씨는 건수를 아직도 이사라고 부른다. 구석 쪽 빈 식탁에 앉은 건수에게 다가온 최 씨가 화사하게 웃었다. 고르고 흰 이가 드러났고 한쪽 볼에만 보조개가 파였다. 40대 중반의 나이였지만 아직도 피부는 탄력이 있었고 눈에는 색기가 흐른다.

"소주 드릴까요?"

"그래, 안주는 아무거나."

"매운탕 끓여 드릴게요."

"그러지."

건수는 버릇처럼 벽에 붙은 메뉴를 보았다. 생선 매운탕은 7천 원이다. 최 씨가 몸을 돌렸을 때 건수의 시선은 몸매를 훑어 내려갔다. 이제까지 수백 번 꼬셨지만 최 씨가 콧방귀만 뀐 이유를 건수도 안다. 최 씨와 인연을 맺은 것은 햇수로 8년이나 된다. 건수가 지방 아파트 단지 건설 현장 소장이었을 때 최 씨는 남편과 함께 건설 현장 안에서 식당을 하는 이른바 '함바'를 했던 것이다. 그때 최 씨 부부는 돈을 꽤 벌었고 건수에게 알뜰하게 상납도 했다.

그러고 나서 헤어졌는데 건수는 최 씨를 1년 전에 우연히 이곳에서 만난 것이다. 그동안의 사연은 최 씨가 건수보다 구구했다. 남편이 교통사고로 죽고 모은 돈을 다 날린 사연을 들으면서 건수는 여러 번 공짜 술을 마셨던 것이다. 그러나 최 씨는 건수의 유혹에는 넘어가지 않았다. 건수의 행태를 건설 현장에서부터 샅샅이 알고 있었기 때문이다.

근처에 얼씬도 하지 않던 최 씨가 앞자리에 앉았을 때는 소주 한 병을 다 비웠을 때였다.

"한 병 더 드릴까요?"

"내 주량 알지 않아?"

주량보다도 규모를 알지 않으냐고 묻는 것이 정확할 것이다. 건수가 최 씨한테 술값을 내기 시작한 후부터 만 원 이상이 된 적은 없기 때문이다. 밤 10시 반이 되어가고 있었으니 세 시간 동안 소주 한 병을 마신 셈이었고 식당에는 손님이 건수까지 세 테이블이 남았다. 나머지 둘도 거의 끝나가는 중이다.

"애들 별일 없지?"

건수가 은근하게 묻자 최 씨가 달아오른 얼굴을 펴고 웃었다. 이쪽저쪽 테이블에서 한두 잔씩 권하는 잔을 비웠기 때문이다.

"별일 있으면 도와주실래요?"

"아, 그거야."

"김 이사님은 여전하셔."

"뭐가?"

"말씀하시는 것이나 행동이."

눈치 빠르기로는 어느 놈한테든 뒤진 적이 없는 건수인 터라 최 씨가 어떤 생각을 하고 있다는 것도 대충은 안다. 정색한 건수가 최 씨를 지그시 보았다.

"식당 끝나면 조용한 곳에서."

"차나 한 잔 마시자고요?"

"이봐, 농담 아냐."

"저두 농담 아녜요."

정색을 한 최 씨가 버릇처럼 머리를 갸웃하고 시선을 주었으므로 건수의 가슴이 뛰었다. 최 씨하고 오랜만에 이렇게 오래 말을 주고받는 것이었기 때문이다. 건수가 헛기침을 했다.

"이 사람아, 거지도 열 번쯤 찾아오면 미안해서라도 동냥 한 푼 주는 것이 인심이여. 그런데 나는 백 번도 더 왔어."

"동냥 드려요?"

최 씨가 보조개를 보이며 웃었다.

"술로 드릴까요, 아니면 밥으로?"

"내 진정을 놀리지 마러."

"다른 데 갈 것 없어요."

"…."

"곧 영업 끝날 테니까 손님들 나가면 주방 아줌마 보내고 문 잠그면 돼요.”

놀란 건수가 태연한 척했지만 자신도 모르게 침이 소리를 내고 넘어갔다. 최 씨가 눈만 껌벅이는 건수를 향해 다시 웃었다.

“술 한 병 더 드릴까요? 이건 그냥 드릴 테니까.”

“이 사람이 날 뭘로 보고.”

흥분한 건수가 눈을 부릅떴다.

“술 한 병 가져와. 안주도 다른 걸로 내오고.”

오늘은 건수가 전주집에서 최고로 매상을 올린 날이 될 것이었다. 최 씨 말대로 손님들이 나가고 주방 아줌마를 보내고 났을 때는 그로부터 한 시간쯤 후인 11시 반경이었다. 그동안에 건수는 잠깐 밖으로 나가 집으로 전화를 했다. 오늘 갑자기 초상집에 갈 일이 있어서 밤을 새울지 모르겠다고 안전장치를 해놓은 것이다. 지성이면 감천이라고 그로서는 오늘 일진이 밤이 되어서야 운세가 맞는 느낌이었다. 논현동이 동남향인지 아닌지까지 생각할 필요는 없다. 최 씨를 도와 식당 밖의 셔터를 내리고 뒷문으로 돌아 들어왔을 때 흥분을 이기지 못한 건수가 식당의 홀 복판에서 최 씨의 허리를 안았다.

“이봐, 명숙이.”

최 씨의 이름은 명숙이었다.

“아이, 홀에서 이게 뭐예요.”

최 씨가 몸을 비틀었으므로 순간 건수는 더 불끈 달아올랐다.

“그럼 어때, 우리 둘뿐인데.”

이미 남성은 바지 속에서 단단해져 있는 터라 건수는 최 씨를 바짝 당겨 안았다.

“잠깐만요.”

최 씨가 건수의 가슴을 밀었다.

“방에 가 계세요. 내가 주방에서 밑물하고 갈게.”

“그래, 얼른 들어와.”

벅찬 감동에 얼굴이 상기된 건수가 겨우 몸을 떼고는 서둘러 주방 옆쪽의 방으로 들어섰다. 한 평 넓이의 방에는 TV 한 대가 달랑 놓여 있을 뿐 침구도 보이지 않았다. 최 씨는 집에서 출근하기 때문이다. 방에는 방석만 몇 장 놓였지만 이것저것 가릴 형편이 아니다. 벽에 기대 앉아 있던 건수가 서너 번 고인 침을 삼키고 났을 때 방문이 열리더니 최 씨가 들어섰다. 시선을 내리깐 다소곳한 표정이다. 헛기침을 한 건수는 손을 뻗쳐 최 씨의 치마를 당겼다.

“일루 와.”

“아이, 천천히.”

“그래, 천천히 할 테니까.”

자린고비 노릇을 해왔지만 절대로 순진한 건수가 아니다. 건설회사에 다닐 적에 일주일에 서너 번꼴로 하청업체로부터 접대를 받아온 이력이 있는 터라 여자 다루는 솜씨에는 나름대로 일가견이 있는 것이다. 건수는 끌어 앉은 최 씨의 원피스를 제법 침착한 솜씨로 벗겨내고는 만족한 듯 얼굴을 펴고 웃었다. 금방 브래지어와 팬티 차림이 된 최 씨의 풍만한 몸이 드러났기 때문이다.

“이 좋은 몸으로 독수공방을 하다니.”

건수가 브래지어를 풀어 내렸을 때 최 씨는 몸을 틀었지만 거부하지는 않았다.

"이봐, 내 바지를 벗겨줘."

자신만만해진 건수가 입안에 가득 최 씨의 가슴을 물면서 말했다. 최 씨가 서둘러 건수의 혁대를 풀고 바지를 벗겨 내렸으므로 둘은 방바닥에 부둥켜안은 채 쓰러졌다. 최 씨의 팬티를 끌어내린 건수는 짙은 숲에 둘러싸인 붉은 샘을 본 순간 자제력을 잃었다.

"이봐, 할게."

건수가 허둥대며 말하자 최 씨는 흘끗 시선을 주었는데 왠지 눈빛이 또렷했다. 그러나 이제는 천지개벽이 일어난다고 해도 멈추기에는 늦었다. 최 씨의 두 다리를 벌린 건수는 거침없이 진입했다. 그러나 질퍽한 환영을 기대했던 건수는 샘이 말라 있는 것을 깨닫고는 싱긋 웃었다. 최 씨는 긴장하고 있는 것이다. 오랜만에 방사를 치르면 이런 경우가 흔히 생긴다.

"이봐, 긴장을 풀라고."

허리를 가볍게 움직이며 건수가 최 씨의 귓불을 물었다.

"내가 몸을 녹여 줄 테니까."

최 씨가 팔을 들어 건수의 목을 안더니 동작에 맞춰 허리를 들어올리기 시작했다.

"옳지, 이제야 제대로 되는구먼."

여유 있게 말했던 건수의 얼굴이 일그러졌다. 최 씨의 동작에 놀란 아래쪽에서 의지와는 달리 곧 대포를 발사하려고 했기 때문이다.

"아, 자, 잠깐만."

최 씨가 엉덩이를 치켜들었고 그 순간 건수의 대포는 발사되었다.

"으!"

건수가 이를 악물었지만 이미 포탄은 포구를 떠난 후였다.

"끝났어요?"

최 씨가 눈을 똑바로 뜨고 건수를 올려다보았다.

"아이 시시해."

"이봐, 다음에는 천천히."

"아까도 천천히 한다고 해놓고선."

최 씨가 몸을 틀었으므로 벌써부터 시들어가던 건수의 포신이 미끄덩 빠져나왔다.

"집에 가봐야 돼요. 어서 나가세요."

"어허, 급하기는."

몸을 일으킨 최 씨가 차가운 시선으로 건수를 보았다.

"어서 입어요."

그러고는 팬티를 집더니 건수에게 내밀었다.

다음 날 오후, 오늘은 아침부터 몸이 찌뿌드드해서 잠옷 차림으로 집 안을 돌던 건수는 손님을 맞았다. 막내처남인 강병택이다. 40대 중반이 되도록 하는 일마다 뒤집어엎고 부모 형제들의 신세만 져온 병택인지라 건수는 시큰둥한 얼굴로 맞았다.

"네가 웬일이냐?"

"아, 누님 집에 들르지도 못 합니까?"

처음부터 오가는 말투가 거친 것은 당연했다. 지난번 이혼 소동 때 건수가 큰처남의 죄상(?)을 낱낱이 적은 서류를 보냈을 때 제일 길길이 뛴 것이 병택이었다. 마침 마누라는 외출한 터라 집 안에는 둘뿐이었다.

"내가 말씀드릴 것이 있어서 왔는데."

털썩 응접실의 소파에 앉은 병택이 눈동자를 불량스럽게 굴리며 말했다.

"우선 이것부터 보고 이야기합시다."

그러고는 엉덩이를 들더니 옆에 놓인 비디오 박스에 주머니에서 꺼낸 테이프 하나를 쑥 집어넣었다.

"아주 그림이 잘 나왔더만."

불쾌한 표정으로 앉아 있던 건수가 눈만 치켜떴을 때 화면이 켜졌다. 병택이 리모컨을 들더니 볼륨을 높였으므로 소리가 응접실에 울렸다.

"일루 와."

화면에는 건수의 열띤 표정이 다 드러나 있었다. 최 씨의 치마를 당기는 장면에서부터 영화가 시작된 것이다. 놀란 건수의 얼굴이 대번에 하얗게 굳어졌지만 화면의 건수는 침착했다.

"그래, 천천히 할 테니까."

하면서 최 씨의 원피스를 제법 능숙하게 벗겨내는 것이었다.

"너, 이 자식."

마침내 건수가 벌떡 자리에서 일어섰을 때 병택이 싱긋 웃었다.

"이젠 꽉 잡혔어."

"너, 이 자식."

"딱 1분 45초 만에 끝나더만."

"이런 자식이."

그러자 병택이 벌떡 일어섰다. 어느새 눈을 부릅뜨고는 어깨를 부풀리고 있는 것이 당장에라도 달려들 기세였다.

"너는 새꺄, 인간도 아녀. 내가 이걸 10개 복사해 놓았어. 널 간통죄로 집어넣는 것만으로는 성이 안 찬단 말이다. 아예 매장을 시켜야 돼."

기세가 험악해서 건수의 기가 꺾였다. 나이도 10년이나 젊은 데다 병택은 주먹으로도 한가락 하는 건달이었기 때문이다.

"너, 우리 집안을 졸로 보았어. 우리가 그렇게 호락호락 당할 것 같더냐?"

병택이 삿대질을 하는 사이에 뒤쪽 TV에서는 건수가 최 씨하고 방아를 찧는 중이었다.

"어떻게 할래? 재산 반 내놓고 이혼할래, 아니면 끝까지 갈래?"

"네놈이 협박을 한다고 내가 당할 것 같으냐?"

건수가 잇새로 말했지만 눈동자가 흔들렸다. 병택이 TV를 가로막고 있어서 소리만 들렸는데 그것이 건수에게 더욱 조바심을 일으켰다.

"아, 자, 잠깐만."

TV에서 자신의 다급한 목소리가 울렸으므로 건수는 아랫입술을 물었다. 대포를 발사하기 직전인 것이다.

"어떻게 할 거야?"

소리치듯 병택이 물었을 때 건수의 신음 소리가 났다.

"으!"

"끝났어요?"

최 씨의 목소리가 울리고 건수는 어깨를 늘어뜨렸다.

"아이, 시시해."

최 씨가 짜증스럽게 말한 순간에는 건수의 입에서 긴 숨이 뱉어졌다.

커피숍에 들어선 조철봉은 곧 안쪽에 앉아 있는 강병택과 최갑중을 보았다. 병택은 조철봉과 시선이 마주치자 환하게 웃었고 갑중은 머리만 끄덕였다. 다가간 조철봉이 앞쪽에 앉자마자 병택이 말했다.

"최 형이 도와줘서 마무리가 잘 되었습니다."

병택이 흘끗 갑중을 보고는 말을 이었다.

"이혼도 오늘 오전에 끝냈습니다, 그리고."

주머니에서 봉투 하나를 꺼낸 병택이 조철봉에게 내밀었다.

"재산도 명의 이전을 끝냈습니다. 여기 사례비 가져왔습니다."

"마무리가 잘 되었다니 다행입니다."

"아직도 1백억대 재산이 남아 있으니 그 자식은 잘 먹고 잘 살 겁니다."

물론 최 씨를 설득하고 식당의 방에 카메라를 장치하도록 한 것은 조철봉이다. 그러고는 병택을 만나 타협을 한 것인데 병택으로서는 하늘이 내린 축복 같았을 것이었다. 조철봉이 흘끗 앞에 놓인 봉투를 보았다. 명의 이전이 된 부동산을 담보로 하고 은행에서 돈을 빌려온 것으로 12억이다. 이미 갑중한테서 보고를 받은 터라 조철봉은 머리를 끄덕였다.

"그럼 내가 최 씨를 만나 결산을 하는 것으로 매듭을 짓겠습니다."

"선생님 덕분에 우리 일가의 한이 풀렸습니다."

따라 일어선 병택이 조철봉에게 악수를 청했다.

"오죽하면 25년을 같이 산 누님이 날아갈 것 같은 기분이라고 하겠습니까?"

병택이 저도 날아갈 것 같은 걸음으로 커피숍을 나갔을 때 이제까지 잠자코만 있던 갑중이 입을 열었다.

"저놈은 50억을 챙겼습니다. 제 누님 몫에서 우리 수수료도 나갔고요."

"제가 생기는 것이 있어야 나서게 되는 거야."

쓴웃음을 지은 조철봉이 봉투를 열어 안에 든 수표를 꺼내었다. 1억짜리 수표가 12장이다. 수수료로 10퍼센트를 계산한 것이다. 조철봉이 한 장을 갑중에게 내밀었다.

"이건 네 몫이다."

"저는 한 일도 없는데 이렇게."

"구시렁거리지 말고 받아."

수표를 건네준 조철봉이 자리에서 일어서자 갑중이 따라 일어서며 물었다.

"형님, 최 씨를 제가 처리할까요?"

"내가 지금 찾아갈 거다."

갑중과 헤어진 조철봉이 장안평의 아파트 앞에 섰을 때는 오후 4시경이었다. 20평형의 서민 아파트로 지은 지 꽤 오래되어서 엘리베이터도 흔들거렸고 복도에서는 악취가 풍겨왔다. 최 씨는 이곳에 2천5백만 원 전세로 살고 있는 것이다. 벨을 누르자 기다리고 있던 최 씨는 금방 문을 열었는데 화장을 한 데다 외출복 차림이었다.

"들어오세요."

시선을 내린 최 씨가 한쪽으로 비켜서면서 말했다. 김건수와 그 일이 있고 나서 오늘로 나흘째 식당 문을 닫고 집에만 박혀 있었던 것이다.

집 안은 깨끗하게 정돈이 된 데다 옅은 향내까지 맡아졌다.

"여기 앉으세요."

소파 대신으로 벽 쪽에 깔아놓은 방석으로 안내한 최 씨가 수줍은 표정으로 말했다.

"집이 누추해요."

"아늑한데 그래요."

자리에 앉은 조철봉이 최 씨를 똑바로 보았다. 처음에 건수를 함정에 빠뜨릴 계획을 제의했을 때 최 씨는 질색을 했던 것이다. 그러나 조철봉이 천만 원이 든 돈 봉투를 내려놓자 이를 악물고는 한참 동안이나 식탁을 쏘아보더니 승낙했다. 조철봉은 천만 원이 선금이고 일이 성사되면 5천을 더 주겠다고 했던 것이다.

"애들은 어디 갔습니까?"

조철봉이 묻자 최 씨가 금방 대답했다.

"둘 다 알바 갔으니까 늦게 올 거예요."

방안에 카메라를 장착하고 김건수와의 정사 장면을 찍기로 합의했을 때 최 씨는 그것이 어떤 용도로 사용될 것인지 알고 있었을 것이다. 최 씨는 조철봉과 시선을 마주치지 않았는데, 이미 모든 것을 드러내 보인 부끄러움 때문이었다.

"일이 잘 되었습니다."

조철봉이 말했으나 앞쪽에 멀찍이 떨어져 앉은 최 씨가 손가락으로 방바닥만 문질렀다. 시선은 옆쪽의 탁자 위에 얹혀 있다. 조철봉이 말을 이었다.

"김건수가 찾아오지는 않을 겁니다. 한번 되게 당하고 나면 만정이 떨어지는 법이니까요."

그때 최 씨가 입을 열었다.

"저, 가게 내놨어요. 가게 나가면 애들 데리고 고향으로 내려가겠어요."

"고향이 어디신데?"

"전라도 정읍이에요."

"고향에 가서 뭐 하시려고?"

"그곳에서 식당을 하면 먹고는 살아요."

"자본금은 얼마나 듭니까?"

"여기 전세금 빼고 식당 나가면 5천은 되고."

그러고는 최 씨가 시선을 퍼뜩 들었다가 다시 내렸다. 조철봉과 처음 눈길이 마주친 셈이었다.

"8천쯤 있으면 된다고 했어요."

"그럼 집은 어떻게 얻으시고?"

"어머니하고 같이 살면 돼요. 애들은 둘 다 고등학교 졸업했으니까 이곳을 떠나도 상관이 없어요."

"참, 애들이 둘 다 딸이라고 했지요?"

"애들이 착해요."

그렇게 말하는 최 씨의 얼굴에서 어느덧 긴장감이 지워지고 있었다.

"정읍에서 식당 차리면 애들이 도와준다고 했어요."

"애들 나이가 몇인데요?"

"큰애가 스물하나고 작은애는 올해 고등학교 졸업했어요."

그러고는 최씨가 머리를 들더니 그때서야 조철봉을 정면으로 보았다. 얼굴이 이제는 밝아져 있다.

"큰애는 작년까지 회사 다녔는데 그 회사가 부도가 나서 그만뒀어요. 하지만 부지런해서 동생하고 같이 알바 다녀요."

"그만하면 행복하신 거지."

머리를 끄덕인 조철봉이 주머니에서 두툼한 봉투를 꺼내어 최 씨 앞에 놓았다.

"여기 수표로 바꿔왔습니다. 만일의 경우에 대비해서 돈을 찾은 다음에 헌 수표로 바꿨어요."

다시 긴장한 최 씨가 방바닥에 놓인 봉투를 보고는 침을 삼켰다. 조철봉이 말을 이었다.

"1억 넣었습니다. 요긴하게 쓰세요."

그 순간 최 씨가 다시 시선을 들었는데 얼굴이 금방 하얗게 굳어졌다.

"1억이나요?"

"우리 몫을 조금 줄였지요."

조철봉이 이를 드러내고 웃어보였다.

"김건수 처남이 그 테이프를 갖고 가서 돈을 뜯어낸 겁니다. 그러고는 우리한테 수수료를 준 것이니까 우리는 직접 개입하지 않았습니다."

"너무 많아요."

들릴락 말락 하게 최 씨가 말했을 때 조철봉은 눈을 치켜떴다. 그러고는 최 씨의 숙인 얼굴을 한동안 쏘아보다가 마침내 입을 열었다.

"저, 한번 해도 되겠습니까?"

그 순간 최 씨가 몸을 굳히더니 숨도 죽였으므로 방안은 조용해졌다.

조철봉이 뱉듯이 말을 이었다.

"이대로 헤어지기에는 왠지 찜찜해서 그래요. 한번 하고 헤어지고 싶습니다."

그때였다. 최 씨가 부스스 일어서더니 현관으로 다가갔다. 그러고는 안전 자물쇠를 채우더니 안방으로 들어가며 말했다.

"오세요."

조철봉이 안방으로 들어섰을 때 최 씨는 창문을 닫는 중이었다. 아직 환한 오후여서 창문을 닫는다고 해서 방이 어두워질 리도 없지만 최 씨는 양쪽 창을 꼼꼼히 닫더니 곧 장롱을 열고 요를 꺼냈다. 벽 쪽에 우두커니 선 조철봉은 아랫목에 요를 펼치는 최 씨를 바라보았다.

최 씨하고 이럴 생각은 하지 않았다. 그렇다고 지금도 욕망이 끓어오르는 상태도 아니다. 요를 편 최 씨가 몸을 세우더니 힐끗 조철봉을 보았다.

"씻고 올게요."

그 순간 조철봉이 풀썩 웃었으므로 최 씨가 멈칫 하고는 눈을 크게 떴다.

"왜요?"

"나하고 생각이 비슷하신 것 같아서."

"뭐가요?"

다가간 조철봉이 최 씨의 허리를 안아 당겼다.

"그냥 헤어지기에는 뭔가 찜찜하지요?"

"그래요."

조철봉의 품에 안긴 최 씨가 이제는 똑바로 시선을 들고 말했다.

"그, 필름 보았죠?"

"봤지요, 물론."

그 순간 조철봉은 자신의 심벌이 굳어진 것을 느꼈다. 최 씨도 그것을 느낀 듯이 엉덩이를 뒤로 빼더니 곧 다시 붙였다. 무의식적인 행동일 것이었다.

"난 그런 일 처음이었어요."

어느덧 얼굴이 상기된 최 씨가 조철봉을 올려다보면서 말했다. 두 손은 조철봉의 허리에 둘러져 있었는데 이제는 하체를 빈틈없이 붙이고 있다.

"난 평생 그 일을 잊지 못할 것 같아요."

"그래서 내가 찜찜했던 거요."

조철봉이 최 씨의 블라우스 단추를 풀면서 말했다.

"우리가 한 번 하고 나면 그 일은 잊어버리게 될 거요."

"필름 어떻게 했어요?"

"김건수 처남이 돈 받고 넘겨주었다니까 없애버렸겠지."

시키지 않았는데도 최 씨가 조철봉의 바지를 선 채로 벗겨내고는 곧 자신의 스커트도 벗었다.

"씻지 않아도 돼요."

이제는 최 씨가 조철봉의 목에 두 팔을 감더니 요가 깔린 쪽으로 밀었다. 이미 호흡이 가빴고 얼굴은 달아올랐다. 요 위에 겹쳐 쓰러졌을 때 조철봉이 최 씨의 팬티를 끌어내리며 말했다.

"김건수는 1분 30초 기록을 세웠더구먼."

브래지어를 풀어 건수처럼 최 씨의 풍만한 가슴을 입에 넣었던 조철봉이 입술을 부풀리며 웃었다.

"당신한테 신기록을 세운 것 아뇨?"

"빨리 끝내게 한 거예요."

조철봉의 팬티를 벗겨낸 최 씨가 심벌을 두 손으로 움켜쥐고 헐떡였다.

"내가 그 작자의 무엇이 좋다고 길게 끌겠어요?"

"그럼 나하고는 길게 끌 거요?"

"길게 하고 싶어요."

"그때 감질이 난 것이군."

아랫배를 훑고 간 조철봉의 손이 숲에 닿았을 때 이미 샘은 넘쳐나고 있었다. 조철봉의 손이 샘의 턱을 건드린 순간 최 씨는 몸부림을 쳤다.

"어서 해줘요."

"이번에는 당신이 나한테 신기록을 세울 것 같은데."

조철봉이 최 씨의 입술을 빨면서 말했다. 서둘러 혀를 내밀던 최 씨의 이가 부딪쳤고 하반신은 요동을 쳤다. 입과 두 손이 번갈아 서너 번 훑어 내려갔을 때 최 씨는 조철봉이 예고한 대로 온몸을 경직시켰다. 그때 조철봉이 최 씨의 귀를 물었다.

"오늘은 그 작자가 못다 한 몫까지 해드리지."

"음, 맛이 괜찮군."

머리를 끄덕인 이문석이 수저를 내려놓고 입맛을 다셨다.

"역시 음식은 여자 손이 닿아야 돼."

오늘 점심은 윤성희가 김치찌개를 끓인 것이다. 산속의 외딴집에 감금된 지 오늘로 8일째가 되어서 성희는 문석의 나이가 43세이며 고향이 전라도 목포라는 것까지 안다.

"어이, 같이 먹지."

성희가 밥그릇을 앞에 놓았을 때 문석이 부드러운 표정으로 말했다.

"곧 내보내 줄 테니까 얼굴 좀 펴."

"용만 아저씨는 또 어디 갔어요?"

식탁의 앞쪽에 앉으며 성희가 묻자 문석이 벽시계를 보았다. 오후 1시 20분이다.

"저녁때 올 거야."

바깥일은 모두 용만이 나가서 해결했고 문석은 성희의 감시역이었다. 처음에 일당이 세 명이었다가 곧 하나가 빠져 둘이 되었지만 밖에도 몇 명이 더 있는 것은 확실했다. 현금을 척척 찾아내고 아파트를 처분하는 솜씨가 보통이 아니었다. 성희가 맛있게 찌개를 먹는 문석을 똑바로 보았다.

"아저씨는 아줌마 만난 지 오래되셨겠네요."

"그렇군. 안 만난 지 한 보름 되었나?"

입안의 음식을 삼킨 문석이 눈을 가늘게 떴다.

"그건 왜 물어?"

"여자 생각 안 나세요?"

"왜? 한번 줄래?"

불쑥 되물었던 문석이 곧 쓴웃음을 지었다.

"아서라 말아라, 유혹한다고 넘어갈 내가 아니다."

"이러고만 있을 수는 없지 않아요?"

정색한 성희가 두 팔을 식탁에 얹더니 손등 위에 턱을 고였다.

"날 죽여서 아예 증거를 없애버릴 작정인가요?"

"우리 그렇게 악독한 놈들은 아냐."

"그럼 왜 약속을 어겨요? 돈 찾으면 바로 내보내 준다고 해놓고서."

"조철봉 뒷조사를 한다고 했지 않아?"

"그것이 그렇게 시간이 걸려요?"

성희가 물었지만 문석은 대답하지 않았다. 점심을 마친 문석이 소파에 앉았을 때 성희가 커피 잔을 들고 다가왔다.

"커피 드세요."

"이거 서비스가 좋구만."

문석이 벙긋 웃었다. 나잇값을 하느라고 그러는지 둘 중 문석이 한마디라도 말을 더해주었고 보내는 눈빛도 예사롭지 않았던 것이다. 남자의 눈빛에 익숙한 성희가 그것을 모를 리가 없다. 용만이 밖으로 나다니는 바람에 성희는 자주 문석과 둘이 있게 되었는데 그 기회를 놓칠 성희가 아니다. 용만과 문석의 고향에서부터 그들이 어떤 관계라는 것도 야금야금 알아내었던 것이다. 용만과 문석은 지난번 성희가 이용했던 대전의 박창기를 통해 성희를 알게 되었다고 했다. 박창기는 성희가 부동산업자 최형섭을 떼어내려고 고용한 역전에서 노는 건달이다. 용만과 문석은 곧 병신이 된 최형섭을 만나 성희에 대한 내막을 듣고 나서 대전 시내를 샅샅이 뒤졌다는 것이다. 그러고는 지성이면 감천이라고 대박을 건져 올리게 되었다.

"내가 비밀로 해드릴 테니까."

눈웃음을 치며 성희가 말했으므로 문석이 눈만 크게 떴다. 자리에서 일어선 성희가 문석의 옆으로 다가와 앉았다. 별장 안은 둘뿐이어서 숨소리만 들렸고 만일 용만이 온다면 1킬로쯤 떨어진 골짜기에서 자동차 엔진 소리부터 들려올 것이었다. 성희가 손바닥을 문석의 허벅지 위에 올려놓았다.

"부담 갖지 말고 날 가져요. 그냥 드릴 테니까."

성희가 눈을 반짝이며 말했다.

"이봐, 이거 왜 이래."

문석의 손은 어느새 성희의 스커트를 들치고 있었다. 성희가 문석의 손이 쉽게 들어올 수 있도록 다리를 벌렸다.

"여기서 할래요?"

문석의 바지 지퍼를 내리면서 성희가 물었다.

"아니면 방으로 갈까요?"

지퍼를 열고 이미 기둥이 된 문석의 남성을 움켜쥔 성희가 머리를 숙여 입으로 물었다. 문석이 그저 머리만 끄덕였으므로 성희가 입을 떼더니 문석의 어깨를 밀어 소파에 눕혔다.

"내가 위에서."

문석이 말 잘 듣는 어린애처럼 소파에 누웠을 때였다. 위에 올라앉을 자세를 취하던 성희가 훌쩍 몸을 떼더니 뒤로 물러섰다. 그러고는 아직도 물건만 내놓고 소파에 누워 있는 문석에게 쏘아붙였다.

"이봐, 일어나."

놀란 문석이 눈을 치켜떴다가 화들짝 상반신을 일으켰는데 입을 쩍 벌렸지만 아직 말은 뱉어지지 않았다. 성희의 손에 권총이 쥐어져 있었기 때문이다. 언제나 가슴의 권총 홀더에 끼어져 있던 6연발 리볼버 권총이다. 성희는 주무르고 엎치락뒤치락하는 사이에 권총을 빼낸 것이다.

"이봐, 손들어."

성희가 총구를 겨눈 채 까닥까닥 흔들었으므로 문석은 침부터 삼켰다.

"야, 그것 이리 내."

"내가 미쳤니, 도로 주게?"

눈을 치켜뜬 성희가 목소리를 높였다.

"손 안 들어? 안 들면 쏴 죽일 테야."

"야, 그것 위험해."

문석이 손바닥을 펴 얼굴을 가리는 시늉을 하더니 목소리를 낮췄다.

"손가락을 방아쇠에서 떼어."

"손 안 들어?"

성희가 소리쳤을 때 마침내 문석은 두 손을 들었다. 그러나 이제 눈을 부릅뜨고 이를 악문 표정이다. 열린 지퍼 사이로 솟았던 남성은 어느덧 시들어져 겨우 매달려 있다.

"저 방으로 가."

총구로 안쪽 방을 가리킨 성희가 다시 소리쳤다. 자신이 감금되었던 방으로, 밖에서 문을 잠그면 창문도 없는 터라 나갈 수가 없는 것이다.

"어서."

"너, 어쩌려고 그래?"

마침내 일어선 문석이 재빠르게 늘어진 물건을 바지 속에 수습하더니 지퍼를 올렸다. 그러고는 마지못한 듯 다시 두 손을 들었다.

"너, 권총 이리 내. 내가 없었던 일로 할 테니까. 넌 곧 나간단 말이다, 용만이가 돌아오면."

"시끄러!"

성희가 버럭 소리쳤으므로 문석이 놀란 듯 입을 다물었다. 총구를 똑바로 문석의 가슴에다 겨눈 성희가 입술을 비틀고 웃었다.

"너희들 나를 우습게보았어. 내가 너희들이 누군지 모를 줄 알아?"

성희가 잇새로 말을 이었다.

"너희들 조철봉이 부하들이지?"

"아니, 이년이."

"들어가지 않을래?"

그러자 문석이 이를 악물더니 손을 내렸다. 그러고는 성희를 쏘아보았다.

"너, 쏠 수 있을 것 같으냐?"

"손 안 올려?"

성희가 손을 뻗어 문석의 가슴을 다시 겨눴다.

"방으로 들어가지 않을 거야?"

그 순간 문석이 와락 앞으로 몸을 떼었으므로 성희는 방아쇠를 당겼다.

"탕!"

요란한 총성과 함께 문석의 흰 셔츠 가슴 부분에서 피가 튀었다.

다음 날 오전 10시가 되었을 때 조철봉의 사무실로 세 사내가 들어섰다. 앞장을 선 것은 최갑중이었고 그 뒤를 이용만이 따랐으며 맨 나중에 들어선 사내는 어제 오후에 총을 맞은 이문석이었다.

조철봉의 앞에 셋이 나란히 앉았을 때 갑중이 먼저 입을 열었다.

"윤성희는 어젯밤 인천에 도착했는데 지금 조선족 동포의 셋방에 같이 있습니다."

힐끗 옆에 앉은 문석에게 시선을 준 갑중이 말을 이었다.

"살인을 한 것으로 알고 있을 테니까 아마 어떻게든 중국으로 도망치려고 하겠지요."

별장에 둘이 남았을 때 성희가 문석을 권총으로 쏜 것은 모두 계획된 일이었던 것이다. 문석은 셔츠 밑에다 영화 촬영용으로 쓰이는 장치를 부착했고 총성에 맞춰 셔츠를 터뜨려 피를 뿜었다. 물론 권총에는 공포탄만 채워 넣었으므로 총성만 요란하게 났다. 조철봉의 시선을 받은 문석이 쓴웃음을 지었다.

"윤성희는 저희들이 사장님 부하인 것을 알고 있었습니다. 총을 겨누고는 자기를 우습게보지 말라고 하더군요. 다 알고 있다면서 말입니다."

조철봉이 머리만 끄덕였고 문석의 말이 이어졌다.

"총을 쏘고 나서는 당황하더군요. 제가 피를 뿜고 쓰러지자 총을 내던지더니 자동차 열쇠만을 찾아들고 차를 몰아 도망쳤습니다."

"잘했구먼."

쓴웃음을 지은 조철봉이 소파에 등을 붙였다. 별장에서 밖으로 나오는 길은 하나뿐이라 이제나저제나 하고 문석의 연락을 기다리던 미행자가 도망쳐 나오는 성희를 인천까지 따라갔던 것이다. 성희가 용만이나 문석을 자신의 부하로 짐작하고 있을 줄도 알았다. 그때 갑중이 입을 열었다.

"윤성희는 여권도 없는 데다 살인까지 한 것으로 알고 있을 테니 밀항선을 탈지도 모릅니다. 별장에서 도망칠 때 돈도 한 푼 없었지만 혹시 숨겨둔 돈이 남아 있는지도 모르지요."

조철봉은 갑중의 분위기를 읽고는 다시 머리만을 끄덕였다. 갑중은 성희를 아예 없애는 것이 낫다고 생각해 온 것이다. 그래서 이번 계획에 대해서도 부정적이고 소극적으로 행동해 왔다. 갑중이 말을 이었다.

"그년이 두 번 다시 형님 앞에는 나타나지 않겠지만 감시는 붙여놓아야 됩니다."

그것도 행동책인 갑중에게는 골치 아픈 일일 것이었다.

"그건 내가 알아서 할 테니까."

부드럽게 말한 조철봉이 셋을 둘러보았다.

"이제부터는 다른 일을 해야 되겠다. 해야 할 일이 많아."

윤성희의 일과 겹쳐서 김건수 사건을 처리하느라 갑중과 용만, 문석과 지금도 밖에서 일하고 있는 심규철까지 그야말로 동분서주했던 것이다. 셋이 방을 나갔을 때는 점심시간이 다 되어 있었다. 책상을 정리하던 조철봉은 인터폰이 울렸으므로 전화기를 들었다.

"사장님, 고객이시라는데 사장님을 찾습니다."

여직원이 조금 당황한 목소리로 말했다.

"급하시다고 해서요."

"바꿔줘."

버튼을 누른 조철봉이 다시 전화기를 귀에 붙였다.

"여보세요, 조철봉입니다."

"나야, 민유진."

다급한 목소리에 조철봉이 긴장했다.

"아, 웬일이야?"

민유진은 재일동포로 야쿠자인 박만기의 현지처다. 그때 유진이 서두르듯 말했다.

"큰일 났어. 나 들켰어."

<3권 계속>